"十三五"国家重点出版物出版规划项目

丝路文库

崩塌的山岳

〔吉尔吉斯斯坦〕艾特玛托夫 著
谷兴亚 译

华文出版社
SINO-CULTURE PRESS

КОГДА ПАДАЮТ ГОРЫ

ЧИНГИЗ АЙТМАТОВ

济时敢爱死　托体同山阿（代序）

中国读者对于成吉思·艾特玛托夫并不陌生。1973年他的《白轮船》译成中文，在内部发行，"供批判用"，引起了我们的广泛注意。"文化大革命"结束后，他的佳作陆续在我国翻译出版，《草原和群山的故事》《永别了，古利萨雷！》《一日长于百年》《断头台》等均受到读者的欢迎，有的甚至在短期内连续出了五六个译本。那时候他是苏联作协书记处书记，1988年开始任《外国文学》杂志主编，1990年任苏联总统委员会委员。苏联解体时艾特玛托夫正出任俄罗斯驻卢森堡大使，后来改任吉尔吉斯斯坦驻比利时、卢森堡、荷兰三国大使兼驻欧盟代表。他的作品早已进入了我国大学的教科书与课堂，进入了研究生的论文，成为学者们研究的对象。

艾特玛托夫的故乡，现在的祖国吉尔吉斯斯坦，位于中亚的东北部。15世纪后半叶吉尔吉斯民族基本形成，曾由蒙古族统治，19世纪六七十年代并入俄罗斯版图，1918年建立了苏维埃政权。1924年在俄罗斯联邦内成立卡拉吉尔吉斯自治州，1925年为吉尔吉斯自治州，1926年为吉尔吉斯自治共和国，1936年12月成为苏联的一个加盟共和国。1991年8月独立为吉尔吉斯斯坦共和国。

艾特玛托夫生于1928年。他的童年是在古老的生活方式、古老的风俗习惯中度过的,这在他的自述与早期作品中可以读到。他说,吉尔吉斯人必须熟记七代祖先的名字,这是每个人的义务。他在《查密莉雅》中写道:"依照族法的老习惯,不能让携儿带女的寡妇嫁出族外,于是族人便让我的父亲娶了她,即小孩的伯母。他这样做,是他对于祖先在天之灵应当担负的义务,因为他是死者最近的亲属。"苏联共产党1937年开始在吉尔吉斯地区建立党组织,艾特玛托夫的父亲成了第一批吉尔吉斯族共产党人,高级领导干部,并到莫斯科的红色教授学院学习。艾特玛托夫自幼生活在俄罗斯儿童中间,俄语掌握得同母语一样好。五岁的时候,他便在故乡第一次充当了吉尔吉斯语与俄语之间的翻译,挣得的"工资"是一块牛肉。祖母和姑母讲的吉尔吉斯族民间故事、传说、神话、童话、歌谣,在他眼前展现出一个神奇的世界,丰富了他的文化积累。可以说他有一个金色童年,直到1937年他的父亲突然被无辜镇压为止。此后,母亲带着他与弟弟妹妹们回到吉尔吉斯斯坦的大山之中,乡亲们以宽厚同情的胸怀接待了他们。艾特玛托夫先后在江布尔中等畜牧学校、吉尔吉斯农学院学习,后来又到莫斯科高尔基高级文学讲习班进修,最终成为记者与作家。可以说,艾特玛托夫足踏欧亚大陆,胸怀东西方文化,这使得他于20世纪50年代末期刚登上文坛就出手不凡,很快便于1963年荣获一位作家终生只能获得一次的苏联最高文学奖项——列宁文学奖。1980年以后艾特玛托夫更是从全世界乃至全宇宙的角度,探讨善与恶、生与死、人类的命运,进行全球性的思维。他集多个角色于一身:既是神话故事的记录编创者,又是浪漫主义歌手;既是现实主义大师,又是现代派作家。今天艾特玛托夫的作品已被翻译成150种文字,在世界范围内出版达四千余万册。

《崩塌的山岳》2006年发表于俄罗斯的《各民族友谊》杂志,这是已进入耄耋之年的艾特玛托夫的新的力作,新的思考。21世纪的人类,在科学技术空前发展的同时，也面临着全球经济发展不平衡、贫富相差悬殊，民族种族矛盾加剧、恐怖主义活动猖獗、生态危机步步紧逼等一系列严重问题，其中处处蕴含着生与死、善与恶、爱与恨的激烈交锋。小说中，在市场经济条件下的吉尔吉斯斯坦，物欲横流，文学艺术遭受冷落和庸俗化，著名作家阿尔森·萨曼钦的未婚妻、天才歌剧演员艾丹娜·萨玛洛娃忍受不住寂寞，抵御不住新生大款库尔恰尔的诱惑，变成了流行歌星。阿尔森想见艾丹娜一面，竟被轰出了演出现场。阿尔森打算枪杀库尔恰尔，然后自杀。这时候，生活在大山腹地的乡亲们请求阿尔森为他们组织的狩猎旅游公司担任翻译，这是他搞到手枪的好机会。脆弱的牧业生产无法适应市场经济与经济全球化，猎杀珍稀动物雪豹的商业旅游成了吉尔吉斯族人唯一的生活来源，这让阿尔森与他新结识的可爱姑娘艾列斯痛心疾首又无可奈何。以阿尔森的中小学同学、阿富汗战争的老兵塔什坦阿富汗为首的一些人，策划乘机劫持来狩猎的阿拉伯石油巨头作为人质，勒索两千万美元巨款，并胁迫阿尔森参与他们的活动，为他们提供翻译帮助。艾列斯高尚纯洁的爱，吉尔吉斯族永恒的新娘的传说，对真理的崇高追求，促使阿尔森做出了无悔的抉择……市场经济导致传统美德的巍峨山岳崩塌，与之抗衡的是传说中永恒的新娘和现实生活中艾列斯对不朽的爱与真理的追求。这是吉尔吉斯人的希望之所在。在著名作家阿尔森·萨曼钦的身上有着明显作家自己的身影。《浮士德》最后的台词，"只有每天重新争取自由与生存的人，才配有享受二者的权利！"，"这是智慧的最后的演绎"，可能也就是艾特玛托夫最后的结论。

在《崩塌的山岳》中，高山之王箭雪豹的悲剧是与人的悲剧并行的线索。与《白轮船》中的大角母鹿、《断头台》中的狼一样，是人世间恶的牺牲品。如果说，箭雪豹在争夺母雪豹的斗争中败北被淘汰，还是生存竞争、自然法则的必然结果的话，那么它惨死于乱枪之下则是地球人的生态危机的集中体现。艾特玛托夫认为："求得人与自然的和谐，是当今世界的全球性任务，目前，这已成为文化与文明最重要、最尖锐的问题。"在市场经济的条件下，人们急功近利，对大自然进行掠夺性开发，标志着人类社会的道德沦丧，这必然进一步加剧族群甚至国家间的冲突，导致悲剧的发生。所谓的生态伦理，就是要求重新审视人与自然的关系，倡导一种平等观念，强调人是自然的一部分。保护生态，就是保护人类自己的家园。对世界上濒临灭绝的珍稀动物雪豹展开以营利为目的的商业狩猎活动，并由此诱发绑架人质的恐怖行动，是世界经济发展不平衡的结果。作者在谴责恐怖活动的同时，对世界经济发展的前景充满了深深的忧虑。

为了保护雪豹不被灭绝，为了阻止对阿拉伯客人的绑架勒索，为了吉尔吉斯人的长远与根本的利益，阿尔森·萨曼钦献出了宝贵的生命，在制止"山岳的崩塌"中做出了自己的贡献。他在同胞们的误解、谴责、谩骂、攻击中告别人世，但这一崇高的悲剧行为最终将会得到人们的理解与尊重。

艾特玛托夫珍爱生命，讴歌生命。他为人与人世间的美而欢呼，这是一位艺术家的本质。他心爱的主人公阿尔森·萨曼钦以牺牲自己为代价，在保护来狩猎的阿拉伯客人的同时，也保护了那些为在经济全球化中分得一杯羹而打算铤而走险的穷苦同胞。这是他在"杀人还是被杀"的悖论中进行痛苦思考后做出的选择。于是，这部小说也就闪现出哲理思考的光彩。

谷兴亚
2007 年 12 月

第一章 / 001

第二章 / 011

第三章 / 021

第四章 / 027

第五章 / 065

第六章 / 085

第七章 / 105

第八章 / 131

第九章 / 163

代尾声 / 189

第一章

　　存在着一种不容置疑的现实，任何人、任何时间都不能例外——谁也无法预先知道自己的命运如何、前程怎样。只有生活本身才能向人展示其宿命，否则，命运就不能称其为命运了……从创世以来，自亚当、夏娃被逐出天国——这也是命运——以后，命运对每个人便是永恒的秘密，时时刻刻，日日夜夜，岁岁年年，一个世纪又一个世纪……

　　此时此刻便是如此。是的，这一次正是如此：谁能料到竟会发生这等事件呢，它超出了人类的领悟能力，甚至可以说，超出了天意。

　　假如一定要对无法解释的事件加以解释，那么，唯一可行的便是认定这两种生命之间存在着某种占星术上的相互联系，以及他们在宇宙存在上的亲缘关系，由于种种命定的巧合，他们在某一个星座的辉耀下降生于尘世。也许正是如此……这才是我们要讲述的。

　　自然，他们从未想到，也不可能想到对方在世间的存在。因为他们当中的一个生活于现代大都市之中，那里由于居民过多，由于街头集市与乌烟瘴气的烤羊肉店，几乎要胀裂爆炸；另一位则居住于高山之上，在巉岩狰狞的峡谷之中，那里布满茂密的灌木，阴面陡坡上的积雪半年不化，所以它才被称为雪豹。在科学上——有这样的学科，高山学——

它被称为"天山雪豹"。豹属，与老虎同属为猫科动物。当地民间称此种野兽为箭雪豹（日阿巴尔斯），此称呼更符合它们的天性——它们奔跑起来像箭一样快，还说它们"卡尔——科奇肯——伊里比尔斯"，意思是"行走在齐胸深的积雪里"……这也符合实际情况……别的动物须择路而行，以免成为深山雪堆的俘获物。可它们呢——强大无比，以胸膛开路……

雪豹捕食的最佳时刻是中午。此刻是深山里的食草动物的饮水时间。狍子和盘羊从四面八方来到潺潺的溪流旁边解渴，经常是喝下足够一昼夜消耗的水，一直到第二天的这个时候再喝。它们有组织地来饮水。它们排成不长的纵队，轻松矫健地在小径上跳跃前进，仿佛蹄不点地，同时戒备地观察、倾听，时刻准备弹簧一般飞离地面，避开危险，逃向远方。

然而，箭雪豹精通自己的捕获业务。它窥伺着猎物，巧妙地躲藏在隐蔽地，以便刹那间从巨石后面跃下（这是最佳方案），或者突然从侧面的灌木丛扑向猎物，把它扑倒，并立即咬断它的咽喉。于是立刻热血喷溅，至于以后的事嘛，就可想而知了……

而在追逐中捕获猎物最好是在它们喝足水之后。为此必须善于在附近埋伏，神不知鬼不觉。虽然活生生的猎物近在咫尺，仅需一扑，但是必须细心观察，竭力耐心等待。狍子一再扬起长颈上的小脑袋、竖起耳朵，双眼散发着戒备的光亮。它们两只前腿踏在没蹄的水中，一口接一口，无声地吞咽着水。淙淙的流水被它们喝进去的越多，雪豹成功的机会就越大。如果必须猛追，有时候简直不值得干，因为这些狍子、盘羊太善跑了。它们跑得比声音都快，这是它们活命的本能。它们不吼叫，不哀鸣，也不吓得拉稀撒尿，像某些畜生那样。比如说，野猪。在干旱的季节，野猪有时也溜达到这片矮林地区来。一旦狍子或盘羊喝足了水，它们的奔跑速度就会锐减，等到它们刚想离开水边，箭雪豹就立刻采取行动……

这一次，时近正午，箭雪豹打算在泉水边打食。它沿着汩汩流动的小溪，不慌不忙地在树丛中穿行，左顾右盼，频频回头——身后也许会出现花斑身躯的同类——雪豹。此类情况时有发生，这让它厌恶，特别是不愿意遇上出来打食的整个家族。何必闹得不愉快，你对着我我对着你厉声咆哮呢?！打食最好单独行动。于是，它就这样小步慢走……

时值夏末秋初，正是乌津吉列什－马镫高原地区最美好的时光——暴风雪不会突然发作，山口尚能通行，经过一个夏天的调养，各种野味最是膘肥味美；就连禽类也尽情啁啾叽喳，上下翻飞——雏鸟已经长大了。而冬天即将来临时，禽类就不见了，所有会飞的动物也都要消失，一直到来年夏天。它们无法忍受这里的冬天……

箭雪豹一边走，一边细心观察，看是否有前来饮水的狍子出现。在行进中它尽力适应环境，以便让它那斑驳的身躯不轻易在树丛与山石间暴露。它身躯高大，耆甲骤然隆起，但灵巧异常，圆滚滚的脖子强壮有力，硕大威严的头颅上长着一对猫耳朵，两只敏锐专注的眼睛在昏暗中放射出蓝幽幽的光芒。箭雪豹身体颀长，披一身浓密的绸缎般光滑的毛，斑点清晰分明，宛如民歌中所唱的萨满教巫师的衣裳。当它从容地徜徉在大地上的时候，它根本不知道自己跟非洲豹十分相像，甚至尾巴都是那样长，那样威风凛凛。诚然，非洲豹有时候需要像猫那样，爬到树木上面去，为的是更方便地捕到猎物，而雪豹则命中注定要更风光些。它攀爬的是悬崖峭壁，而且，在海拔四五千米的高原上，根本没有非洲那样高大的树木。这里只有在下面，在谷地，才长有树林，而生活在林中树杈上的也只有猞猁。雪豹偶尔也来到这样的林地，猞猁对着它们"呼哧呼哧"地喘气，"咝咝"地叫，仿佛不肯承认这些姑表远亲。雪豹的世界在高原，只有苍穹下面的山岳才是它们的栖息繁衍之地，它们奔袭捕杀的对象也仅限于难以企及的盘羊狍子之类……

箭雪豹不久就选好了阵地，在一条小溪岸边的灌木丛中，在一块块巨大的漂石的夹缝中伏下身来。它潜伏着，备好利爪，耐心等待。一群盘羊应当会来这里喝水，它们大概有七只，正沿着斜坡边缘鱼贯行进，高傲而又怯懦地扬着头。它不久前才远远地从山岩的裂隙中发现它们，此刻正静静地等待着。

太阳高高地悬挂在空中，光焰万丈。几朵飘移的白云轻拂着天山山脉冰封的峰峦。经验丰富的老雪豹感觉到，一切都好。捕食的决定性时刻来到了。唯一让箭雪豹内心感到不安的是，它采用观察的姿势隐蔽在漂石间，却清晰地听到了自己的呼吸声，它好像总也不能平静下来。这类情况以前当然也曾发生过，那是在极速奔跑或剧烈跳跃之后，要不就是为了争夺母雪豹而凶狠地打架，声嘶力竭地吼叫，撕咬得血肉横飞，恨不能把周围的一切活物都掐死之时。而在静止等待的状况下，需要的是全神贯注，与设伏的地点融为一体，注意力全都对着外部世界，这种呼吸急促的情况不该发生。可是它听得到自己每一次的呼吸，这对它来说还是第一次。今天心脏的跳动也较往常明显，耳朵里"嗡嗡"地响着。总的来说，最近一个时期，箭雪豹的生活发生了某些变化。从去年冬季开始，它成了凶狠的孤雪豹，被赶离群体，索然独处。老年渐渐来临时就要发生这种事件。这由来已久。自从新的一只年轻的雪豹盯上了它的母雪豹之后，它便成了谁也不需要的废物。它也曾进行过可怕的殊死搏斗，但未能制服情敌。后来又遇到过一次，它们又一次你死我活地撕咬，它又未能赶走插足者。那个独耳家伙（它的一只耳朵被撕掉了，这显然是以前厮杀的痕迹）是只异常凶猛、精力充沛、不知羞耻的野兽，它对母雪豹紧追不舍，死死贴住，磨来蹭去，谄媚讨好，甚至暴力威胁。而这一切竟公然在箭雪豹的眼前进行。在箭雪豹的第一个雌性伴侣于地震中惨死以后，这头母雪豹一直与箭雪豹生活在一起，并且两次生儿育女，但终于还是跟随新的雄雪豹——独耳朵家伙——走了。走时还带着挑衅意味，时而左右摇晃尾巴，时而把尾巴夹紧，时而把尾巴高高竖起来，时而把尾巴弯成弓状。还用腰与肩膀同新的姘头磨蹭。连眼睛都没眨一下，就走了……

那时箭雪豹曾紧追不舍。它们在洼地上缓步小跑，然而追上后也毫无结果，只是把以前发生过的事情再重复一遍。又是一场血腥的厮杀。不过这一次母雪豹也扑向了箭雪豹，撕它，咬它。这是最后的一击。箭雪豹企图维护自己原先在种群中的地位，延续自己在雪豹家族中高贵的第一公畜的角色，这些努力最后彻底失败了。甚至在那时候，当箭雪豹有些清醒之后，它贸然走向一个邻近的种群，想为自己选择一头年轻的刚长成的母雪豹。这一次厮杀也是残酷的，因为三只公兽立刻扭打成了一团——结果又是一无所获。母雪豹及其年轻的追求者随群奔向附近的峡谷，到那里去明确关系，解决自己的问题去了。被抛弃的它则孤身留下来，被解除了最主要的使命——在延续种族的斗争中，大自然总是站在新生力量一边。

在彻底隐退之前，箭雪豹还在附近徘徊了一段时间。忽而在行走中停下来一动不动，忽而漫无目的地奔跑，忽而卧倒，忽而站起来，用绝望的哀吼覆盖崇山峻岭。它很想像狼那样嗥叫，假如造物主给了它这种能力的话。它受到了强烈的震撼，不知所措，不知道该向何处去，甚至捕食的欲望也开始减退，它哪里还顾得上捕食呢——一群大角羊从旁边大摇大摆地缓缓走过，似乎知道，它，威震一方的箭雪豹，现在顾不上它们。要知道，它还远远谈不上老，依然是每战必胜的猎手啊……

实际情况也就是如此。就是在那时候，在它不理解的、失去了惯常意义的时刻，它突然看到一个场面，这成了它的痛苦的顶点。它站在巨石嶙峋的高原之巅，倚靠着刺柏弯曲多瘤的树干，漫无目的地环顾四周，猛然看到，在下面，沿着狭谷，一对新婚的雪豹在飞奔———雌一雄，青春年少，首次结合，充满力量与欲望，且奔且舞，戏谑地相互啃咬，为的是点燃激情，以便摆脱自己凡俗的躯壳，飞离尘世，凌空翱翔……尽管距离甚远，但依然可以看到，它们的眼睛闪烁着激赏诚邀的光芒。

箭雪豹情不自禁地颓然倒下，匍匐而行。它痛苦地呻吟，仿佛打算逃离自我。可是，它能逃到哪里去呢？曾几何时，这种肉体的满足也曾降临到过它的头上，它也曾与自己的母雪豹嬉戏。她那时像被脚踩住的蛇一般灵活，甜蜜地厉声尖叫。这种状况也曾发生在它与那头童贞母雪豹之间。它把她从别的种群中夺到手，于是它们开始新的飞奔……它们的肉体在梦幻般的期待中燃烧，天空则在它们的头顶上燃烧，山峦在它们闪光的视线中摇摆。啊，周围的世界在欢笑，在高歌，在大放异彩。它们，这新结成的佳偶，肩并肩地奔跑，相互补充神奇的精力。也是在这样的夏末秋初的日子里，为的是在明年春天，大山里将增添新的幼兽，雪豹家族的继承者……

它们就这样奔驰，互相紧紧地贴在一起，在奔跑中拉长身躯，迎风拉直飞翔的尾巴，宛如急速游走的大鱼。她稍稍超前，领先半头，这是理所当然的——这是雌性的优先权。它呢，不多不少，拖后半头，倾听着她的心如何在奔跑中怦怦跳动，吸纳着她呼出的灼热的气息。她的体味使它陶醉。它强烈地感受到某种此前所不熟悉的体验。在瞬间它听到某些新的声响———一种拖长的嗡嗡声，与随风发出的"咝咝"的回响。这声音出现在头顶上的阳光里，飘荡在强劲的气流中，在迅速下沉的太阳的光线里，在周围山岳林木的跳动中，逐渐变得越来越清晰。啊，假如造物主让雪豹能够懂得，这是生命的天籁，是它们交合的伟大的序曲……然而，正如时常发生的那样，这原来仅仅是一场甜蜜的幻象，它最终变成了残酷的现实。时光流逝，四季交替，幻影消失了……

天意高深难测——过去如此，将来也永远如此，毫无办法。

那一天，当箭雪豹惨遭抛弃，它的母雪豹在众目睽睽之下追随独耳朵的胜利者急驰而去，去从事公雪豹们为之搏杀了一整天的勾当，箭雪豹开始在附近流浪。它东游西荡，试图平息内心难以遏制的怒火。它漫无目的地徘徊，甚至错过了捕食的时机。于是，也许注定要发生这样的偶遇，在一个荒僻的山谷里，它与它们狭路相逢。它几乎撞在它们——母雪豹和独耳朵浪荡情敌紧紧连成一体的身上。这是高潮。箭雪豹只要往前冲一步，就可以对这一对儿施以报复。但在最后一刹那，它突然停住脚步，僵立不动，两只可怕的充血的眼睛死死盯住可恶的正在交配的情侣。某种力量，某种声音，某种意志制止了它。仿佛有谁悄悄地告诉它，在内心提示它——不要碰它们，不要危害为延续后代而正在交配的同类。它转过身去，磕磕绊绊地走了。边走边呻吟，心在哀号中燃烧……

箭雪豹越来越远离雪豹种群，完全变成了孤兽，离群索居，无情而凶狠，准备为细微琐事而血溅山峦。一座座山洞成了它的居留地。它在高山雪地上游荡，追逐逃命的动物，时常把白天的捕获物堆积起来，超过自己的实际需要，似乎要让所有卑微的"寄生虫"们都跑到这里来就食，如胡狼、狐狸、獾；让爱吵爱闹、打架成性的白兀鹫们都飞来，它们动辄大喊大叫，用翅膀和爪打成一团。箭雪豹在一旁默默而鄙夷地望着这群无赖，有时候扑过去驱赶它们，大声咆哮，怒斥它们，好像它们有什么罪过似的。它就这样来发泄自己的怨气、痛苦，与对往昔的怀念……

日子一天天地过去，山山岭岭依旧，终年积雪的山巅一如既往地泛着白光。寒来暑往，天气不断变化，箭雪豹依旧孑然一身，像老虎那样全身斑驳的高山之王的外表没有任何变化。然而，有一天它开始感觉到气喘……最初是偶尔有所觉察，主要是在紧张而剧烈的运动的时候。

不过，在静止状态中感到胸闷气短——还从来没有过。

这次在饮水场等候盘羊，箭雪豹第一次感觉到，狩猎尚未开始，它的呼吸就已经失常了。

行动将跟往常一样——埋伏好，等盘羊喝足水，便不失时机地发起进攻。不过，眼下这还仅仅是意图。还需要一切顺利。时常有这样的情况——不知何故，盘羊觉察到了危险，眨眼间便拐向另一边，迅速从视野中消失。这样一来，就只好重新寻踪追击，结果也就难以预料了……

这一次箭雪豹无须抱怨命运。盘羊，也即大角羊，快腿健跑，善山地攀缘，能吃到高山地带难以企及的草和野果，此刻正径直朝小河的转弯处走来，箭雪豹正埋伏在那里恭候它们。它们没有从远处发现它，走近后没有嗅到它，便沿河岸一字排开，开始静静地喝水。

箭雪豹从藏身之地一动不动地注视着它们。一切都进行得有条不紊——盘羊们享受着饮水的欢乐，喝几口，休息一下。现在只需耐心地等待。唯一与往常不同之处就是箭雪豹的气喘，可以听到胸腔里发出的低沉的嘶鸣声，虽然这暂时并不碍事，但也引起了箭雪豹的警觉。

关键的时刻终于来临，箭雪豹应该闪电般地猛跳两步，扑过去，用可怕的前爪，对准位于边上的大盘羊（野羊群的首领）的脊椎骨狠劲一击——然而，气喘产生了影响，把事情弄砸了。在腾空飞跃之中，它看见野羊们身子一震，陡然扬起头来。它只剩下用利爪实施致命的打击了，它几乎已经够得着猎物了，却轰然跌落在盘羊的身旁，大盘羊则立刻向旁边一闪。它感到胸闷气短。狂怒的箭雪豹马上跳起来，又扑向盘羊，可是大盘羊躲开了，整个盘羊群跟着它，拼命逃离可怕的凶兽。

还能赶上盘羊，还可以扑倒跑在最后的那只。箭雪豹竭力追赶，不料又一次遭受挫折——没能赶上，没能扑倒，没能以胜利的吼叫庆贺成功，而羊群越来越远……它气喘吁吁，克制着胸中的闷疼，又做了一次努力，但是，为时已晚……箭雪豹遭遇这样的失败还是第一次。不过，最伤感最委屈的还是，箭雪豹瞄上的那只直角公盘羊，逃跑羊群的首领，在奔跑中突然回过头来，示威、挑战似的晃了晃长角，用蹄子扬起尘土，然后才扬长而去。这标志着：箭雪豹今后不应再指望无条件的成功，它现在只能乞讨，吞食别的动物的残筋剩肉。

诚然，以前箭雪豹在狩猎中也曾有过些微的失误，但这样的失败前所未有……

它茫然四顾，无论如何也不能恢复理智。它试图平息气喘，信步缓缓走去……

世界空旷寂寥。箭雪豹很想最后再听一次高山、瀑布与森林的美妙的声响，听一听那神奇的天籁，就像它在新婚马拉松长跑中所听到的那样。它很想放声吼叫，呼唤。然而，世界沉默无语……

箭雪豹，曾经的高山之王，孤零零地独自行走在山地上，不知该走向何方。需要寻找栖身之地，一个山洞，以便在那里，在孤寂中，打发自己最后的日子，静候自己生命缓慢逼近而又不可逆转的终结。凶猛的野兽无论如何也预见不到，最后与它共命运的将是一个人。关于这种生灵它仅仅听说过。确切些说，是得知于山中猎枪齐射的回声。射击声使它不禁浑身战栗，在原地伫立不动，然后走得远远的。而近距离看到人——还从来没有过。

然而，命中注定它要与人相遇。又是命运……

第二章

很难解释清楚原因,但确实有这样的巧合——又是时间,又是地点,尤其是主体的行为,这一切似乎迫使命运发生预想不到的转折。这一次就发生了类似的情况。虽然他未曾估计到事件会有这样的结局。他以为,他相信,真理终将赢得胜利。须知,真理不会死亡。这就是说,只要活下去,总能搞清楚真理何在——我们就为此而生存,这是造物主的意志。只不过,何谓真理?……

跟往常一样,星期五的夜生活比平日开始得明显提前。临近傍晚,阿尔森·萨曼钦已经就位。他坐在餐桌旁边,订了菜,但没有吸烟。他抑制着,不吸。很想吸一支,像往常那样,当焦急等待、心口隐隐酸痛的时候。窗外渐暗,不久街灯便亮了,建筑物上的轮廓灯和大街上疾驰而过的汽车的灯也开始闪烁。

餐厅的一半尚是空的,然而,不大一会儿,这里,如俗话所说,将挤得水泄不通。这没有什么可奇怪的:那些能放任自己潇洒度过时光的公众都要奔向这里,在橡树公园近旁,到这个最体面的,或者像现在常说的那样,上流社会精英人物常来的,自然也就是最昂贵的饭店。它是20世纪90年代的产物,原来是军官之家,按欧式风格装修一新,取名"欧亚饭店",响亮而时髦,具有丰富的地缘政治内涵。

他就在这家欧亚饭店等候。也许有人会感到奇怪:他为什么经常来这里,而且总是一个人?假如他是破产商人,或是输光了的赌徒,那倒可以理解:来借酒消愁嘛。然而,他不是那种人。导致他端着酒杯坐在欧亚饭店似乎在等候朋友的缘由,甚至他本人也不十分清楚。

为做出并非无所事事的样子,他从自己总随身携带的手提包里取出来一份文件,一边喝酒,一边浏览。他内心焦躁不安,明白自己实际上是在冒险,然而又看不到别的出路。虽然他估计形势,预感到他的期待能得以实现的概率几乎没有,这可能是他最后一次来这里。

是的,应该行动了,应当找机会接近她,谈一谈。她会有什么反应呢?有些人已经称她为头牌女主角,不过他知道,她也知道……主要的是,不能错过机会。再做一次维护真理的尝试。他又纠缠起真理来啦,还有个完吗?然而结果如何,将引起什么样的反响,这很难说。他的体验、他的信念能否得到她的理解,难以设想。而他对自己的体验与信念的高尚则深信不疑,为了自己的信念,哪怕牺牲在无水的沙漠里,他也在所不惜。想不到事情发展到了这步田地。浪漫、激情、理想,全都被现实击碎了!可他死死抓住这些不放,随它们一起掉进了陷阱,还依然不肯放弃。结果便是,大家都在现代化的高速公路上风驰电掣般前进,他这位怪人却站在路边招手拦车,而没有人理会他。这又是一次尝试。为此他才尽早赶到这里,选择一个合适的座位,以免有什么东西挡住他投向舞台的视线。这样的地点必不可少……

这时候乐队在舞台上出现了,开始一本正经地各就各位。还将进行所谓的"电视现场直播",因为在这样层次的饭店里,众所周知,宾客都喜欢看外来的与本地的明星们现场演出摇滚乐。

他认识一些以前在歌剧院乐队演奏的乐手,同一些乐手还很熟悉。说实话,好久不交往了。世事变化太大啦。对于他们来说,他还像以前那么有用吗？然而，问题在这里吗？只要音乐一响，每个人面前就会拉开一面看不见的、通向"理想世界"的大幕，只有音乐才能把人带入其中，彼时一切庸俗扰攘的事物都将退去，只剩下歌唱的精灵。

　　说到音乐，这是他与生俱来的爱好，是他不可思议的无法抑制的天性。这不是兴趣，而是某种更强烈的无法解释的情感。由于这个，曾发生过这样一件事，让他一回想起来便在心里嘲笑，甚至挖苦自己，称自己为疯疯癫癫的音乐迷。在改革重建的初期，因为自己业务上的事，他到了伦敦。他们的会议在一家时髦而雅致的饭店里举行。使他感到震惊与极端愤慨的是，豪华的卫生间里尽管有一切必需的设备，可是在静谧中，从小便池上方，从天花板的什么地方传来了神奇的音乐。来方便的人们从小单间里进进出出，在那里他们自然要擦屁股、撒尿、吐唾沫、吐痰，最后是放水，与此同时，为欢迎他们，却一直奏响着肖邦或者是其他别的什么天才的曲子。哎呀，什么样的音乐从神秘的高空径直跌落进了下水道啊。他无论如何也理解不了都会主义者们这种独特的文明服务。要知道，音乐是通向造物主的足音，是精灵们的星系呀。可现在看吧，他们搞的什么名堂！唉，他对苏联人的习惯叹惜不已，如果饭店里有意见簿，他非好好教训教训这帮五星级管理人员不可！可是，他从半地下室回到大厅，刚提及这事，立刻就——正像他后来自我调侃时所说的那样——"刚一张开口，立刻就闭嘴！"他用在莫斯科求学年代学到的、还完全说得过去的英语，试图就厕所里亵渎音乐的事件发表自己的意见时，当即便得到答复：如果您不喜欢这个厕所，那就请去另一家……

　　由于迷恋音乐，他有时候甚至大言不惭地说——当然，多半是开玩笑——假如从小他便被送进音乐学校，而不是赶着村庄里的马群满山跑，他一定就成为作曲家了，因为他总凭直觉在心里作曲，不过，结果却只能为他自己本人。

这么一来，就只得在刊物上当音乐鉴赏者和戏剧评论家了。对于这个，他倒是很喜欢。然而，有时候也就落入了圈套……

可能因为几杯酒已经下肚（欧亚饭店的酒是法国酒，相当好，所以今天这次对饭店的造访又让他花了一大笔钱），萨曼钦兴奋起来，想再给自己斟点儿酒，这时一位饭店职员来到他的餐桌前面。他不是侍者，外表十分体面，粗壮的脖子上，按欧式服务的要求，系着灰色蝴蝶结，戴一副大眼镜。原来是饭店经理。

"对不起，您是——阿尔森·萨曼钦吗？"他把一张带欧亚饭店标示的名片放在萨曼钦面前。

"对！"阿尔森按习惯迅速回答道，"您没有搞错，我是阿尔森·萨曼钦。那么，您是欧亚饭店的总经理啦？"他站起身，伸出手，嬉笑着补充说，"也许，还是整个欧亚大陆的头儿？"

"奥雄多伊！"那一位咧着嘴说，吉尔吉斯语就是肯定刚说的话，"正是如此"。阿尔森·萨曼钦当即在心里赠给他一个绰号——奥雄多伊先生！

握过手以后，奥雄多伊十分自信地拉过来一把椅子坐下，看来想严肃地谈一谈，因为他开始擦他的大框眼镜。

阿尔森·萨曼钦对奥雄多伊经理的意外举止感到有些惊讶，然而还是继续以欢迎的口吻说："尊敬的总经理，为了不影响您，请允许我收起提包。您的欧亚饭店很好，棒极啦，我正坐在这里欣赏。我有时来这儿，不经常，但……"

"我知道，我知道。"总经理马上说，但还是没能抢到话题。

"我坐着欣赏。"阿尔森·萨曼钦快活地把四周打量了一遍，重复说道，"看，有多少顾客呀，女士们又多么漂亮！"他的嘴有些不听使唤了，毕竟是喝了酒，酒力显示出来了，"而没有女士，您知道，饭店就不是饭店。"最后一个词萨曼钦是带着法国口音说的，但对方并没有捕捉到他的讥讽。"是的,饭店就不是饭店,剧院就不是剧院,集市就不是集市。看,她们又来了,也都是美女!凉台上还有地方,是为愿意坐得高些的顾客准备的。嘀,乐队开始调音定弦了!终于要开始啦。我早就在等,等音乐!我就是为音乐来的。吊灯多美呀!听说,是意大利的!"

奥雄多伊点了点头。

"是的,奥雄多伊,意大利的。"总经理果断地提示性地举起一只手,意思是说:等一等,我也要说点儿什么。"我并不是偶然来您这儿,我要这个……"他刚说半句就卡住了。

"啊,这好极啦!"阿尔森·萨曼钦激动地说。他以为自己尚未被完全忘记,有人在公众场合还能认出他来,而且还是这样的高级管理人员,这使他大受鼓舞。"那我们就喝一杯吧!"他友好地看着对方胖嘟嘟的脸,诚恳地提议说,"应该说,您的酒很出色,棒极啦!让我给您斟上,我再要一些。"

"不,不!"奥雄多伊抓住他握着酒瓶的手说,"我来不是为这个。我是为公务而来。对,很多人认识您,您是名人,不过,关于这些以后有时间再谈吧。我到您这儿来为另一件事。您知道吗,情况是……今天我们这儿有非常重要的活动:为境外赞助人举行晚餐会,开发阿克苏金矿的加拿大合资企业,这是国际活动,还有本地采金的伙伴——他们是邀请人。全都是大人物,有卫队,当然,也带着太太。音乐嘛……问题当然不在这里。我不想骗您,刚打来了电话,有指示,今天不让阿尔森·萨曼钦在场。就是这样说的:'必须如此!'"

"停!停!是谁这样关心我呀?"阿尔森·萨曼钦勃然大怒,"谁提出了这个'必须'?凭什么权力?……"

"我只是按吩咐传达!"奥雄多伊涨红了脸。他打断了阿尔森的话,但避免详谈。"谁关心什么,与我无关。上面发话了!"他对着天花板点了一下头,那里的枝形吊灯灿烂辉煌,"我就得执行。也就是说,必须痛痛快快地离开饭店,多余的话免谈。越快越好。现在就请起身吧——事情就此了结。必须如此。"

"必须如此?这该怎样理解呢?"萨曼钦刚说到这里就卡住了。他紧紧地咬住了嘴唇。当然,他可以把事情闹大,让这位肥头大耳的奥雄多伊瞠目结舌。为了还击对自己权利的蔑视与侵犯,把他的餐桌掀翻,朝他脸上来一拳,大喊大叫,宣称抗议对自己的人格与尊严的侮辱,等等。但此刻他顾不上这个。一个念头闪电般掠过他的脑海。他遏止住感情的迸发,不过并不是由于他的非凡的自制力,而是由于他仿佛感到被击昏,仿佛一棵被砍伐的大树在他面前轰然倒地,他脚下的大地在颤抖。因为他的直觉,他潜藏的下意识,宛如内心音乐思维的浪潮涌流,以及他有时候喜欢做的幻想——所有这一切全都在瞬间坍塌,宛如那棵大树,失去了任何自己独立存在的必要性与价值。造成这种毁灭性灾变的就是一个念头:"难道是她?难道是她干出了这种勾当?"他不相信自己的猜测,便向舞台望去——她还没有在侧台上出现,但乐队正在演奏某个循环的集成曲,等待她出场。他从衣袋里取出手机,开始拨号。他的手指不停地抖动。他担心自己的声音也要颤抖。他不愿意让奥雄多伊看到,但又无处躲藏。她的手机被屏蔽,"嘀嘀"几声响过,她以呆板的语调宣布"我是艾丹娜·萨马洛娃。电话临时关机,不能接通",然后又是嘀嘀声。

"不接电话吗?"奥雄多伊扬起眉毛,语带奚落地问。

萨曼钦没有吭声。奥雄多伊具体指的是什么?谁不接电话?是估计,是猜测,还是确切地知道?他没有盘问,不想自找没趣。一般来说,问题在于:需要决定下面怎么办。站起来,一走了之,还是要求解释:谁下的指示,为什么他——饭店的总经理,这样卖力气,实际上把自己贬低为打手?

"嗯，怎么样？"奥雄多伊催促地问，"咱们站起来？我可以送您到出口……"

"不，不，这恰好不必要。"阿尔森·萨曼钦拒绝了，"我自己认识路。"他恼怒得"砰"的一声合上提包。

"那好吧！很明智。顺便说一句，晚餐就不必付款了。这由我们自己来承担。"肥头大脸的奥雄多伊补充道。

阿尔泰·萨曼钦突然发作了，仿佛他终于等到了为自己受辱而报复的时机。

"你这说的是什么话?!"他愤怒地对着奥雄多伊喊道，特别强调地由"您"改称"你"，"你把我当成什么人啦？怎么，我从大街上来你这儿请求施舍来啦？去你的吧！我对你的饭店以及你本人嗤之以鼻。你把服务员叫来，在离开这里以前，我付清最后一个戈比。你走吧！就这样！"

"你看着办吧！这是你的事！服务员马上就到。然后，那就……照说的办吧！"奥雄多伊慢慢站起来，牛脖子涨得通红。提醒之后，头也不回地走了……

这时候阿尔森·萨曼钦犯了个不可原谅的错误，办了件蠢事——竟纠缠起了琐细小事，这只能加剧冲突。

"哎，你站住！"他叫住奥雄多伊，当对方回过身来，又狠狠地对着他的脸说，"你不要以为，把我赶走——就完事啦！我不会就这样善罢甘休的！我也有自己的资源。我是记者，独立记者！请记住！"

这似乎刺痛了奥雄多伊：

"要我记住什么？你自以为了不起啦！我根本不在乎你是什么人！女人们早就回避你，往一边躲。"

"这关你什么事？"

"我是说，应该知道自己是干什么的。记者现在——就像圈里的猪,你怎样喂,它就怎样哼哼,报社里的,电视台里的,全都一个味儿。跟我充什么大块头?!如果五分钟以后你还不从这里滚出去,你就怨自己吧,混蛋……我们有办法。就这样!多一个字也不说啦!"

说着,奥雄多伊决绝地从扭曲的脸上揪下眼镜,再不理会"独立记者"的喊叫,头也不回地走了。

阿尔森·萨曼钦哪里知道,对他来说,这个故事将有什么样的续篇啊!

服务员来了:

"对不起,这是您的账单!"

阿尔森·萨曼钦依旧怒不可遏,他把账单连同盘子向旁边一推:

"先给我拿伏特加来!"

"伏特加?"

"对,伏特加!如果你不懂俄语,那就——阿拉克!"

"马上送来。要多少?"

"你能搬多少就要多少!快点儿!"

"是!"

服务员快速向食品柜台走去。盛怒中的阿尔森·萨曼钦环顾四周。没有任何人理会他。餐厅继续着自己的夜生活,顾客已经满员,凉台上也坐满了人。到处都是欢声笑语,"叮当"碰杯之声不绝于耳。一片嘈杂。音乐与大厅里的情绪相配合,伴以在墙面上跑来跑去的光束,刺激着挑动着人们的心。唯独他一个人是人海之中的被遗弃者。他感到头晕。由于紧张,由于意识到他今天来这里的目的已经不可能达到,他的心在胸中隐隐作痛。他很想确切知道,这场攻击来自何方——来自她本人,艾丹娜,还是来自她的新的庇护者?如果来自她本人,那她怎么能出卖他,把他出卖给敌人,允许他们干涉他们两个的私事,这之后她还算什么人呢?这个荡妇!而且为什么?发生了什么事,非要赶他走不可？

是的，是有那么回事。这是在不久以前，他们的关系中出现过一次比较长时间的间歇，她开始回避同他见面。于是他便像这样，到这里来，提包不离手，紧挨着舞台站着——站了整整一晚上，目不转睛地望着她。他想喊她：哎，一身金箔的女神，清醒清醒吧，《永恒的新娘》还没有通过你在舞台上诞生，你难道就把她埋葬啦？难道你为了在人群中跳舞就把她出卖啦？还是你疯啦？

他内心还有一些致命的尖酸刻薄的说法，但他只字不提……他就一直站在那里那么看着，而提包里躺着一部，他深信，是伟大的手稿，像无声的人质那样，正等待着自己的时刻。然而，这样的时刻何时到来？这关谁什么事？只有她……恰好在这时候，按规定舞台上响起了音乐，在鼓点的伴奏下，高亢激越，女声独唱歌手纵情高歌，她的色情动作那样投入，观众们在集体色情冲动的风暴中忘乎所以，紧紧地盯着她，狂热地鼓掌、吼叫，饥渴的眼睛恨不能把她吞下。而他，站在舞台旁边，看着她如何喉咙与身体并用，做这种沉重的音乐"临时工"，心里十分痛苦。他们的目光，像这场疯狂的暴风雨中的闪电那样，几次相遇。她明白，这是怎么回事。

这是一个新阶段。开始时依然是那样，只不过这一次，他还是拿着那个提包，里面放的还是那部伟大的作品，却被人从大厅里往外驱赶……他还必须屈从。

服务员回来了，托盘上端着一瓶伏特加。

"请。给您斟上？用高脚杯，还是玻璃杯？"

"玻璃杯。"

"斟多少？"

"斟满。"

他把满满一杯伏特加一下倒进自己的肚子里，仿佛倒进了燃烧的深渊。他傻了,几乎要呛死。他想把自己烧死。

"我该付多少?"他看着账单严肃地问,同样严肃地、分毫不差地付清账,使服务员颇感惊讶。然后他默默地往外走,同时尽量不让人看出,在喝下一玻璃杯伏特加之后,他需要做出何等努力,展开僵直的双肩,伸出青筋暴露的脖子,才能保持住身体的平衡。

在存衣室里他拿起帽子,带着同样一丝不苟的表情把它戴在头上。不论冬天夏季,他都喜欢戴礼帽。所以艾丹娜才称他为"帽公"。走到出口,他听到了从舞台那里传来的她的歌声,艾丹娜的歌声。整个餐厅一片热烈的掌声——这是期待已久的事情:一位著名的女歌手出现了!响起了第一阵狂热的呼喊:"艾——丹——娜!艾——丹——娜!"阿尔森·萨曼钦没有回头,只是放慢了脚步,在竭力克服酒力的同时还能够想:欣赏吧,这是直观教具——广告和时尚的顶峰。为了这样的效果,整个基础结构在工作,进行着生存竞争。荣誉、知名度,最终全都是为了让钱像落叶一样从天而降。他甚至挖苦地嘟囔道:"没有钱的日子难过,寸步难行。"他真想狠命地跺脚,扯开嗓子放声大笑,纵情蹦跳……但忍住了。他马上又想放声大哭,哭得能让造物主听到,把它闷死。需要发泄发泄,必须躲到某个地方去,以免干出什么可怕的事情来。趁为时还不晚,赶紧走,永远消失。

"爱和杀人!怎么会有这种事?你这是酒后胡思乱想!不,不是酒后乱想,"他自问自答,被这个念头吓得浑身发冷,"爱和杀人……"

他向外走的时候,脑海里依然翻腾着:我躺进坟墓之后也忘不掉,决不原谅!

第三章

　　世界上的生灵都有自己的命运。就是说，各自有各自的命运。永远如此。谁也无法逃避……在等待命运的过程中不可或缺的日子来临并逝去。一直等到最后一天，最后一个小时……这将永远如此。

　　这不，又不知从何处刮起了风——这是命运女神在自己的巡游中突然想了起来，当即便匆忙到各处去巡察，察看这个现存世界上，在人的心灵中，在人的思想上与人的行为里应该察看的一切。命运女神又抓起了自己的所有紧迫的事情，又跟往常一样，深谋远虑地策划，隐秘地准备，让诸多情况出乎预料的巧合，这又出乎预料地事先决定了某些生灵的境遇和在世界上的历程。他们注定要亲身体验不知疲倦的命运的意志，经受自己未来的岁月，他们将不由自主地带着那些问题一次次向造物主呼吁：什么将要发生？为什么？怎么办？……

　　但是，无论是悄声低语，还是大声呼号，造物主都听不到……

　　就连深山里的野兽也对着造物主声嘶力竭地嗥叫，使不堪忍受的月亮时而躲到乌云背后，时而躲到雪峰后面，因为它也曾被无处不在的命运亏待，命运已经为它——高山上的雪豹，事先准备好了某些……

　　在争夺牝兽的搏斗中遭受失败的箭雪豹被抛弃了，丧失了参与延续种族活动的权利，度日如年。在这一时刻使它倍加痛苦的是，它还在进行本能的反抗，它尚未彻底认输，还渴望恢复自己的力量。它有时候置一切于不顾，狂躁不已。它很想一如既往，紧追某个雌雪豹不舍，然而它们全都"名花有主"，它的冲动得不到任何响应。有几次它扑向情敌，就算不能把它掐死，至少也要昭示一下自己的存在。然而，打斗结果常常是不分胜负。所有幻想均宣告破灭：种群里实际上已经对它视而不见，似乎它根本就不存在。它只得处于边缘，在雪豹群追捕大猎物的时候置身事外。这种被压抑的处境需要难以想象的耐心，必须保持紧张的、几乎达到痉挛程度的沉静，等待啃别的雪豹吃剩下的残筋剩骨。它的命运现在是那么凄惨，虽然外观上它仍然那么雄伟——巨大的头颅上眉头微皱，两只略显疲惫的眼睛闪着光，粗壮的耆甲凹凸不平，尾巴则经常柔软地弯曲下垂。这表明箭雪豹还能够保持必要的自持。

只不过种群对这一切根本不理不睬。只有带孩子的季节性雪豹夫妻恶狠狠地瞥它几眼就躲开，好像箭雪豹有什么地方对不起它们似的。而它原先的母雪豹完全不再承认它——它翘起尾巴，厚颜无耻地挑衅似的同新得到的"姘头"（同样是个无赖）肩并肩地从箭雪豹身旁走过，仿佛箭雪豹只是一个影子。这样的凌辱，箭雪豹必须一忍再忍，而它前不久还是同族雪豹中的首领，带领自己的种群生活在乌津吉列什－马镫山脉常年积雪的高山与峡谷中。脱离族群生活后，它靠随便猎杀一些小动物什么的凑凑合合地打发日子，如獾、黄鼠，偶尔还有野兔。箭雪豹总的来说并没有挨饿，虽然已不像早先那样可以饱餐野生偶蹄动物的肉。这样的偶蹄动物以前它几乎天天捕到，如今幸运也背弃了它。

然而，它反抗的意志并没有耗尽，事实上已经成为不可接触者的它，还没有向被遗弃的、屈辱的命运屈服。与之相反，它身上还沸腾着反叛的本性，不肯接受现实。在它那兽性的深处正酝酿着抗议，一股不可抑制的力量正在增长，要求尽快离开这一地带，离开这些高山和峡谷。这里成了它的伤心之地。要永远离开，一去不复返，到另一个世界去。那不是随随便便就能到达的地方，它在山口的另一侧。通过一个巍峨的山口，在终年积雪的山岭的背后，它将到那雪豹罕至的地方去。那个地方难以到达——只有在夏天，而且是在有数的几天当中才有可能。那就是连高飞的鸟类都难以企及的乌津吉列什－马镫山脉。一股力量从内部顽强地推动箭雪豹到那儿去，无法排遣的苦恼促使它到那儿去。以前它曾到那里去消夏，但它现在的悲剧就在于——早先可以做到的现在却难以做到了……

通往山口的道路崎岖陡峭，直通云端。高原上积雪常年不化，羊群般的云朵在山风的驱赶下在山口上爬行，然后隐没在山口后面，沿坡而下……这一切就在眼前……

箭雪豹停下来，在原地踏步，观察这一切，估计需要爬过多少雪堆。它在艰难行进中踩实雪堆，有时则陷进齐脖的雪坑里，用四只爪子一齐向上爬，爬出来后继续匍匐而行，又整个身子掉进山岩的冰冷的怀抱。但是它已经感到呼吸困难，仿佛它正在疯狂地追赶猎物，心脏每跳动一次耳朵里便发出嗡嗡的轰鸣。最可怕的是，严重的气喘时时发作，把它摔倒在地，让它向后滑下去，眼睛看到的一切都在扭曲、变形。周围世界坍塌了，它没有力量再继续向前向上攀登，它"呼哧呼哧"地喘息，憋得低声吼叫，可是一步也前进不了……假如它像以前那么强壮，再过一两个小时就会翻过乌津吉列什－马镫山口，最后到达另一个世界。在天堂度过一段时光……假如这得以实现，这一次它将永不返回，永远留在那里，直到最后一息，直到生命的最后一瞬间……

不知所措的箭雪豹就这样在群山环绕的高不可攀的台地前面苦受煎熬，绝望地摇头，用爪子挠冻得石头一般的大地。假如它有哭出声的能力，它便会让自己的哭声震撼周围的崇山峻岭。

箭雪豹已经几次试图越过山口，然而都未能成功……有一次，十来只盘羊蹦蹦跳跳地紧贴着苦苦喘息的箭雪豹走过，好像附近根本就不存在凶猛的雪豹。它们看到了它，而它装作没有发现它们，这些大自然安排给高山雪豹的主要猎物……啊，山岳，世界上难道有这种事吗？！然而山岳不语。主啊，世界上难道有这种事吗？！然而主无言。箭雪豹痛苦地低下了头……

要知道，想当年它一切顺遂。它跑起来能越过湍急的瀑布。一旦失败，瀑布能将任何动物冲进深渊，在石头上摔个粉身碎骨啊。箭雪豹那时候是何等矫健，在它前面没有障碍。什么深渊，什么绝壁，通通不在话下。暴风雪像亲人一样拥抱它，某位女神从山顶上招呼它："到我这儿来，箭雪豹，来呀！"它响应召唤，飞快地向她奔去，可她却不见了。她的声音又从另一个方向传来："到我这儿来，箭雪豹，来呀！"于是它又跑起来，速度比箭还快……那时候它干什么都游刃有余，整个世界都属于它，奔跑、追逐、攻击、获胜，都不在话下！周围世界曾经是它的天下。

现在，它四处游荡，攀爬，累得精疲力竭，在不可战胜的山口面前忍辱。它悲痛地回忆起那些逝去的岁月。

正是中午。中午每天都有，但这是一个不可忘怀的夏天的中午……

这个夏天同样也是不可忘怀的……

在这样的高度上，在晴朗无云的日子里，太阳不烤不灼，不把生灵赶进背阴的地方去，而是像在低处那样，放射着奇妙的光芒，用自己的光养育高山世界，并转化成活命的能量，施与生活在大地上的一切生物——从普通的小草，到盘旋于山岳之上的鸟群。它们也飞到这里来做短暂的居留。一切的一切，在这一时刻都在太阳下享受着生命的幸福……

那个中午也是如此。它们（它和它的雌伴）在阳光与壮美山岳的感召下，在乌津吉列什－马镫高原上自由奔驰，在共同的兴奋中奔驰，为奔跑而奔跑，为了互相享受……

它们于前一天到达这里。它们走了一整天，翻越山口时一分钟也没敢耽搁，为的是不在半路上过夜，不被暴风雪掩埋。箭雪豹与它的母豹如愿以偿，趁亮，在日落前到达了目的地。为此它们付出了多少代价呀！它们在本能的感召下来到这里，大自然在那一天处处恩赐它们以成功。到达后它们喘了一口气，刚要物色过夜的地点，就看到不远处有一群狍子，共十来只，也刚刚越过山口，来到草地上寻觅鲜草与高原上的水。对于它们偶蹄动物来说，结局是惨痛的，抵达变成了灾难；而对于猛兽来说则是成功。雪豹立刻发起进攻。追上猎物并不那么困难，刚刚越过山口的狍子已经筋疲力尽。其中一头狍子被扑到，其余的逃走了。入夜前踏踏实实地饱餐一顿鲜肉非常适时——喷香、充实、舒服。天上的星斗似乎懂得这一点，宁静、安详地把光洒向它们头顶，洒向起伏逶迤的山岭。

清晨，太阳升起在晴朗的天际，崇山峻岭复活了，恢复了自己的凝重与雄伟，更加凸显出轮廓和棱角。

箭雪豹和雌伴已经站起来了。与其说它们按习惯在寻找偶然的猎物，不如说是在首次来到的住地与草场上漫步，享受高山地区的空气。时近正午，太阳升至山顶，两头雪豹开始跳跃行进，继而开始长途奔跑。仿佛太阳本身的力量吸引并鼓励着雪豹，赋予它们前所未有的美与力，以便它们在这一时刻理解自己两位一体存在的实质。这是它们和谐的庆典。

它们肩并肩自由自在地跑着。对于它们来说，此刻在世界上，除了太阳与山峦，什么都不存在。什么猎物它们也不需要，哪怕是猎物出现在路上它们也无动于衷。它们吃饱了，边跑边吸收太阳的光和热，变得越来越强劲，毫不疲倦，处于享受生命的巅峰。那都是往事了……

地球在宇宙这个游戏场中旋转，地球上的一切都存在于看不见的永恒的旋转之中，箭雪豹在母雪豹的陪伴下，在阳光照耀下的山峦与谷地间飞奔，而太阳从正午的高空爱抚着它们，招呼它们到它身边去，吸引它们飞向空中的禽鸟，因为此刻它们这奔驰的一对儿成了猛兽种族的天使……有时候野兽也能是天使。那都是往事了……

然而，宜人的夏天结束了，高山上的栖息期业已终结，那里的世界发生了对照鲜明的变化——从陡峭的山巅上刮起了暴风雪。暴风雪裹挟着刺骨的严寒与令人窒息的旋风沿着山坡疯狂地扑来，一瞬间便把天空变得一片昏黑。雪豹们匆忙踏上归途，勉强来得及全身而退。有一些动物就永远留在了那里，被雪堆掩埋了。一些飞鸟在空中失明，被冻僵了，像石头一样从高空坠落。那都是往事了……

箭雪豹现在无望地挣扎着就是要到那里去，去那云端下的高山之上，呈现在神奇的太阳面前——这一次是孑然一身，等候自己最后消逝的时日，永远消失。只能在那里，只能这样，这位被遗弃的野兽不能接受任何别的结束自己生命旅程的方法。

然而，此路不通。对于它来说，通向山口之路已被死死地封住。箭雪豹哀鸣，嚎叫，气喘吁吁地往陡坡上爬，滑下来，重又哆哆嗦嗦地站起来……

然而，为什么命运就不赐予这位高山上的雪豹以小小的方便呢？它苦苦追求的不过是翻越山口，消失在山口后面，永远留在那里……难道命运女神这么做有什么特殊的理由？难道命运为着什么缘故需要它留在这里，在乌津吉列什－马镫山脉的山前地带？命运有什么考虑呢？

第四章

还在两天前他便开始写一篇文章，同一位读者辩论。这位读者直截了当地宣称："心灵算什么东西？随便什么玩意儿都可以记到它的账上。意志与意识——这才是人最主要的东西！""也许是这样，但不应该否定有时候心灵发挥作用的重要性，尽管我们自己并不了解这个重要性。心灵的冲动甚至经常成为历史事件的决定性因素。心灵是善与恶的早期发源地。心灵是潜意识的蓄电池！"如果有机会，他有时候喜欢发表点哲学见解。

然而，现在不是议论哲学问题的时候。那天晚上阿尔森·萨曼钦甚至没有触及电脑，他相信他再也不能完成这篇有趣的思想深刻的文章了；他也没有像一般晚上那样听音乐，他同样也相信，他再也没有机会于闲暇中听听音乐了。

自从他在那家倒霉的欧亚饭店出了那件事之后，他心里燃起了熊熊大火。他体验到了精神上的灾变——不知道何以自处，忽而沉入痛苦与愤怒的深渊，忽而又从深渊中挣脱出来。好几次他已经走到自己独居住宅的唯一的窗口，站在那里，但不知道站在那里有什么用，为什么站在那里。奇怪的是，他现在使用第三人称想自己，宛如他成了自己的旁观者。

他站在那里,不时叹口气,摇摇头,扯一扯从饭店回来后仍未取下来的领带。他一直望着昏暗的空间——对面那座楼房,在那座同样是大型预制板的灰色高层建筑里,所有的窗口都已熄灯。即使还亮着灯——那有什么用呢?住在第三栋楼第七层、此刻伫立在窗口、为毫无出路的念头所折磨的家伙,又关哪位住在公共住宅里的邻居什么事?

垂头丧气、枉然悲叹又有什么用?他能够指责谁,恐吓谁呢?要知道,事情已经了结嘛。当出租车司机把他拉到这里,拉到呆板的七层楼房前的院子前边的时候,一辆一直跟在他们后面的外国轿车突然超过了他们,耀眼的大灯直射他们的眼睛,刺得生疼。阿尔森·萨曼钦刚从汽车里出来,视力还没有完全恢复,外国轿车里的两条同样魁梧的汉子便走到了他面前。根据他们的举止判断,他们是奉命来威胁与侮辱他,甚至打他一顿的。但他们首先打发出租车司机走人:"喂,马上开车,走!"

他们把阿尔森·萨曼钦顶到墙上:

"怎么样,最最尊敬的,到家啦?窝在这么个臭地方,还戴着一顶礼帽!"阿尔森·萨曼钦来不及做任何答复,其中一个人就猛然把他的帽子往下一拉,几乎把眼睛盖住了。"小心点儿,不是自己的事就别掺和!否则,要是你还成批地写文章,就没有好果子吃。对于你这号人,子弹总会有的!明白吗,恶棍?试试看,如果还敢胡乱写——你将忘记全部的文字!这个混蛋,喝得烂醉!记住,夹紧你的尾巴,要不,后悔可就来不及了!"

他们丢下他,立刻驾车快速离去。真想从后面给他们一石头……可是怎么能呢?!他感到一阵恶心。只得在昏暗中慢慢走向楼门口。他唯一能做的就是正一正自己的帽子。

现在他痛苦不已,像一个幼稚的孩子:怎么办?应该做些什么?今后怎么生活，到何处去？他这是怎么啦？他是见过世面的嘛……

他曾经结过婚。举行过婚礼。一切都忘却了。亲戚们不断絮叨：第一次婚姻失败了，第二次还拖延什么？抓紧时间办吧！而且，他们一起也没生活多久。遗憾的是不可能变成另一个人。于是，彼此隔膜，只得分手，互相解脱。也许，常言说得好，爱情是朝霞，只燃烧一次，不存在永远火红的朝霞，只不过这谁也不肯接受，而追求永恒的永不熄灭的朝霞……由他去吧。什么朝霞不朝霞的，分了手，形同陌路。他搬到这个苏联式小区里来已经两年多了。当然，一位正常的女人同他这样的人生活在一起也相当不容易。她也没有来得及生育，引来亲戚们一片责怪声。这是谁的过错呢？她只有一个心思，心向银行：攒钱！反正同他这种狂热的人没法合得来。他是思想的疯狂捍卫者，如果可以这样表达的话。对于他来说，世界上思想高于一切。倒霉的思想家，而且一位英国女记者还称呼他为"教研室出身的人"。她来中亚采访，准备写关于这一地区的综合评述。他们谈了好久，谈这谈那。就是在那时候，伦敦来的女记者说："萨曼钦先生，您不知什么地方非常像我们那些教研室出身的人，他们坚信自己思想的优越性。您也警惕地捍卫着自己的思想，紧握在手中不放。"

"谢谢，我不否认，很高兴听您这样说。不过，我更像是'山里出身的人'。我是在山里长大的，在深山里需要全神贯注，以免在悬崖边上失足。"

"那就是说，山岳——这是您的教研室？确实，"英国女记者嫣然一笑，"你们这里到处是山。"

"那当然啦，我们是高山之国嘛。只不过我出生的那些山离这里最远，也最高，所以它们才称为乌津吉列什－马镫，就是说，这些山峰是天上的马镫……"

"真美呀！我非常喜欢这个形象。用英语说就是——stirrup。那么，可以把你们的山用英语命名为'斯基拉普山'。"

"好极啦。用吉尔吉斯语说就是斯基拉普－托奥！马镫山脉，我的同乡们会为之骄傲的。不过，我也不反对做一个教研室出身的人，而不仅是山里人，因为教研室研究全球性的思想。"

"那就是说，我没有错，谢谢。非常愉快与这样的同行交谈，你刚一张口他就明白你的意思啦。"

现在，站在窗口前，茫然望着黑洞洞的院子，阿尔森·萨曼钦回忆起来了这次谈话。他想：好吧，尊敬的"教研室出身的"，今天生活给你上了"甜蜜的"一课。你品尝到了。蘸着蜂蜜！好极啦！终于活到了这一天！在市场的强大威力面前，任何"教研室"也站不住脚，你被市场的鞭子毫不客气地赶了出来，还威胁饱尝一顿嘴巴。就连爱情也像商品一样，被摆上了柜台。直到现在你才弄明白。也就是说，你不适合于商业时代。这又是一次个人为所谓的现实主义付出的代价。你还算是"斯基拉普出身的人"呢，看见了吧，村子里的亲人为你骄傲，尤其是在改革重建的年代。现在该停止啦。哦，现在如何是好，今后怎么办？忘记吧，忘记这个《永恒的新娘》吧！谁需要它呢？还在构思中它就被流行音乐践踏了。流行音乐大获全胜。现在是流行音乐的时代。你或者屈从，或者无声无息地消失。可是，到底怎么办呢？去莫斯科吧，那里有自己人，可靠的自己人，可那里也是流行音乐的高峰啊！一句话，黑洞洞的隧道，看不到尽头……两年前能否想到，一切都要发生这样暗无天日的转化呢？我给她和哥哥各写一封告别信……

他站在窗口前，久久为这样的思绪所折磨。后来，他自己不知道怎样睡着了。周围一片寂静。奇怪，这天晚上，无论是座机还是手机，一个电话也没有。平时午夜前电话铃声不断，使他不胜其烦。作为记者，而且还是独立记者，所谓的精英，阿尔森·萨曼钦就该如此——这是言论自由的负荷。既然干这行，就不能抱怨这行忙。有多少人来找他投诉啊！通过新闻媒体，有些事解决了，有些事未能解决。他并非律师嘛，而仅仅是大众传媒中的一名耕耘者。为了通过新闻媒体谋取自己的私利，渴望在公众面前厮杀以获得胜利、扩大知名度，形形色色的投机家什么样的手段不用啊。他们要求他对其具体的狗咬架般的吵骂作出反应……可今天呢，不吱一声。不可思议。难道他们已经得知他受辱的事啦？

大概他们察觉到，没有必要再理睬他啦。他遭受了毁灭性的失败，而他仅仅想提醒"女歌手——声乐家"，早先歌剧舞台上的女神，现今无所不在的宣传画上的明星，让她与其说不要忘记自我，不如说不要忘记前不久他们共同打磨过的思想——共同构思的歌剧。现在已洞若观火，这个歌剧是乌托邦。她突然断绝了一切联系，好像中了什么人的魔法似的，变得无法接近。算啦，还是由她去吧，然而如何对作曲家说呢？从此罢手？答应为剧本作曲的是罕见的歌剧艺术大师。如何给作曲家阿布拉耶夫解释呢？他在音乐界十分受尊重，他愉快地接受了《永恒的新娘》的主题思想，并已经同赞助人签订了合同。说服这位赞助人慷慨解囊并非易事——如何向他们说明发生在饭店里的这一前所未闻的事件呢？真是奇耻大辱啊！保镖们把他架到小胡同里，硬是用拳头逼着，把他塞进了出租车，然后对司机说："喂，老兄，把这个家伙拉走。他喝多了。任何地方也不要停，直接到奥斯特拉塞伊斯基小区！"而且还塞给了司机一把钱。

阿尔森·萨曼钦就这样被"驱逐出境"了。而最糟糕的是，走出饭店休息室时，他突然在一面明晃晃的大镜子里看见了自己，受到了强烈的震撼，差一点儿没大叫起来。他看着是那么可怜，那么微不足道，那么低三下四。还有这顶傻乎乎的礼帽，据说是最高档的，最时髦的。他一下就成了被唾弃的下等人，从公共场所被踢了出来。叫他呢，非但不保护自己的荣誉，反而乖乖地离去，还为自己把这个事实印在定做的豪华大镜子上。他一向固有的优雅、魅力、学问、修养到哪里去啦？要知道，并不是无缘无故就把他称作"精英分子""独立记者"的嘛。确实，不幸也罢，有幸也罢，他是在亚洲的大众传媒中难得一遇的自给自足、独立不羁的新闻记者。她，艾丹娜，他的艾娅，这是他对她的昵称，有时候悄悄说："我的精英！我也想成为女精英，咱们将是一对儿精英！"哪能呢！结果恰恰相反。他被人摒弃，被商界精英排斥。而她呢，穿上袒胸露背的衣服，把肩一耸，跳进了商业的天堂。谁不想进天堂呢？那里装不下所有的人，但她交上好运了。假如他握有天堂的钥匙，他会为她打开天堂之门的。然而，他没有……

那么，现在如何处置自己把《永恒的新娘》搬上舞台这个挥之不去的念头呢？这个剧本一开始就是为她，为她那动人心魄的女中音构思的。把现代歌剧眼睁睁日益退化的问题抛到哪里去呢？歌剧人才不可挽回地流失，无法保留。演传统剧目的剧院或者勉强维持生存，或者已不能维持生存，这是国内的问题，也是世界性的问题。大众文化的投机商们巧妙地整治了阿尔森，整治了他这个过了时的狂热的家伙，让他丢丑、自己看不起自己，让他今后不再妄想崇高的东西。这还不算完，他们还将继续挖苦嘲笑这个理想主义者，把他从精神上彻底摧毁，让他自己从大路上滚开，不再碍手碍脚。那些商业演出的清洁工们，所谓现代流行艺术的顶级制模工们将厚颜无耻地完成这些事。在这件事情上他们会得心应手。对于干这类勾当，他们具备一切条件，一切手段——从因特网到宇宙。而且日常辅助设施也在他们的掌控之中——流行文艺节目、新闻界……啊，可怜又可悲的新闻界呀！同极权统治下的言论钳制斗争了又斗争，现在自己却成了市场的奴隶。广播通信电视也是为市场服务的，每辆汽车里都有收音机嘛……甚至宇宙卫星现在在全球巡回演出中都起着导航仪的作用。这一切都是为了使经典的文化珍品边缘化，以便牟取暴利。一切都控制在他们的手中。

而你呢，迷途而又狂热的乌托邦分子，不幸的孤家寡人，明知如此，何必还要阻挡他们呢？难道要像顺从的牺牲，用颤抖的双手把自己奉献给商业演出的匪帮吗？甚至还要把自己的爱情拱手送给他们，说："拿去吧，只要不妨碍我们就行"？这将是被迫放弃所谓的人生的意义与美好，放弃造物主给我们的永恒的恩赐。因为爱情就是宇宙的恩赐，是永恒的潜能。这就是为什么狂热的性交可以解释为永恒与尘世生命相互作用的巅峰时刻。所以，强烈的情感与肉欲的满足本身就蕴含着悲剧与不幸，规定了造物主与大地之间关系的复杂性。不可避免的死亡是一切爱情故事的结局，但造物主分配给爱情的永恒份额将传给下一代，他们也将醉心于爱情，通过爱情汇入永恒的潮流。不过，解构的力量将狡猾地攻击爱情世界，因为这种力量就藏匿在人之本质的黑暗洞穴当中，而且越来越精巧，所以人间的争斗总不会减少。

你就这样造成了失误，像在这种情况下常说的那样，遭遇了毁灭性的失败，受人羞辱，现在自己的爱情也将破灭。爱情无论对于你，一个成熟的人，还是对于她来说，都是造物主的赏赐。你丢脸了，在一个主持人面前垂头丧气，他是那么令人厌恶，你都不愿意小声说出他的名字。但这对他毫不相干。他正在庆贺，他是胜利者。他也确实善于迷惑人，在众目睽睽之下把你所热爱的女人夺走了。如果说老实话，是超成功地把她买走了，按经纪人的方式，用她做生意。你被剥夺了一切，因为你同时也失去了与爱共存的音乐灵魂。它就像看不见的大海，蕴藏在你的心里——尽管是肤浅的，尽管是一时冲动的，尽管是他人听不到看不见的，但是你还是无力与它分手。现在你忧伤吧，你潜意识的无声的交响曲悄然离去，因为已经没有了它栖身的条件。

这时候阿尔森·萨曼钦试图安抚自己，开导自己：这都是情感问题，你把注意力转移一下，努力做正面思考。假如在《永恒的新娘》的情节基础上的歌剧已经写完，并且有了总谱，就可以到其他城市甚至到其他国家去寻找称职的女演员做主角嘛。花费可能要多一些，不过组织问题是可以解决的。从逻辑上讲，似乎应该是这样……

然而，尽管如此，他的心还是越来越深地陷入了无法排遣的仇恨与渴望复仇的泥沼。你无法忍受一个大亨用脚来践踏你。他属于现在被称作寡头的人之一。他们可以尽情捞钱，捞多少都行。可为什么大家都必须对他们奴颜婢膝、阿谀逢迎，包括成全他们的恶行、从雇凶杀人到出卖良心呢？他很想以牙还牙，搞他个天昏地暗、日月无光！

阿尔森·萨曼钦心里萌生了一个要命的念头——杀人，然后立即自杀！零比零！你我同归于尽！一劳永逸！至于以后报刊与其他大众媒体如何炒作这一事件，众口纷纭中的是是非非——他不屑一顾！

以前他一向带着鄙夷的冷笑看待侦探片中的凶杀事件，现在他准备亲自实施与电影里一模一样的行为——冷漠地、毫不颤抖地对敌人连开三枪，枪杀之前向敌人宣读自己的判决，好让他的大脑痉挛，就跟触电休克一样。然后就把枪口对准自己的太阳穴，扣动扳机。完啦，结束！咱们到另一个世界再见……再分清是非曲直……

阿尔森·萨曼钦唯一非常想随同自己带走的，就是希望，最好是信心：她，艾娅，将承受来自造物主力量的惩罚，忍受无法逃避的良心的折磨，为了被出卖的爱情，为了被凌辱的《永恒的新娘》，她的心灵将永远在懊悔中灼痛。

还要让海德堡的爱情故事不断刺激她的记忆直到生命的最后一刻。这件事除了他们两个人谁也不知道。而且，他希望在后世还能听到她在后悔中号啕大哭的声音。他们的《永恒的新娘》的中心思想正是诞生在海德堡的高山城堡里，在那几个只属于他们俩的月夜，在中世纪德国古城上方的那个浪漫的公园里。他们是一起到达那里的：她应海德堡音乐协会的邀请去举办音乐会，他则是陪同她的记者。

他无论怎样试图安抚自己，说：拉倒吧，你想的是什么呀，浅薄，卑微、庸俗，更不用说是犯罪。然而，还是无济于事。复仇的渴望没有消退，本能的与恶针锋相对的愿望不但没有减弱，反而更加强烈，使他的血液像火一样燃烧。他突然想了起来，童年时候他曾听说过，像一个俏皮话，或是咒语，吉尔吉斯人往往在毫无出路的情况下这样说："嘿，听天由命吧，用脑袋撞石头吧，用鞭子抽自己吧，可要是匪徒扑上来，则不要让他们把你捆上，也不要心疼敌人，要把他打落马下，用长矛往他胸脯上刺。如果不行，那就自杀，就是说，你走投无路了……"

什么时候、为什么、在什么样绝望的冲动中说过这些话，谁知道呢……但他的确面临着这样的抉择：杀死敌人——或者自杀！别的出路没有。但他马上又责怪自己——多么野蛮呀！

可怜的他就一直这样痛受熬煎，直到他突然想起来一件事，才立刻离开了窗口。他声音嘶哑、结结巴巴地说："笨蛋！你想什么呀？你用什么当枪呢？总不能用手指头吧！"他走到挂在墙上的镜子跟前，差一点儿忍不住往自己脸上吐口水。"你甚至连玩具手枪也没有啊！胡思乱想什么！"

他听说过许多关于杀手、关于杀人的方法和技术装备的事——许多书在写，许多电视在演，但实际上并不那么简单。当然，大概可以搞到，可以买一支，如果真需要的话。可还要会射击……真是的……

《永恒的新娘》的痛苦没有尽头……

黎明时分他做了个梦。梦见自己手里拿着一个移动电话机，但不是用它打电话，而是用它瞄准什么地方，然而却打不响……这时候电话铃响了。

阿尔森·萨曼钦走近电话机，却没有拿起听筒来。他气恼地把手一挥——顾不上接电话。电话铃又响了，结果还是一样。

是的，需要搞到武器，自然，是一支手枪，还有一梭子子弹。这可是件麻烦事，从来没想过……找谁要呢？……

天亮了。从院子里传来了各种声响。而他依旧不知道怎么办好。他一会儿躺下，一会儿站起来。这真是个难题！在哪儿、如何搞到这个物件呢？现如今它几乎像牙刷一样普及，实际上又难以搞到手。据说集市上就卖枪。不惜任何代价去买一支，因为他今后再也用不着钱了。生命即将终结，再也无牵无挂……

如果能成功地搞到手枪，就必须总把它带在身上，就把它装在侧面的衣袋里吧，其余的一切都引不起阿尔森·萨曼钦的疑虑。他将毫不犹豫地实施预定计划，一次又一次地射击，最后一颗子弹则射进自己的太阳穴。他相信这种可能性完全存在，因为他所针对的目标总能遇上——他们可以说是同一个圈子里的人，早就认识。诚然，最近一个时期见面少了。现在那个人是无所不在的舞台文艺经纪人，掌握着最好的资源，简直是寡头、大亨、老大，总之，业内有各种称呼，而他原本是一个平庸的演员。那么，就是说，就在这其中打拼——在市场的原始森林里杀出了一条血路，从此就在商业演出领域全面开花，大肆出击！现在我们大家毫无例外地都在市场上讨生活，但成功者屈指可数。问题的实质是，暴富之后他把自己当成了推土机，如果需要扼杀一个主意，践踏某个人的生命，把某位女士变成机器人，那就这么干。完啦，够啦！只要搞到枪，其余的都好办，那就是意志和勇敢的问题了。

他就这样说服自己，而且，令他感到惊讶的是，他越来越相信他的做法是正义的。尽管有时也闪过一个念头：复仇的强烈欲望能把人引向何处啊！结果就是，以善的名义作恶？这可能吗？但立刻又把手一挥：你又要卖弄聪明啦，刚想干，就又后悔……胆小啦？最好是想一想，如何接近他——就说需要谈一谈，然后就……

恰好，不久前他们就见过面，聊过一次……诚然，艾尔塔什没有表现出特殊的兴趣。他一再看表，记者招待会一结束就要赶往什么地方去。大概在心里嘲笑他，嘲笑这个狂热分子——傻瓜，只会在九霄云外做梦！当然，在改革重建的年代他们还年轻，阿尔森·萨曼钦也写过形形色色的文章，其中就有戏剧评论。不过，那时候艾尔塔什·库尔恰洛夫是一个普普通通的演员，无足轻重。现在嘛……大不一样！那时候，在重建的岁月里，剧院正处于巅峰状态。新思维出现了，戏剧舞台的新时代开始了。戏剧那时候在人们眼里地位骤然提高，剧院里惊心动魄，人们逐渐从极权主义的罗网中挣脱出来。这个艾尔塔什·库尔恰洛夫只不过是市剧院里的一名普通演员，没有任何突出表现，谁也没有把他放在眼里。难道那时候能够想到，在这位平庸的演员（不错，他个头比别人高点儿，嗓音低沉，所以他才能成为众多的群众演员之一）身上蕴藏着演出经纪人的强大潜力，他将成为所有舞台甚至还有体育场馆的主宰呢？

不料，在那些日子的氛围里出现了一个词组——"艾尔塔什·库尔恰尔"，它突然获得了广泛的声誉，特别在年轻人当中这个词组成了大众流行演出的品牌，是连同这类演出的舞台效果与被迅速购买的现代演艺业的广告。善于造势的"艾尔塔什·库尔恰洛夫"小型音乐演出团到过许多地方巡回演出。简短说吧，艾尔塔什·库尔恰洛夫表现得干练、机敏，成了掌握演艺空间的优势力量。艾丹娜·萨马洛娃就被强大的引力吸进了这个致命的艾尔塔什·库尔恰洛夫的势力范围。

等到他发现并思考，艾娅，艾丹娜·萨马洛娃，发生了什么事，如何发生的，为时已晚。剧院的首席独唱演员艾丹娜·萨马洛娃突然成了艾尔塔什商业演出的奴隶，开始在所有商业电视频道上抛头露面，眼看着她就变成了流行文艺圈里越来越耀眼的明星，接受了好莱坞现成的舞台做派，把自己的歌喉与脸蛋儿都蒙上了突然涌来的流行歌舞的光环。一句话，彻底改变了自己的命运。流行用语"火车开走了"用在这里再合适不过了。确实，结果就如同这样：他和艾丹娜坐上一列火车离开海德堡，命运让他们在海德堡的城堡里度过了几天幽静的时光，使他们获得了所谓的爱情的赏赐,在那里他们产生了创作《永恒的新娘》的想法,可是在下一个车站她突然坐上了另一列开往相反方向的火车走了。而他则仿佛沿着铁路长时间地追赶已经消失的列车,一个人在荒无人烟的草原上,像疯子一样,一边跑一边哭喊:"艾——娅——啊!艾——娅——啊!我们的《永恒的新娘》怎么办哪?站住,站住!艾——娅——啊,艾——娅——啊!"然而,她走了……谁诱拐了她,谁用存折迷住了她?显而易见,机车驾驶员以前是"某某",现在则是著名的艾尔塔什·库尔恰洛夫。

那么,他这位怪人为什么还跟在这列看不见的火车后面,一边跑一边苦苦哀求呢?作为回答的,是从天上传来的嘲笑:"疯子!神经病!躁狂症患者!"难道对这一切一概置之不理、彻底忘却不更好吗?……

然而,不管阿尔森·萨曼钦如何清醒地理解现代商业演出极具攻击性的冷酷的纯理性主义,他还是不能放弃那些情不自禁的幻想。他被自己的思想所左右,成了它自愿的人质,跟它一起走进了死胡同。所有以前的兴趣全都黯然失色,退进了生存的暗影里——除了她与《永恒的新娘》,一切都失去了意义。

与此同时,他一向直觉地予以密切关注的大众文化却在世界上高歌猛进,掀起滔天巨浪,一波又一波地向他冲击,力量一次比一次更强大。

他想起来一个新词语,可用以表达全球大众媒体不停传播的大众文化——"批发文化",就是说像批发商品那样。(请吧!大众文化对此连眼睛都不眨一下!)

对自己这个术语的准确性,不久前他在体育场的一次音乐表演会上得到了确信。这场音乐会是为了庆贺城市的节日——建市二百五十周年而举办的。

已经是深夜了，聚集了数千人的体育场仍在沸腾。场内灯火辉煌，到处装饰着五颜六色的海报和前所未见的霓虹灯广告。出席节日庆典的大部分是青年，他们的自我感觉非常好，受到从山上刮来的清凉晚风的鼓舞，情绪异常亢奋。

大家都想娱乐和无限制地消遣。

情况也正是这样。震耳欲聋的音乐和卖弄风情的号叫响彻运动场上空，舞台上轮番表演各种艺术风格的舞蹈——从芭蕾舞到民间舞，服装和布景也相应地变换。不过，在整个这场动感强烈的舞台表演中，最主要的吸引力还是她，艾丹娜·萨马洛娃！整个这场引人注目的音乐会的装配和调整都是围绕着她这位明星来进行的！她那确实清纯浑厚的歌喉被扬声器送上了露天体育场的上空，她那高大匀称而又灵敏的身材，她那不过分暴露的高雅，还有在她身旁踏着音乐节拍激情迸射地扭动躯体的俊男靓女——所有这一切都在人群中制造着吞没一切的嘉年华式的冲动。谁都想到舞台上去，同她、同艾丹娜站在一起。整个运动场一片欢腾，成了高举手臂晃动的海洋。唯独他一个人在想："歌剧女神变成了流行小曲儿的皇后！"然而，谁都不理会他的这个想法。恰恰相反，当艾丹娜与同她表演二重唱的伙伴开始唱《高级轿车》这首似乎最普通的歌曲的时候，人们的兴奋达到了火山爆发般的极点。这是一首流行在我们的邻居乌兹别克人中间的歌曲，用原文演唱，不过这里的人们都懂乌兹别克语。东方风味儿的现代派音乐的熟悉曲调使人们癫狂，随着雷鸣般电子乐器的节奏，运动场上空飘荡着流行的歌词："森·美尼·色维亚尔兴米？森·美尼·色维亚尔兴米？"（"你爱我吗？你爱我吗？"）"里姆津·别拉尔兴米？里姆津·别拉尔兴米？"（"把高级轿车送给我？把高级轿车送给我？"）对此，男友狂放地跳着回答："门·色尼·色维亚尔民，门·色尼·色维亚尔民（我爱你，我爱你），里姆津·别拉尔民，里姆津·别拉尔民（我把高级轿车送给你，我把高级轿车送给你)!"

接下来是什么呀?几千个人一齐兴奋地举着手臂摇晃,一字一顿地重复这个钟爱的短语:"高——级——轿车!高——级——轿车!高——级——轿车!"

与此同时,在巨大的全景屏幕上(一共有四块,分别放置在运动场的四面)同步出现相应的音乐片画面:豪华高级轿车的折叠式软篷已经叠起,恩恩爱爱的一对儿——艾丹娜和她的漂亮情人,坐在里面飞奔。他们轮换着开车,急速从引人注目的美景旁边驶过:一会儿是白雪皑皑的高山,一会儿是蔚蓝色的湖畔,一会儿跨越桥梁,一会儿穿过草原,成群的鸟儿在轿车后面飞翔。轿车在一个市郊公园旁边停下,幸福的一对儿下了车,拥抱着走进以色彩艳丽的广告迎接客人的诱人的饭店,一会儿又重新坐在高级轿车里疾驰。

而音乐一直在轰鸣,运动场持续呼喊:"艾——丹——娜!艾——丹——娜!"

阿尔森·萨曼钦羞得无地自容。然而,同欢呼雀跃的人群相比,他算是什么呢?他甚至偶尔发现自己也同大家一样……

结束时是完全出乎意料的宏大的节日效果——黑夜被飞上天空的焰火照得通明,远近可以看到的空间,一直到地平线,都被散落的五彩缤纷的焰火所充满。(何等巨大的规模呀!好样儿的,市长!这只有他才能做得到!什么人赞助的?又是——艾尔塔什!)最有意思的是,焰火不是像往常那样在节日庆典的附近什么地方燃放,而是远在城外。威力强大的花炮从市郊的山上起飞,一个接一个在令人头晕目眩的高空爆炸,效果空前,激发人们的想象。他不禁又一次想道:谁能设想出这种规模的场面呢?当然是他——艾尔塔什·库尔恰尔。虽然全都是为了庆祝城市的节日,结果却是炫耀歌坛明星艾丹娜的光荣!因为音乐在继续轰响,豪华高级轿车载着快活的一对情侣继续在全景荧光屏上奔驰，同时焰火越飞越高，照得夜空耀眼夺目。仿佛整个人世间都辉耀着明星的灵光……

就在此刻发生了一件事，世界上没有一个人知晓……

闪光的焰火飞得那么高，把大地照得那么亮，那么远，一直照到高山之巅。山里的禽鸟被惊得大声啼叫，箭雪豹也哆嗦了一下，惊醒了。它仍然在山口下面经受折磨。它站起来，抬头向远处的火光看了看。火光好像是由大山喷射出来似的。不，这不是流星，而是别的什么非同寻常的东西。箭雪豹想躲起来，但未能成功。正像它未能达到每天来这里的目的——翻越山口，消失在另一个高山世界里。命运固执地把它留在这里，不想帮助它。命运之神无所不能，可是不知为什么，她还需要被遗弃的箭雪豹留在这里。从哪里能够得知呢？命运总是沉默不语……那一夜，节日焰火的遥远反光被箭雪豹看到，这也许正是造物主的信号……

运动场仍在沸腾，仍在按着摇滚音乐的节拍一字一顿地齐声呐喊："高——级——轿车！高——级——轿车！艾——丹——娜！艾——丹——娜！"

"她就这样，坐着'批发文化'的高级轿车走了！"阿尔森·萨曼钦凄楚地想。于是他又想道："现在拿《永恒的新娘》怎么办呢？"当他走过两个街区，去寻找自己傍晚存在停车场、淹没在各种五花八门的外国轿车之间的田野牌汽车时，他又想：现在，在陶醉于"批发文化"的生活中，存在着多么强烈的反差呀！国内有多少穷人，有多么严重的失业现象啊！年轻人手举写有"请给我工作！"的牌子坐在街道两旁，足足有数千米，他们当中大多数来自人去楼空的村庄。这是对人类社会的挑战，说明人类社会无法满足新一代人的需求，现代世界似乎对他们说：社会不需要你，滚开！而我们，有工作的人，则驾驶着自己的高级轿车兜风。

他就这样思考着，驾驶着轿车行驶在夜间的街道上，比较好的轿车他也不想要，因为对"田野牌"习惯了，而且别的他也买不起！不是所有的人都坐高级轿车嘛！至于艾娅成了"高级轿车一族"——这无可奈何。现在她是超级明星，高不可攀了，被保镖们簇拥着，电话也不接不回……同自己的前夫也未必能破镜重圆，许多年以前就听说那个人成了地地道道的酒鬼。

这也不必谴责。生活中什么事都有。每个人都有自己的问题……然而，如果核查事物的现实状况，所谓按高标准要求，如果尝试思索领会艾丹娜·萨马洛娃，这位有一流声乐天赋的歌剧独唱演员的骤然易位——她应该登上米兰的舞台，她的位置在那里——则难以容忍：她竟这么快就投入到令人目眩的明星之中，翱翔于通俗流行文化的云端之上。这其中有多少金钱在发挥作用啊！

停！这是她的事，是她的权利！你被挑下马来，所以你痛苦，你恼火，你说人家的坏话……你老实承认吧，阿尔森·萨曼钦责骂自己道，竞争对手确实要强大得多！你是什么人？新闻记者，尽管是独立记者，尽管是著名的……而他又是什么人呢？处于不同的轨道上，一个——在大众传媒的太空中，另一个呢——是大众传媒中的蚂蚁。再说，爱情总要经受考验，否则就不会有乐趣，不会有痛楚，不会有意外的变故……是的，例如时常有山体滑坡，谁也无法阻挡。每个爱情都有自己的故事，都有自己的痛苦的代价。而你却企图将自己私人的不幸记到全球化的账上，记到大众文化的账上。

你试试回答另一个问题，来说服其他人吧。大众文化以何种方式对抗《永恒的新娘》，并排斥它呢？请试试看，讲述一下，这里有《永恒的新娘》什么事，它从哪里又如何突然出现在你们面前；当你和艾娅单独在一起的时候，似乎只忙于自身的事，当爱情的浪潮吞没你们的时候，似乎你们以前的生活全都是为期待这一时刻而存在，并终于等来了认识爱情的真实本性的机会，简直是命运赐予的启示。似乎有些好笑：你们都不是年轻人了，在此之前两个人都有过自己的经验，然而命运使你们免受往昔情结的烦扰。小山丘上有一个古老的公园，有一座古老的城堡，天上一轮圆月从云朵的缝隙中沉思地注视着你们。那一天，那个时刻，命运事先安排好了你们爱情的开幕式，就像你们幽会时开玩笑时说的那样，虽然她已经三十岁出头，而你快四十岁了。但问题不在年岁，不在你们的浪漫激情，而是在那一天"永恒的新娘"自己几乎现实地出现在你们面前，跪着请求扔出热恋中的你们救她，给她美妙的歌喉，好让世界上的人都听到她的声音，好让她用歌声诉说自己的心曲，讲述自己的离愁别恨。离别把她变成了"永恒的新娘"，好让她找到她要找的人。就在那时，在假想的会面中，似乎就诞生了创作意图——歌剧的主题以及与此有关的构想。你试试去说服别人，要他们相信与"永恒的新娘"的会面是现实的吧。你们发誓要拯救她，让她通过歌剧出现在人间，在戏剧舞台上，经由艾娅扮演的角色的歌声再现。艾丹娜亲自轻轻地发誓，只要她活着，就一定要唱《永恒的新娘》。

等一等，等一等，你太兴奋了！谁能相信这个不可思议的怪事，这个奇迹呢？随便哪个思维健全的人都会说：荒唐！神话！传说！童话！纯属杜撰，莫名其妙的东西。毫无疑问，根本不可能有别的反应。然而，"永恒的新娘"的意外出现使阿尔森·萨曼钦在心里对这个形象产生了富于隐喻的理解（顺便说一句，在那一时刻，艾丹娜也同意这样理解，那时候这是他们共同的感受。后来嘛，有什么办法呢，艾丹娜糊涂了，反悔了，"驾驶着高级轿车走了"，确切地说，是她被人搞糊涂了，做了生意上的俘虏，不过现在不谈这个）。这个形象宛如造物主的启示，在他那孤寂的心里扎下了根，变成了虔诚的信仰与无尽的同情。

那时候在海德堡他们就发生了类似的情况。艾丹娜·萨马洛娃要举办唯一的一场独唱音乐会。音乐会获得了巨大成功。她当然知道，邀请她来海德堡演出在很大程度上也是他阿尔森·萨曼钦的功劳。他的亲密朋友——记者和音乐家们促成了这件事。

对当地的歌迷来说,唱古典歌曲的艾丹娜是件新奇事。按照欧洲举办这类罕有演出的习惯,到处都贴满了海报,新闻节目中予以报道,电视台转播她的演唱,报纸发表评论。艾丹娜·萨马洛娃在古老的海德堡路德会教堂演出。在祈祷室里安排世俗的活动,被德国基督教徒视为特殊的荣誉。在教堂的高高的拱顶下面,动听的歌声被绝佳的音响效果强化,久久回荡。而这些设施历来是为造物主的声音服务的。在钢琴与管风琴的伴奏下,艾丹娜用意大利语、俄语和德语演唱。有几首歌她是用本民族吉尔吉斯语唱的。掌声经久不息,教堂中殿和厢座上坐满了听众,他们的眼睛里闪烁着发自内心的喜悦。

成功的喜悦,充沛的灵感,使他们的爱情更加炽烈。他们难舍难分,总想在一起。正是在他们极度兴奋的时候,"永恒的新娘"出现在他们面前。音乐会之后,为了欢迎他们,在临近教堂的饭店里举行了小型招待会。会后,他们俩在环绕着古老的海德堡城堡的高山公园里散步。在这些日子里,作为贵宾,他们被安排在这个城堡里下榻,以保障他们所希望的幽静。他们的情绪昂扬。他们在城堡前厅里的酒吧间坐了一会儿,喝了几口威士忌,又沿着林荫小道散步,俯瞰、欣赏中世纪的古城。已是午夜时分,古城里灯火辉煌,宛如童话世界。他们坐在长椅子上谈音乐。艾丹娜突然问他:

"阿尔森,你想让我为你唱什么呢?"

"现在吗?"

"不。在某个音乐会上,有交响乐团伴奏。你坐在大厅里,我将从舞台上专门为你唱。你想让我给你唱什么呢?唱意大利歌曲?"

"艾娅,你剧目中的许多歌曲我都喜欢。意大利的、西班牙的,这不言而喻。可你知道吗,什么是我最喜欢的呢?我有点儿怪,艾娅,我早就暗自企望——像和尚偷偷想女人那样——希望听到你演唱永恒的新娘的咏叹调。"

"永恒的新娘的咏叹调？"她惊讶地问道，"你知道吗，这个传说我也曾听说过，但没有太注意。可是，对于歌剧来说，还需要有乐器，有剧本……你真像想女人的花心和尚啊！"

"想一想没什么可怕的，你看，这条路就通向理想……"

在那一刻，他们是否意识到，这是即将排演《永恒的新娘》的出发点呢？虽然一切暂时尚在思考之中。阿尔森·萨曼钦似乎就在等待这个时刻，以便第一次向她说出心中酝酿已久的构想。命运是否为此才在这个时候把他们带到这个地方来呢？

* * *

既然说及命运，那么，在这对阿尔森·萨曼钦来说是决定命运的时刻。他哪里知道，在这个事件之外，不久将出现一个可怕的图谋——杀人！这是他以前从未考虑过的事情。他将行走在深渊边上，无路可退。只有一件操心事，对别人来说这易如反掌，而对他来说却束手无策，使得他昼思夜想：为了实施自己的计划，如何才能搞到一支枪呢？

* * *

还是关于命运。箭雪豹此时仍然在乌津吉列什-马镫山口，仍然在等待命运之神的安排：也许她突然帮助它越过山口，使它最后得以退隐。

无论人类，还是兽类，谁都不能预先知道，前面等待他们的是什么。在他们的命运之间似乎没有任何联系的缘由，没有任何一致性。

然而，由于情势的作用，本来互不相知的生灵，人与兽，却在一位命运之神的注视之下相遇。他们生存环境中的危机正在日益成熟。世界上什么事都会发生。

比如说，那一夜，在海德堡的公园里，当一对恋人单独在一起交谈，越来越相知相爱的时候，神话传说中的永恒的新娘似乎出现了，她能否转世投胎呢？在情人敞开心扉的激情中，能否发生神话中人物的转世，让爱情悲剧中的人物最后变为存在的实体呢？顺便说一句，阿尔森·萨曼钦就认为不排除这种转世的可能性——要知道，许多事情都取决于心境，取决于恋人们用自己的幸福造福于周围世界的意愿。

当阿尔森开始向自己的艾娅讲述有关永恒的新娘的传说的时候，他就受到了这种心情的鼓舞。

"我从童年时代起就知道并相信——在我们的乌津吉列什-马镫山里，永恒的新娘至今还在游荡。你相信吗？"

"我信，我信！"艾丹娜带着微笑，用手掌抚摩着他的脖子快活地答道，"我非常乐意听你说话，就好像你在爱抚我。你看，阿尔森，四周多么美呀。夜色，月光皎洁，灯光像童话里那样闪烁。只有你和我，再没有别的人。就连花园里的鸟也沉寂了。继续讲吧。"

"好。就让鸟儿沉寂吧，当说到永恒的新娘的时候我可沉寂不下来。怎么想都行——是神话，还是别的什么，但对我来说，艾娅，这不是神话！有时候，在远处什么地方，在大山里，可以在瞬间看到她，但她立刻便消失。关于她的传说在我们那里存在已久，大家都相信她在深山里什么地方徘徊，寻找失踪的新郎，而绑架者在后面追逐她。可是，她的情郎，本领高强的年轻猎人，却消失得无影无踪。仇人或把他藏进了山洞，或许剥夺了他说话的能力——谁知道呢？跟历来一样，这又是人欲的故事——阴险狡诈，渴望权势。历朝历代都是如此。

"你知道吗，在我们大山里有这样的风俗，每当夏天的月圆之夜，苦苦思念永恒的新娘的人们就聚集在高山上，燃起篝火，以便让她从遥远的地方就能看到。萨满们则敲响鼓，蹦蹦跳跳地呼叫她和不见踪影的新郎的名字——召唤他们到火堆旁边来。女人们在篝火周围边呼叫边哭。据说，有时候她出现在什么地方的阴影里，鞠个躬，就又消失了……想不想再去一下酒吧？再喝点儿威士忌？"

"我们已经去过酒吧了。你也喝了一些啦。不必啦，阿尔森。我非常为她，为永恒的新娘难过，好像我们就是为了这个才来到这里似的。"

"也许，正是这样吧。所以我才想给你讲这个故事。在中国那侧的山里，人们也为永恒的新娘点燃篝火。国境线从乌津吉列什－马镫山口后面经过，在那一面自古以来就生活着与我们有亲缘关系的柯尔克孜族部落，不过我们几乎没有来往——跨越山口的路，如果说有路的话，也只能飞行。一年前，因为记者的工作，我到过那里——坐飞机经乌尔根奇，然后坐汽车——举行了各式各样的见面会，为报社采访到了有趣的材料，但我要说的不是这个。我要说的是，当我得知在中国一侧的大山里，当地的柯尔克孜族人也知道《永恒的新娘》，他们也有这样的风俗——在夏天的月圆之夜，他们点燃篝火并召唤精灵来帮助永恒的新娘，这使我十分惊讶。不过，在中国的柯尔克孜人那里有一个有趣的差别。按照他们的风俗，篝火旁边要有两位漂亮姑娘，她们牵着备好鞍鞯的马——万一永恒的新娘要用呢！"

这时候艾丹娜开了个玩笑：

"如果咱们在这儿，在海德堡的山丘上，为永恒的新娘点燃一堆篝火，怎么样？来吧，阿尔森！"

"为什么不呢？"阿尔森·萨曼钦大笑起来，"不过，这应当事先想到。需要木柴。又到哪里去请萨满呢？你想不想让我来当一回萨满？"

"穿平民服装的萨满！"艾丹娜快活地说，"棒极啦！你将是一位出色的萨满。然而，还是下一回吧。否则，在市里街道上方的山丘上燃起篝火，这可要引发国际乱子啊。"

"你说得对！可能要扬名整个欧洲，"阿尔森·萨曼钦抱着她的肩膀，笑着摇了摇头，"在这个公园里真好啊！我让你累了吧，艾娅？"

"你说到哪儿去啦，我是在休息，我很幸福，因为永恒的新娘跟我们在一起！"

"谢谢。那就听我说：在我们的大山里住着一位年轻的猎人，他具有非凡的力量和敏捷。他能够追上野山羊。他以猎取狼和雪豹的皮为生。他用自己的狩猎所得养活着部落里的许多家庭。人们非常尊敬他，预言他将成为首领。有一次，他跟随亲戚们去邻近的山谷赴宴，在那里见到一位美丽的姑娘。他们彼此相爱了，他开始几乎每天骑着自己的马翻过大山去见她。不久，一位贤者告诉姑娘，说天上有一颗特殊的星，是他们的爱情之星，比别的星星都亮，在他们举行婚礼的那天将发出耀眼的光，照亮群山，如果不被乌云遮住的话，一直到早晨它也不动地方。姑娘把这些话告诉了猎人，猎人说，别的贤者也对他揭示过他命运的秘密：'我降生人世，就是为了娶你。'未来的新娘向猎人保证，将永远和他在一起。

"于是，未婚夫猎人几乎是在自己整个家族的陪同下，前往拜会未婚妻的亲人们，相亲并求婚。这是盛况空前的节日。搭在高山河畔草地上的几百顶帐篷被客人们住满了。他们给未婚妻的父母、亲戚带来了什么样的礼物啊！成群的牲畜，许许多多自然金块，未婚夫猎人本人则带来了各种兽皮和各种貂皮。更重要的是，未婚夫每个肩上都搭着一张豪华的雪豹皮。这样的雪豹皮只有伟大的猎人才能猎到。他鞠了一躬，把礼物交给了未婚妻的父母。人们欢天喜地地把未婚夫妻、未婚夫送到河岸上，他们就在那里订了婚。河水从此就成了他们爱情的见证。婚礼订于七天以后，在山后的未婚夫的村庄里举行。

"按照规矩，人们设订婚宴庆贺，通宵达旦。然而，这里也出现了忌妒的恶人。引起他们仇恨与忌妒的不仅因为未婚夫是远近闻名的能干的猎人，还因为人们开始猜测：他，这位聪明而又刚毅的骑手，仪表堂堂，精力充沛，一定会成为两个结亲部落的首领——全区的头领。这是心怀妒忌的人们所不能接受的。于是他们便开始策划可怕的阴谋。

"他们本可以进行公开的决斗，一个对一个，争夺的不是土地，也不是财富，甚至也不是权力——而是人心。然而，人的奸诈难道有止境吗？

"阴谋在暗中酝酿，因为这是阴谋嘛。那一天，在河边的订婚酒宴上，谁能想得到，另一种命运正偷偷躲在人们的背后，在对恋人们的恼怒与仇恨中发酵，积蓄力量——这是最见不得人的勾当。正像后来民间歌手所唱的那样：'如果太阳知道这个阴谋，它在天上也会羞得把脸扭过去。如果云彩知道，它们会降下大雨，把那个订婚的酒宴冲得远离这里，冲到洁净的草原上去。'"

"嗬，阿尔森，太美啦！"

"民间歌手们还唱：'如果河水知道这个阴谋——要知道，情人们在订婚那一天向河水鞠过躬，发誓忠于爱情，否则河水就会倒流。'你知道吗，就连冷漠的自然也会反对预谋的卑鄙勾当。然而，谁能预见到可怕的密谋呢，既然世界上一片和谐——太阳依然照耀着群山，雨水降到了别处，只远远地给这里以清凉，铺展在脚下的草地向人们快活地打招呼，篝火的轻烟许诺客人以可口的饭食，头顶上的群鸟幸福地飞翔……所有这一切都在民间歌手的演唱之中！订婚庆筵在河边的谷地上举行，充满了欢声笑语。特别是年轻人比赛马术，萨满们扮演成鬼魂狂暴地蹦跳做法，召集世界各地的鬼魂。不过，最具特色的迎婚活动还是由未婚夫妇们来完成，即传统的马上'追新娘'。

"未婚夫和未婚妻都跨上最好的赛马，他们将有一场比赛：未婚妻骑马先跑出一段规定的距离，未婚夫必须追上她，在飞奔中吻她。如果成功，就意味着幸福在马镫上，意味着命运将鹏程万里……

"欣赏骑在马上的优雅的未婚妻是莫大的愉快，她简直就是为此而生的——个头、身段、容貌、风姿和少女的穿戴，无不恰到好处。未婚夫也是如此。出发前他们兴奋得熠熠闪光的眼神，他们略显羞涩的笑容，使在场的人的心里都充满了幸福感。人们焦急地等待着赛马奇观。女友们大声鼓励未婚妻：'使足力气跑，别让他追上你！让男人们认识认识咱们！'人们也给未婚夫鼓劲：'注意！你要是追不上，可就丢人啦！'萨满们也推波助澜——蹦跳，敲鼓，给人和马加油……

"这时候老人们发出了信号。比赛开始了。未婚妻纵马向前，跑出一段距离后未婚夫开始猛追。他们朝着河的方向飞奔，订婚仪式就是在这条河的岸上举行的。比赛的终点是浅滩。如果未婚夫追不上未婚妻，未婚妻便要在一片哄笑声中自己回马迎接未婚夫，以胜利者的身份吻他。

"不过，未婚夫们一般总能追上……

"未婚妻在未来的一生中将永远记住这次美妙的赛马——'逃离'自己希望永远与之厮守的心上人。未婚夫也将永志不忘，自己如何在同族人的喧闹与口哨声中追赶她……

"这一次也是如此：未婚妻鸟儿一样飞快逃离未婚夫，他则紧紧追赶。迎面扑来的风拥抱他们俩，在飞行中吻他们，小声告诉他们：在他们的一生中，没有也不会再有比这场追逐更大的幸福了。

"啊，多么快活，多么兴奋，多么狂热！前面河岸已经在望，他们还在飞奔，马也跑得正欢。未婚妻心急似火地等待。未婚夫什么时候才能追上她？她多么想把自己的一生同这个人永远联系在一起，爱他和被他所爱呀！她情不自禁地轻勒自己的坐骑，稍提缰绳，用皮靴踩紧马镫。让未婚夫快些追上吧，河水已经就在前面……马蹄声和喘气声越来越近了。他们已经并肩飞奔，马镫挨着马镫，眼前展现出一片从未见过的世界。遗憾的是,这样的瞬间不能持续到永远。他在飞奔中拥抱她,她则依偎在他的身上。他吻了她一下,然后他们一再亲吻。马在奔驰,骑手们知道他们永远结合在一起了。'我爱你!你是我的!'他喊道。'我永远和你在一起!'未婚妻喊着回应。

"人们欢欣雀跃,异口同声地赞美未婚夫:'好样儿的!真正高明的骑手!闪开路!闪开路!靠边!他回来啦!现在他是我们的啦!他跟我们在一起,我们跟他在一起!'在这样的欢呼声中结束了订婚的庆典。

"然而,密谋并没有结束,阴谋分子们更咬紧了牙。阴谋总能找到自己的手段……

"这时候亲家们告辞,回自己的家去操办婚礼。筹备当即开始。一切进行得有条不紊。遵照传统与习俗,首先在远离其他帐篷的显要地点设置新婚帐篷,在这个帐篷里新人们将度过新婚第一夜。其次也要为亲家和亲戚们设置待客帐篷,最后是准备礼物与食品。民间歌手的传说故事,年轻人的歌与舞———一切都想到了,一切都准备好了。那时候的规矩就是这样——婚礼是全体部落中人共同的大事。

"已是客人到达的前一天,也即婚礼的前一天。一清早,新郎带两个弟兄出发去打猎,以便搞到招待贵宾的新鲜野味,搞到作为礼品的兽皮。狩猎很成功。然而,快要到正午的时候,突然从远处传来了呼喊声——这是族人们骑着马在追寻新郎。他们人很多,个个气急败坏。'出事啦!出事啦!站住!回来!'他们捶打着自己的胸膛,大喊大叫地告知一个可怕的消息:昨天夜里,他的正式订婚的未婚妻跟着原先的情人跑啦。许多人认为,她已被弄到了人口众多的商业都市。

"真是风云突变啊!天空一下子黑了下来,刮起了狂风,暴风雪骤然开始在夏季肆虐,就像冬天一样。'丢人啊!'族人们大喊大叫,绝望地跪在地上向天呼号:'为什么,为什么我们要遭受这样的奇耻大辱?!

杀死她，找到这个不要脸的女人，就地宰掉！'他们准备立即去找。但是猎人——新郎却一言不发。他受到了强烈的震撼，目瞪口呆，一动不动，面色惨白，仿佛成了哑巴。"

"多么可怕啊！多么可怕啊！"真诚难过的艾丹娜喃喃地说。

"所以我才那么说嘛！"阿尔森·萨曼钦接着说，"在歌剧舞台上表现这一切，怎么样？会有什么样的乐器，什么样的激情，什么样的音响，什么样的舞台调度啊！下面，艾娅，还有更惊心动魄的事件呢。"

"当族人们急于去追赶，开始推搡新郎，让他催赶自己的坐骑的时候，他终于开了口：'放开手，住口！我哪儿也不去！如果这是对我的诅咒，那么我也诅咒她，这个卑鄙的女人！我诅咒全人类！就是当野兽也比做人好！现在你们都滚开吧！我再也不见世界上的任何人，从今后谁也别想再见到我。听到了吗？你们马上滚！也不许找我！'说着他便从马上跳下来，徒步翻过一座大山。族人们被这样的事态发展惊呆了。开始时站在原地不动，后来跑去找他，但他已不见了踪影。从此以后，人们再也没有看到过他。

"然后又是对于戏剧来说是非常紧张的场面：新郎的族人们回去后，突然听到了新娘的喊叫声，她出现了。现在她到处寻找新郎，呼唤他。谁都不知道，原来她根本没有逃跑，这是一个阴险的致命的诬陷。实际上是，那天夜里她被人暗中绑架——被捆住双手，架到马上弄走了。在河岸上，就是她与未婚夫订婚的地方，人们给她松开双手，一个人架着她要涉水过河。这救了她，她挣脱后扑进了河里。绑架者也跳进河里，但她已经在湍急的河水中消失了。河水救了她，绑架者们却被冲走，在石头上撞死了。奇迹般获救的新娘获得了像鸟儿那样的飞行能力，她很快便来到亲戚们刚同她那失踪的新郎分手的地方。现在他们试图留住她，向她打听出了什么事，然而她不为所动。她也消失了。从那时候起，永恒的新娘就成了一个秘密，大山里不断响起她那永恒的哭泣，远远地就可以听到。我尽我所能地唱给你听，艾娅。她就这样呼叫：

你在哪儿，你在哪儿，我跑着找你！
我被人绑架了，但得以逃脱。
我为你保持贞节，
你在哪儿，你在哪儿，我亲爱的新郎？
你听到了吗，
我们在河边发誓相爱，河流救了我，
你在哪儿，你在哪儿，你听我说！
有人在追我，想把我抓住……
你在大山里失踪了，我的猎人。
我和你在河边订了婚，
你在哪儿，你在哪儿，在哪座山？
你在哪儿，你在哪儿，我跑着找你。
我和你在河边订了婚，
你在山里失踪了，我的猎人……
我是你的新娘，你在哪儿，你在哪儿？
难道我们再也不能见面？
我们俩曾喝同一条河里的水，
在河上我们发誓，要忠贞不渝。
难道我们再也不能见面啦？
河水长流，可你在哪儿，你在哪儿？
回想一下吧，答应一声，我的猎人，
我们曾指着明月发誓，用心发誓……
你到哪里去啦，我的猎人？

难道大山不能移动？

难道乌云不能散开？

难道太阳照不到峡谷？

难道野山羊不能指一条能找到你的路？

你在哪儿，你在哪儿，在哪座山啊？

你在哪儿，你在哪儿，我跑着去找你……

难道不是我们曾纵马赛跑？

难道不是我们在飞奔的马上拥抱？

为的是让造物主看见，

为的是让世人看到……

你在哪儿，你在哪儿，在哪座山啊？

你在哪儿，你在哪儿，我跑着去找你……

没有你，我的月亮就要熄灭，

没有你，就没有我的生命。

天空没有我们，难道能够幸福？

什么人在诅咒我们，什么人？

大山没有我们，难道能够幸福？

什么人在诅咒我们，什么人？

难道你没有把山里的野味献给神？

难道你没有把雪豹皮献给媒人？

你在命运面前犯有什么过失啊，

你这个慷慨的本领高强的猎人？

难道我们没有在篝火旁边跳舞？

你在哪儿，你在哪儿，在哪座山呀？

你在哪儿，你在哪儿，我跑着去找你……

我身后有人追赶，想把我捉住，

让我们永远再不能相见。

你在哪儿,你在哪儿,我跑着去找你……

"啊,让我喘口气吧!"阿尔森·萨曼钦上气不接下气地说,"需要喘喘气了。这个跑动着的宣叙调可以演唱很久,一再重复、强化,因为在这场哭诉中,你感觉出来了吗?心灵的悲痛是面对一切时间与一切空间的,其核心是自古以来恋人们命运的悲剧性质。他们总是遭遇被迫的分离,只要他们还没有重逢,他们的悲剧就不会终结。你设想一下,谁也不会无动于衷,都会同情他们,人的心灵就是这样构成的。在剧院里上演将会多么打动人心啊!在歌剧中,甚至流经舞台旁边的河水也要歌唱。这在歌剧艺术中是空前的——河水拯救了在自己岸上订婚的姑娘之后唱道:

我是河,从高山流向洼地,
我在自己的水流中拯救你。
我携带你离开阴险的敌人,
我搭救你,你是我的女神,
快快扑进水中来吧,
我在自己的水流中拯救你……

"在河水的哗哗流动声中,后台将齐声合唱,象征大自然期待着公平与正义。这一切都配以强大的管弦乐曲,在此背景上响起高亢奔放的女声——你的声音,只能是你的声音——天空将倾听永恒的新娘的诉说,月亮将为她配唱……你想想看,这将是一番什么样的情景啊?!"

"是的,我被深深地打动了。我第一次听到这样感动全世界的哭泣。"艾丹娜答道,"河水在歌唱!妙!歌唱的河流!这一切你都能背诵吗？阿尔森，一字不差？"

"从童年起，夜晚我曾多次在永恒的新娘的篝火旁流连，听我们的民间歌手吟咏这一切。啊，在这样的夜晚，他们纵情地即兴演唱，创作自己的故事！每位歌手都以自己的方式为永恒的新娘伤感，向崇山峻岭倾诉衷肠——召唤永恒的新娘！对于他们来说，这就跟你在舞台上独唱一样。把他们称为'托科莫－阿肯'是有原因的。有人问我，如何把'托科莫－阿肯'译成俄语，'倾诉衷肠的弹唱诗人'——只能这样翻译！对于民间歌手来说，他们的愉悦就在于同身旁的听众喜怒与共，于是歌手便一会儿沉浸在自己情思的深井中，一会儿又随风在草原上飘荡……"

"我明白，我明白。"艾丹娜说，"可是在民间到底是怎样说的，新郎到哪儿去啦？很想知道，他是否还活着。"

"这也是一个永恒的问题。谁也不知道他在哪儿，他怎么啦。不过大家都在等他。据说，他隐藏在某个难以到达的地方。由于怨恨全世界，怨恨自己的命运，他断绝了与人世间的一切联系。人们以为他成了和尚，隐居在西藏的某个山洞寺院里，在思考中度日。都那么说。可谁知道他一时冲动跑到什么地方去啦？从他那方面来说，这是对人的本质的挑战——他断然不接受恶，而人们却经常容忍恶。这是不可逆转的绝望。回顾一下历史吧，甚至失去王国的帝王也不会陷入如此暗无天日的忧郁而弃绝自己的生命。然而对于新郎来说，爱情是生命的最高目的。总之，这个故事说的就是这个，它的壮士歌体的哲理就在这里。不过，这个故事的主要人物当然是她——永恒的新娘，是她那至死不渝的献身行为，是她对真理的追求……难道爱情的代价总是这样高昂吗？结果是，新郎为抗议人的恶行与罪愆而弃绝人世，她则为人类而永恒地忏悔，她的爱情和苦难的力量与深邃就在这里。我还要说，她就是人世间苦难与呻吟的象征。为什么爱情中永远是忧心如焚的悲剧多于幸福呢？

"请注意，在永恒的新娘的飞行形象中，在这个劝喻叙事民歌中，蕴含着离仇别恨，蕴含着对人世间处处存在的恶意所造成的牺牲的哀伤。善要不可避免地为恶付出代价。永恒的新娘不能容忍仇恨与忌妒煽惑起来的恶，她想拯救新郎，使他从厌世中回归原来的生活。这种救世的激情，这种对真理的追求，对于人类的精神来说，无论在时间上还是在空间上都没有极限。在人类中过去如此，将来也永远如此。正因为如此，涅槃在河流中的新娘成了永恒的象征。此刻，她就在这里，在公园里，她同我们在一起。因为我们在思考，在谈论她，她感觉到了这一点。在这个民俗题材的插笔中，你感受到爱情中世界性的怀旧主题了吗？"

"当然啦！在这方面你给我上了一课嘛，而且也是世界性的，"艾丹娜不无讥讽地赞叹道，"你一泻千里的思绪使我惊讶！"她瑟瑟地耸了一下肩，激动地说："你还记得吧？一位女记者把你称作'世界性的全球主义者'。太可笑啦！全球主义者，而且还是世界性的！"

"好吧，就算我有一点儿怪，不过你面临的完全是另一种任务——在歌剧舞台上变为永恒的新娘，并以神奇的方法把你美妙的声音直接送上宇宙！"

"拉倒吧！就直接从这只长椅子上飞向宇宙吧！这就是说，我将成为宇宙独唱演员？歌唱家？女宇航员吗？同你在一起永远不会寂寞！"

"好吧，对不起！可我是认真说的！难道你没有感觉到，永恒的新娘本人同咱们在一起，就在这个公园里吗？在那儿，在那棵树后面，就在街灯下面？你知道她在说什么吗？"

"说什么？"

"听好！她说：为了向你们，恋人们，鞠躬致意，感谢你们想起了我，我苦苦等待这一天，等了好久。一年年过去了，一个个世纪过去了，我依然还是订过婚的未婚妻。所以在知情人的记忆中我自称为'永恒的新娘'，所以人们夜晚为我在大山里点燃篝火，为的是让在苦恼与哀伤中游荡的我迎着火光出现，让我们在篝火旁边相见，让萨满们唤来鬼魂，以便询问他们：永恒的新娘还要流浪多久，哭诉多久，在大山里呼唤自己的爱人多久，并招来人们一直追赶她？鬼魂们总是一致回答——你听着，艾娅，这和咱们有关——鬼魂们回答道，世界通过永恒的新娘在众人面前大声地歌唱，在这些歌中她讲述自己凄惨的命运，并向世界上所有的未婚妻们呼吁，告诉她们：把我的歌，作为坚贞爱情的礼物，唱给自己的未婚夫们听！让鬼魂们在这个时刻也听到我们的谈话吧，艾娅！他们等待你在众人面前，也就是在观众面前，扮演永恒的新娘，放声歌唱。鬼魂们说，造物主注定让你化作永恒的新娘的使者！天上的神、鬼魂和人类都将感谢你，敬重你，赞美你的歌……"

"哎呀，哎呀！你说到哪儿去啦！"艾丹娜嘲讽地笑着打断了他的话，"不要在宇宙空间翱翔啦，必须冷静地思考思考。"

"你别急，"阿尔森·萨曼钦不肯罢休，"冷静思考什么时候都来得及。现在你往那儿看。你不相信我，那就往那儿看，在街灯旁边的树下面，看到永恒的新娘的影子了吗？看，她正在满怀感激与期待地鞠躬。永远那么年轻。啊！多么漂亮啊——穿着透明的丝绸连衣裙，上面还有披肩，像翅膀一样。"

艾丹娜同意地点了点头，然后说：

"阿尔森，你确实是一个大胆的浪漫主义者。不过幻想也不能脱离现实。在舞台上演唱《永恒的新娘》，需要有乐器，需要有乐谱和总谱，需要乐队、舞台美工、服装、一百人的大合唱……你刚才说，河流将要歌唱，可是为此所需要的舞台机器在哪儿？最后，作曲家、执行导演，还有最主要的是到哪儿去拉这一切所必需的资金呢？不只在我们这儿，到处歌剧院都在萎缩。国家现在顾不上歌剧。"

阿尔森·萨曼钦似乎同意，但仍然固执己见：

"是的，我知道，现在歌剧院成了荒芜的圣殿。歌剧舞台上占统治地位的是低俗的胡闹、滑稽表演以及其他娱乐性节目。我知道，优秀的独唱演员都跑到市场上走穴去了。的确如此，当代的作曲家谁都不为歌剧创作。但是高尚艺术不应当毁灭。难道我们能够冷漠地看待这一切吗？"

"你想做什么呢？"

"如果你同意唱《永恒的新娘》，我就要像推土机那样向前开路，我一定要达到目的，我与作曲家阿布拉耶夫已经商量好了。他等待着，脚本我来写。他希望我们大家见个面。咱们回去后，我给他打电话……"

"那好吧。我们看一看……你先写脚本吧，我亲爱的'脚本家'！"

午夜已经降临到海德堡古老的公园。林荫小道上街灯下面的影子一动不动，这样子一直要持续到清晨了。阿尔森·萨曼钦挽起艾丹娜·萨马洛娃的手向古堡走去，一路上他们仍继续谈论这个话题。在床上谈的还是这个。第二天早晨他们就要飞往莫斯科，从那儿再回家。

这样的会面他们以后再也没有过，但是《永恒的新娘》的构思一直使他们念念不忘。仿佛是造物主的赐予，为的是使他们的会面更富于灵感。他们甚至有时候觉得，似乎为此他们才来到这地球的另一端，沐浴在德国的浪漫主义中心的魔力之中，以便翱翔在世俗凡尘生活之上。很可能，因为在那个浪漫而崇高的环境中，一切日常事务——以往的生活，连同它的困难、冲突、纠纷、诉讼、仇恨、愤懑……全都被忘得一干二净，抛到了九霄云外。这一切既指他的生活，也指她的生活——艾丹娜已有过一次不成功的婚姻，很快就离异了，就像在演员中常有的那样，而且这一切很快她就全都忘记了。在这里，在海德堡的百年公园里，命运把他们引到这里来，他们是最纯洁的生灵，他是神，她是女神，永恒的新娘带着自己永世难忘的痛苦出现在他们面前……

然而，后来一切都彻底改变了……

也许是命中无缘。虽然在最初阶段有时候他们也见过面，匆忙间讨论过《永恒的新娘》的构想，就算它成了空中楼阁吧，互相打过几次电话，后来联系就中断了——艾丹娜坐上"高级轿车"，在电视直播中向全国的观众展示了一番自己，就开走了。在这辆"高级轿车"的后备厢里塞着多少钱啊！然而，难道能为此责怪她吗？谁不想更多地拥有，更多地获取，并且名扬天下呢——总之，哪个演员能放过这样的成功机会呢？！她现在大概同艾尔塔什·库尔恰洛夫签订了合同。不管怎样，现在是合同世纪嘛！她有这个权利。而你能说什么呢，倒霉的反寡头的斗士？你除了写的那些东西，你还有什么？现在就连新闻界也是在当地的寡头们手中啊。

阿尔森·萨曼钦责骂自己、恨自己，因为自己已经堕落到了这般地步——妒忌，骂自己没有教养……他陷入了绝境，应该结束这一切。有人说得好：用力量战胜强者才算真正的强者。大众文化压垮了他这个理想主义者，致使他再也站不起来……艾尔塔什·库尔恰尔成了得到造物主认可的强者。他有多少饭店、剧团、运动场，有多少广告公司和电视频道啊！这一切都是公开的，他完全合法地掌管着这一切。是他掀起了大众文化的巨浪，并冲垮了他，阿尔森·萨曼钦，顺便也把《永恒的新娘》作为无法实现的意图送进了后院……

后来又增加了一个意想不到的折磨人的苦恼——杀死这个该死的艾尔塔什·库尔恰尔的念头像一块巨石压在心头。复仇的欲望像不灭的火隐隐燃烧，无处躲藏，使他内心深处痛楚不堪——干脆把他干掉算啦！所有的想法都归结到这上面来。是不是四处碰壁使他产生了这种暴怒？懊恼扼住了他的喉咙，使他喘不过气来——一句话，他把自己赶进了死胡同。这是命运的捉弄？谁想得到，在爱情的欢悦中诞生的那么崇高的浪漫主义构想，却以如此可怕的方式结束——被不可排遣的固执的杀人欲望所代替。不过，就是在那些突然袭来的该死的日子里，片刻的神志清醒使他的脑海里产生温情脉脉的念头，想说服艾丹娜·萨马洛娃同他一起在《永恒的新娘》面前忏悔，到大山里去，燃起篝火，为没能实现海德堡的幻想请求原谅，放声哭一场……

然而，竟未能给她打通电话。也许这样更好——可以设想她会怎样嘲笑他。她可能会说：这个家伙彻底疯啦！可他还是希望：如果他们突然到山里去，在永恒的新娘的神灵面前忏悔，并当着她的面请造物主做证——爱情没有理由、也不能有任何理由拒绝永恒的馈赠，因为爱情是两个人通向永恒的共同道路。

于是又想起来了，有多少嘲讽泼到了他的头上啊！谁需要这么干呢？难道她肯干这个吗？她这个明星已经在梦想"进军好莱坞"（那个艾尔塔什·库尔恰尔似乎想为她拍一部电影），难道她值得浪费自己属于商业演出的时间，去大山里的什么地方等待鬼魂的出现，等待永恒的新娘的出现吗？可笑之极！

就这样，前面看不到一线光明。

关于这一点，命运在欧亚饭店里毫不含混地提示了他，这是结束动作……这里已经没有必要再采取什么回应措施，只有搞一支枪……但到哪儿去搞，如何搞呢？好个愚蠢的问题！为什么生活会这样毫不留情地把他逼上绝境呢？既然如此，何必还无可挽回地搞垮生活，胡劈乱砍呢？有什么用？只剩下完蛋前说出自己的遗言啦！

阿尔森·萨曼钦就这样过了一夜，毫无结果的思索与自我斗争的一夜。他孤身一人，站在唯一还亮着灯的窗前，面对着几座沉睡的五层楼房，他苦闷、忧郁，他拷问自己，试图说服自己放弃杀人和不可避免的自杀，不要实施世界上最凶残的犯罪。然而他不能战胜自己内心里强烈的复仇欲望。所以备受煎熬……

是夜，箭雪豹在深山里的山口下面也在受煎熬。孤零零的野兽夜不成寐。它也苦闷，忧郁，感到自己被彻底地摈弃了。它仰望星斗，满腔愤怒地低声吼叫。繁星满天，它们齐心协力地闪耀着光。要是能到那儿去该有多好啊，星星之间不会相互倾轧，无论酷暑寒冬，总厮守在一起……

此刻，阿尔森·萨曼钦也望着那些星斗。他也想置身于星星中间，什么也不想……

然而，摒弃一切杂念也做不到——从内心深处的什么地方又冒出来一个念头：是否可以找哥哥阿尔达克·萨曼钦帮忙呢？阿尔达克在商人圈子里熟人更多，联系更广。他原先是内科医生，现在从事育犬业，繁殖中亚警犬销往欧洲，大部分在德国销售。那儿对这类警犬的需求量很大，供不应求。阿尔达克善于及时而内行地办理出口犬只的各种证明。总之，他以此谋生。他家里有三个正在上学的孩子——一个女儿两个儿子。妻子库丽娜拉原来是护士。他们善于适应市场。"借狗的帮助适应！"——阿尔达克半开玩笑半认真地说。他们在市郊有一所房子，有院子，有犬笼……有一辆日古利轿车。

阿尔达克本人有教养，勤快，知识广博。只是故乡图尤克－贾尔的亲戚们不满意并谴责他的狗生意。他们说为他感到羞耻。学呀学，获得了医生证书，现在却在全世界卖狗，这怎么行呢？特别是他的姐姐，现在还住在村里的卡季恰，一提起阿尔达克的生意心里就难过，满脸通红。贩狗这个事实本身在村里就使许多人震惊：听说过这种事吗？看看，有多少狗在后院、在菜园子里到处跑，要多少尽管抓嘛。看吧，说不定还要卖猫、卖耗子哩！但是阿尔达克坚持干，不过不再回村了——何必去听这些议论呢？

然而，作为兄长，他有机会还是要批评阿尔森两句。他说，你这个单身汉要在世界上逛荡到什么时候呢？还拖延什么？在城里，在村子里，合适的女人要多少有多少。嗯，是有那么回事，结过婚，不成功，离啦——但总不能一辈子再不要媳妇了吧。是，你有你的思维方式，懂好几种语言，是著名记者，独立记者——眼下这很时髦——到处拉你去参加招待会……一句话，自给自足。但任何东西也弥补不了独身的寂寞，如果你不是僧人的话。

不，从阿尔达克那儿搞枪未必能有什么结果。他一定要查问，为什么突然出现了拥有手枪的必要性啊？他为人认真——医生们都认真——虽然有时候也喝一点儿酒……不，没有必要把亲哥哥牵连进这类微妙的事件中来。万一他猜到了——打死也不允许……

在那深深的夜晚，他透过窗口望着天上的星斗，苦苦思索。夏夜的星星总显得格外多。那就这样生活吧："那就发光——其余不必多讲。"①

---

① 出自马雅可夫斯基的诗《马雅可夫斯基夏日在别墅中的奇遇》。

第五章

早晨,他被电话铃吵醒了。当他起床然后向电话机走去的时候,他希望铃声停止——他不太情愿刚睡醒就接电话。原来是别克图尔阿加①,父亲的亲弟弟。他经常来电话,不管怎样,总是至亲啊!但更重要的是,他是一位真正干实事的人,他曾在故乡图尤克-贾尔村担任集体农庄主席,一直干到所有集体农庄一律解散。这可不是随便什么人就能干的。他是第一批想到搞商业性狩猎活动来赚钱的人之一。他成了乌津吉列什-马镫山地区有名的狩猎企业家——他成立了梅尔根公司。企业发展顺利,最近更涌来了大量的国外客户,许多外国人开始沿梅尔根公司这一线路来从事狩猎活动。阿尔森·萨曼钦曾帮助叔叔为外国猎人办理邀请信以及其他证件。

假如清晨电话铃没有响的话,谁知道这些对精神与意志不可克服又难以解脱的折磨,这种对心灵的自我摧残会导致什么结果呢。在这种状况下阿尔森不乐意进行任何交谈。当话筒里传来别克图尔·萨曼钦熟悉的声音时,他知道,他们见面后将谈些什么话题。一开始他想把见面推迟到午后,因为他首先必须努力让自己清醒过来,像他自己认定

---
① 阿加,吉尔吉斯人对长者的尊称。

的那样，制止自己心灵上的地震所引起的摇晃。可是，刚说了几句谈正事之前的客套话，阿尔森突然想到怎样可以轻松地搞到枪，最后彻底解决折磨他的问题，他甚至感到一下轻松了许多，所以他表示愿意面谈，不再拖延，并请求对方原谅自己没有打电话。说是因为忙，没顾上。

他们的谈话当然丝毫不涉及阿尔森那个思谋已久的重大问题。虽然目的是惩处恶人，但就性质来说，它终归是个可怕的预谋。他们像亲人通常聊天那样，谈起了早就成了他们一贯议论的话题——支撑别克图尔·萨曼钦商务活动的狩猎业。

"总算找到你了。你知道吗，我给你打了一天多的电话，总打不通？"别克图尔阿加——大家都这样尊称德高望重的别克图尔·萨曼钦——先从埋怨开始，"我说，你跑到哪儿去啦，阿尔森？你的手机还关机。"

"别克图尔阿加，你在市里吗？"

"还能在哪儿呢，为了同你商量这个事才跑来的。怎么，你忘了阿拉伯客人来猎雪豹的事啦？一切都是你安排的嘛。他们需要一个翻译，而且还得是百分之百像你这样的翻译。可你总是拖拖拉拉，什么事把你拖住啦？你不是最独立最自由的自由职业者吗？怎么会这样？看来是忘了。"

"不是，别克图尔阿加！绝对没忘。"

"那你还拖延什么？我可是就指望你啦。时间紧迫呀——离阿拉伯客人来还剩七天，你还一声不吭……"

"不要担心，别克图尔阿加，我正在为电视台准备一个大型直播节目。来了不少外国记者。但你不用着急，我全都安排好了，我亲自陪同阿拉伯客人，又当翻译，又当现在人们乐意说的经理人，全程陪同他们。"

"如果这样，那就谢天谢地啦！就应该这样跟父亲的亲弟弟办事嘛。不这样哪行呢！其他的猎人来了又走，可这样的阿拉伯客人在我们的大山里却是第一批，你自己明白，就像安拉的全权代理人大驾光临一样。时间只剩下七天了。在山上，在峡谷，还有多少准备工作要做呀！更主要的是，现在是最好的季节，雪豹正好从夏季栖息地到山口那面去，经过咱们乌津吉列什地区。该行动了！"

"我明白，别克图尔阿加。我说了，我准备好啦。"

"那么，咱们见见面吧，阿尔森，全面讨论讨论。还有一件事顺便要谈谈。我们替你着急……"

"见面谈吧，别克图尔阿加。现在是上午九点。那就十一点吧。在哪儿呢？"

"在你家，好吗？"

"行，到时候我沏好茶……"

"好，阿尔森。只不过你沏茶干什么？我是远来的贵客吗？假如你有媳妇，那就是另一回事了。亲人们都为你操心，可你……好，算啦，我十一点以前到。"

"我等你，别克图尔阿加，我等你。"

放下话筒，阿尔森·萨曼钦轻松地吐了口气。他向四周看了一番。他想起来了，给别克图尔·萨曼钦的司机打了个电话。司机是个好小伙子，给叔叔开着一辆很好的吉普车。他叫伊季巴伊。阿尔森有时候开玩笑说：伊季巴伊的意思就是"牵一条富狗的人"。既然狗是富有的，那么人自然也就能捞到点儿什么！他与伊季巴伊约定，伊季巴伊在出发前给他打个电话。

到这时候阿尔森·萨曼钦的心有些平静了，他便又陷入了沉思。是的，毫无疑问，必须接受自己最亲近的人别克图尔·萨曼钦的建议，必须帮助他接待这些尊贵的客人——猎人，阿拉伯石油巨头哈桑和米希尔。据说，他们是堂兄弟。他们是赛马、养猎禽与极限狩猎的爱好者。更重要的是,围绕着这两位准备来猎雪豹的阿拉伯人还有一大批人——用人、卫队、向导……所有这些人都全副武装,既有猎枪,也有其他枪支。就是说,他作为全程的翻译和陪同人员,将同样武装起来——也许会有卡宾枪,手枪则是必不可少的。这支手枪他将给自己留下,理由总可以找到。如果狩猎活动收获丰硕,客人们也许会赠给他一支手枪。狩猎活动一结束,他便携带手枪下山,直奔这座人口密集的大城市,用它干自己想干的事。

叔叔的电话来得非常及时,因为他思考了一夜,甚至睡梦中也没得安宁,这个电话迫使他清醒过来,回归到正常的生活。阿尔森·萨曼钦冷静下来,恢复了自制。他仿佛决定暂缓实施自己的意图,同自己签订了一个"停战协定",延期执行自己的凶狠的计划。"够啦,够啦,阿尔森,安静一会儿吧!"他在心里对自己说,"眼下不是想这个的时候,你还没有完全精神失常啊,阿尔森!"是艾丹娜在温存的时刻这样亲切地称呼他,阿尔森,他则称她为"艾娅"。想起那些时光,他现在只能苦涩地叹息。这时候阿尔森觉得自己是一棵树,满树的叶子正在随风飘零,失去防护的心灵裸露在外面……

是的,必须立即开始干正事。难道能长久地折磨自己,把自己活活地断送吗?工作多得很。大量刚开始写和仓促间未能完成的稿子存放在电脑里,各式各样的编辑部急着要用。他这是自找苦吃:什么样题目的文章都写,从时事评论到水电建设问题,同时还酝酿着其他的构思。结果呢?未完成的文章堆积如山,对他来说这是前所未有的。这很可能是在浪费独立记者皮囊下的心血。自由!他不用向任何人汇报工作,也没有人监督他,可以为所欲为……可这样怎么行呢?

阿尔森·萨曼钦这样调整自己的心态,鞭策自己,不让自己因为已经死亡的爱情和已经被葬送的构思再枉费心机。可恶的资本主义!这与资本主义有什么关系呢?有关系,因为用钱可以像买商品那样买构思，构思原来也可以出卖，针对构思可以安排禁运——有钱什么都可以做到。可是，你在这种形势下是另类——你既不让人收买，也不让人出卖。你——从自由放牧区偶然来到这里——就挨宰吧！你与人家迎面相撞，一个人面对所有的人。你为此将头破血流，付出惨痛的代价，他们却毫发无损。唉，反正就这样了，碰壁就碰壁吧，没有任何办法。不过不是现在。在任何情况下都应该有自己的，哪怕是微不足道的战略、战术。而现在这一切都必须忘记——他估计别克图尔阿加快到了，便这样劝说自己———一切都将是另一种模样。出现在日程上的将是另一个问题，生活的另一面将占据首要位置。谈话将是严肃的，要讨论的问题很多。

在如此安抚自己的同时，阿尔森·萨曼钦似乎又像是在永恒的新娘面前辩解。好像不是他自己在说话，而是另一个他在内心里与她窃窃私语，宛如她刚刚从他的七层楼的破电梯里出来，站在门后什么地方，能听到他的话。他无声地悄悄对她说，几乎是道歉：等一等，稍稍忍耐一下，也许我们能做些什么。那时候我把你们——你、艾丹娜，还有伟大的成果丰硕的作曲家，聚在一起！艾丹娜在舞台上，你在幕后，就在旁边，你将亲自听到、看到一切。只要再忍耐一下。然后再想一想，艾丹娜是否有过错。你将明白，她的离去并不是因为她任性胡闹，她也被绑架了，跟你当年一样，只不过是用一种特殊的方式，现代的方式——引诱她，教唆她，收买她，使她步入歧途。如果从前抢亲是把美丽的女人捆在马上弄走，现在则是把她抛到装满美元的麻袋上，她自己就会骑着麻袋跑，飞快地奔向美元群，那里的牧人就是百万富翁，每个百万富翁都驱赶、放牧着自己的美元群。我们就是这样生活，没有其他道路可走，大家都在市场上拥挤。谁也没有过错，所有的人都在市场经济的控制之中。然而，如果细想来，大家又都有过错。我们错就错在驯顺地生活，市场秩序迫使我们怎么做便怎么做，人人如此。我似乎扯到社会学与政治都说不清楚的难题上去了。你不必在意，这些问题与你无关。我顺便提一句，就说走了嘴。请原谅，相信我，等着吧，主保佑，我们会见面的。不，停一下，耽误一分钟。有件事总在心里折磨我，我一直在不由自主地琢磨：她在那里感觉怎么样，真的幸福吗？就像广告中到处说得那样，像舞台上表现得那样光彩照人，还是内心里有自己的黑洞，她躲在那里，也许正在那里哭泣、懊悔，不知道如何是好？很遗憾，可能她也不容易，就是她回避我，也未必能忘却我们的海德堡公园。我们在那里憧憬的世界完全是另一个样子。你亲自看见过她嘛，永恒的新娘，你看见我们在一起了，然而我们就这样失之交臂……

　　他就这样无声地自言自语，对着同样默默无言的空间。这时候他又试图开导自己：醒一醒吧，醒一醒吧，你的不安分的天性又把你带到哪里去啦？你瞎折腾什么？你在同谁角力呀？你一个人忙忙碌碌，在那里写些什么东西，高谈阔论，尽自己所能地给寡头们添麻烦，可他们这些现代的美元老爷照常在世界市场上出头露面，像有一次你哥哥阿尔达克可笑着表达的那样，"露面出头——贪污揩油"。你甚至在什么地方还使用过这句话，但没有引起他们的注意。因为对于他们来说你微不足道，正像任何一个在市场上无足轻重的人那样，是混进来的流浪汉在放空炮。是的，有时候觉得，似乎现在造物主亲自在为他们这些美元老爷们效力，眼巴巴地望着他们，维护他们。那又怎么样呢？原来现在的主就是全世界范围内的银行家。打住，我胡说八道开了。主呀，原谅我这个罪人吧！

　　他着手打扫自己的住宅。别克图尔阿加为人精干，是个严厉的当家人，如果看到什么不对劲就当面说，所以才把集体农庄管理得有条不紊。据说，他不放过任何人的马虎，在他眼里无小事——为什么把厩肥扔在路边上？弄走！你的草垛怎么歪啦，像你似的，喝醉啦？你菜园子里的灌溉水沟变成了臭烘烘的猪圈，你就不能清理一下吗？他要求村里的老乡们做到井井有条，他做得完全正确。

阿尔森记得这些，便匆忙开始给过道厅吸尘。他把住宅里到处堆放的报纸、杂志，读完的和没读完的，都一叠一叠地摆放好。然后擦镜子上的尘土，并特别认真地擦拭钢琴的淡褐色的漆面。这台漂亮的钢琴是他家里最珍贵的物件，这不仅因为它是万能的乐器，还因为艾丹娜用它弹奏过，弹过两次。弹了一晚上，一直到后半夜。

他本人是个业余爱好者，能凭听觉弹奏，艾丹娜则是一位出色的钢琴家。听她弹琴是一种享受，从中可以听到欧洲遥远的回声。阿尔森称赞不已，认为她有一双搞音乐的手，旋律仿佛自己从她的手上流出来，就像眼睛放光那样。阿尔森·萨曼钦按捺不住，怀旧情绪喷涌而出，他坐下来，想回忆起她当时弹过的什么曲子。他又一次感到忧伤。她再不会来到这里，再不会坐在钢琴前面……在他的狭窄的住宅里，从钢琴到床三步远，那里有自己的音乐。他的心不愿意把她称作不贞的女人，虽然实际上确实如此。不管怎么样，他还是愿意认为，艾丹娜·萨马洛娃是命运独断专行的牺牲品。

电话铃响了。这是伊季巴伊，别克图尔阿加的司机。他通知说，他们已经开车出来了。

该去迎接他们了。几分钟过后，阿尔森·萨曼钦换好衣服，系上领带，便提前来到院子里，准备恭恭敬敬地迎接家族里的长者。从前，当这样的客人光临的时候，人们要隆重迎接，抓住他坐骑的笼头，挽着手臂扶他下马，再把马牵走，拴好，松开马肚带。然后拿燕麦给马吃——就像现在给客人的轿车加满油一样……

五分钟以后，当想象中的马从马槽里吃燕麦的时候，尊贵的同宗别克图尔阿加坐着轿车从院门驶近了楼门口。他坐的是一辆功率强大的黑色日本吉普车，车体亮得像镜子，大灯的玻璃闪闪发光，发动机几乎有六百马力，这样的越野吉普车大山里更多些才好。但暂时别克图尔买自阿拉伯联合酋长国什么地方的这辆吉普车在整个图尤克贾尔区还是唯一的一辆。而普通的，比如，日古利和莫斯科在乡村里也屈指可数，而且也只能如此：人民穷，甚至以前集体农庄那点儿可怜的财产也失去了。曾经是农奴制时代，不过，总还是……而现在呢，可以说，人们各自想自己度日的办法，有的靠做苦工，有的甚至靠偷盗，而且前途看不到一点儿希望。有人说，去做生意吧，可是这个生意在哪儿呢？去挖土豆，去拾草吗？然而，据说自由倒是有了。但是，没有富足的自由，哎呀，那也不是什么好玩的，不过是一句空话而已。人们暂时把农村的贫穷记在过渡时期的账上，说是咱们进了市场经济就万事大吉啦！等着吧！一个傻瓜居然想入非非，说是应该生一市场孩子！真是荒诞之极！农村老乡哪里还谈得上汽车呢，他们开始经常用毛驴子驮运货物，就跟中世纪一样。幸好还有出租汽车开始沿线路运营。而青年们则成群结队地往城里跑，在城里过茨冈人似的失业生活……

不过，也有一些人从慷慨的商业时代得到了某些实惠。甚至有人开始在峡谷隘口里搜集野蜂蜜出售，这是前所未有的事。蜂蜜都是无偿赠送，要知道，蜜就是快乐，就是家庭里老老少少的美味，怎么还能买卖呢？不过这是顺便提一提，不算什么大事……

这时候别克图尔阿加坐着吉普车到了。就是这位所谓的重量级人物——不是随便哪位，而是别克图尔·萨曼钦琢磨出了这个商业化狩猎公司，安排得几乎全年都有业务活动。按季节打各种不同的野生动物，这其中有盘羊，它们被称作"马可·波罗"；有大角山羊，有熊，有猎禽，现在雪豹按特殊条款也成了热门项目。别克图尔阿加真行，了不起，找到了生财之道，聪明人啊……

轿车停了，阿尔森上前打开吉普车厚重的门，面带笑容的别克图尔阿加走了出来，精神抖擞地与侄子握手，拥抱。是的，这是一位卓越、体面的人——无论是面容还是身材，特别是一脸浓密的大胡子。他们家族里所有男子都相貌堂堂，其中也包括阿尔森。区别于大多数萨曼钦姓的男子，阿尔森只是没有蓄胡须而已。

他们两双手握在一起，再一次问好，就像骨肉至亲应该做的那样——每人都拉住握紧对方的两只手，互相鞠躬，同时亲切地微笑。别克图尔阿加把一只瘦骨嶙峋的手放在胸前，开口就说：

"感谢主，我们都健康地活着！我们多长时间没见面啦，阿尔森？两个月，可能还要多一点儿吧？"

"是的，叔叔，我觉得，差不多有三个月了。"

"你看，是吧！"别克图尔阿加扬起浓密的眉毛说，"我倒是时常到市里来，却经常找不到你。好吧，这次你在我们那儿可要多待一段时间。你自己明白。"

"是，叔叔，我当然明白。至于我们没能见面，是因为有各种各样的事情拖累，说什么也脱不开身。关于这个我们以后再说。重要的是我们见面了……"

他当然不打算说他与艾丹娜之间发生的事，也不会说因为她，他与什么人发生了严重的冲突，那个人认真地谋划排挤他，把他从心爱的人身边永远赶走，而且还要把他从社会生活的舞台上赶走。他更不想说他这个亲侄子打算如何回应。这些绝对不能提及。这将完全是另一种性质的谈话，是事务性的。为此，别克图尔阿加前一天才从图尤克－贾尔山区赶来。

他们亲人之间欢快的会面引来了从旁边经过的邻居们赞许的目光与微笑。还有两个机灵的男孩子正在院子里跑着玩，他们都穿着破旧的短裤和背心，其中一个还牵着一条狗——他们开始欣赏别克图尔的吉普车。虽然院子里停着许多别的汽车，可是他们更相中了这辆越野车。他们互相用肩膀撞着说悄悄话：看得出来，两个小顽童渴望坐上这辆大功率的汽车到大街上兜一圈，让大家都钦佩他们。

阿尔森无意间回头看了一眼吉普车，发现了这一切，心里觉得非常愉快，舒畅。

当你在周围的生活中发现欢乐与真诚的时候，心里马上就会涌出这样愉悦的情感。你就会想说：你们好——我们大家也都好！甚至那个夏日清晨的天气也是那么欢乐与真诚。太阳还不那么灼人，而是用自己的光普照远近可以看到的空间，给世间万物以共同的幸福，仿佛它也在分享人间的欢乐。

假如能永远这样和睦地生活在世界上该有多好哇！然而，听说总有一只阴沉的眼睛从云端注视着我们。那就让它注视吧……

当他们开始讨论事务性问题的时候，阿尔森·萨曼钦依然保持着赏识与自信的心境。别克图尔阿加讲得非常有说服力，合情合理。在他的天性中有非凡的经营才能——他的论据与意见你很难不同意。

从办理狩猎业的官方许可证开始，他什么都考虑好了，论证过了，做了计划安排。许可证里有专门条款预先提到雪豹，说明允许猎杀它们，甚至还规定了将要征收的所得税。所有相关条件都早已告知阿拉伯客人。注明这些条件的英文合同是阿尔森·萨曼钦去年春天帮忙办理的。这件事他都有点儿淡忘了，现在则要付诸实施。因为别克图尔·萨曼钦对英语"绝对一窍不通"——在这个区里谁会想到学英语呢！于是，同阿拉伯猎人们联系的使命就落到了阿尔森的头上。

无论从伦理道德观点，还是按照别克图尔·萨曼钦的纯实用主义的考虑，无疑只有阿尔森最合适完成他与阿拉伯客人之间的中间人这样困难与微妙的工作。因为像他们这样地位的人物需要的不仅是翻译，而且还应该是一位严肃认真的、有知识和有趣味的交谈者。

"那么，亲爱的阿尔森，我们的祖先祝福你，你正好就是那位翻译官,那位权威人士,我过世兄长的儿子,你知道,需要有这么一个人帮助我们。"别克图尔阿加说道,"同我们待上两个星期,对你来说算什么呢?你是不依赖任何人的独立记者嘛!想去哪儿就去哪儿,不是吗?请注意,阿拉伯客人的第一批办事人员五天后到达。是筹备组,用我们的话说就是'达亚尔达什',共三个人。客人们坐的私人飞机将在奥力雅塔机港降落。"

"是航空港,叔叔,不是机港。"阿尔森纠正道,但那一位并不觉得难堪。

"我就说机港,咱们这儿就这么说。那么,离咱们最近的机港就是奥力雅塔机港。你都知道,你帮助谈判的嘛!现在时候到了,该干点儿事啦!咱们一块儿去机港迎接阿拉伯客人,一块儿接他们进山。那里我们全都准备好啦!这不必操心。我买下了集体农庄的一座大办事处,在里面搞了两个会客室,当然不像城里这样,不过还算……咱们一直把客人送到乌津吉列什山口下面去打猎,需要的话就继续走,翻过山口,再往前走就是中国了。所有的小道我们都知道。当然,只有登山运动员才往那里钻,不过让这些汗杂塔也就是爱好者看看也好,打打咱们的雪豹——当然不是免费的。你知道的,为雪豹人们肯给大价钱,主保佑!大家人人有一份。"

他们还谈了许多各种各样的细节。别克图尔·萨曼钦真的什么都想到了,做了详细的安排,很干练——从人员住的帐篷、骑的马,到开列养马人的名单。贵宾的马匹只能托付给他了解的、正派的、品质经过考验的人们来照管。至于枪支、照明与观察瞄准用的仪器,更是像会议记录那样开列在册。阿尔森·萨曼钦心里暗暗赞赏,甚至为自己有这样的亲人而自豪。他又一次确信,商业拥有巨大的组织力量,它能教会人们理性而有针对性地运作。商业比其他的行业更要求人全力以赴。

图尤克－贾尔猎业评估方案就是这样规划的。如果雪山上的雪豹知道这一切，假如它们当中最易受伤害的遭抛弃的箭雪豹知道这一切……它仍然像中了魔法似的，在乌津吉列什－马镫山口下面游荡……

至于阿尔森·萨曼钦，他当然知道策划这个狩猎活动的全部细节，尤其是在他与别克图尔·萨曼钦会面以后。但是，他当然无法预测在这条道路上等待他的将是什么。现在，事后，有个情况可能让人觉得有某种预告性质。那是在事件将要发生的前不久，不知为什么他写了一篇日记，其题目为"看不见的门，或者宿命的公式"。在这篇预言性的札记中他写道："命运的每一个未来的行动都是一扇看不见的门，它是事先准备好的，事先打开的，谁命中注定要迈过这道门槛，只有等他已经成为门那一侧的人质以后才得以知晓。谁迈出了这致命的一步，都无法再走回头路，就像已出生的人不能再回到母亲腹内一样。命运的判决就是这样进行的。这就是宿命的公式。只有入口，出口嘛——没有。"

这篇札记还可以有续篇，可以在阿尔森·萨曼钦的悲剧性随笔中得到发挥，但这只能在一种情况下：假如这一切以另一种方式发生……

这时候，清晨的凉爽逐渐被正午前的炎热所取代。这在房间里也能感觉到。阿尔森·萨曼钦暂时中断谈话，关上夜里打开的窗户，打开安装在衣柜上方的小空调机。住在多层楼房里炎热更难以忍耐，出路就是开空调，然而别克图尔阿加旳咐开着窗户。他在山里习惯了自然空气，只得尊重客人的意见……窗户仍然开着，这一点将产生自己的后果。不过这谁能知道呢……

叔侄重新回到已经进行了至少两个小时的谈话。在这段时间里，温厚勤快的年轻司机伊季巴伊已经喝完了茶，更重要的是开着吉普车去过了加油站和洗车场，还从市场上买回来了水果。可是他们这两个由血缘联系在一起、现在又由无处不在的商业活动联系在一起的人，还在讨论这个巨大的狩猎项目。顺便再说一下商业：山里人搞不明白四处漂泊的倒爷们讲的那些事情，让他们大感诧异的是，原来花也可以买卖！谁能想得到呢，要知道，花儿自生自灭，骑马路过时可以欣赏，可以揪下来带给孩子们。可是拿花做生意——真是可笑。萨曼钦叔侄讨论的事涉及一种单独生活的高山野兽——雪豹。就是说，市场之手也伸到了它们身上。

阿尔森·萨曼钦听家族中的长者，一边在纸上勾画组织狩猎的平面图，一边讲解，他有时候觉得，叔叔策划的这一切几乎与演戏一样，只是导演为前集体农庄主席。不过，他确实是一位聪明人。他要采取的措施确实像戏剧中的情节。比如，别克图尔·萨曼钦想出来一个驱赶雪豹进伏击圈的巧妙办法，使外国猎人能像狙击手那样，有选择地猎杀最值钱的目标。他仔细地听，迫使自己弄清楚这场前所未闻的山地狩猎行为的意图，因为不久后他就要给阿拉伯客人详细讲解这些安排。阿尔森·萨曼钦有时候开始不由自主地同情雪豹，关于即将发生的惨剧，它们此刻在自己的天山里还一无所知。他想：如果这些雪豹知道此刻在一座遥远的、拥挤不堪的特大城市，一座普普通通的赫鲁晓夫式楼房的第七层上坐着两个家伙，正在像神一样预先安排它们的命运，精确到哪一天、几点钟，它们一定会不失时机地赶紧逃命，逃到喜马拉雅山的什么地方去。

思想是自由的鸟儿，一会儿飞向鸟巢，一会儿飞向宇宙。这不，不知从什么地方又冒出来一个荒诞的，但实质上却是最高尚的念头：怎么能让它们，也就是山里的雪豹，知道这件事呢？可是，即使他头脑里出现了这个念头，这种荒唐的想法也是绝对不能容许的。在那种情况下生意怎么办？哪怕仅仅是在自己的想象之中，为了保护某种野兽就断送生意？即使这样的事真的发生了，世界难道就能保全啦？一切都会堕入火狱，人类将毁于彻底的自卑自贱。所以不行，不行，只能把生意放在优先地位，其余别的置于后面和"后面的后面"。你试一试，把这个意思透露一言半语——还不如把自己吊死！就这样，与其说阿尔森·萨曼钦这样想，还不如说在他的潜意识中闪过了这样的念头。可能是对他的惩罚吧，他一边听，一边认真地用英语在记事本上记录梅尔根猎业公司的首脑关于如何同重要客人打交道的指示。别克图尔阿加的语气变得越来越具训诫意味了。

而别克图尔·萨曼钦本人自然没有想到在阿尔森心灵深处发生的事，在他的不露声色中有哪些念头突然出现在脑海。

谁能想得到，在一个正在正常讨论问题的人的身上，同时还能发生某种远离现实的事呢？而且对这一现象似乎没有也不可能有任何解释。如果在山的那一面起了风，山这一面的树枝并不一定要摇晃啊！

别克图尔·萨曼钦非常专心致志地、亲切地继续诠释着自己引以为豪的方案。他在纸上勾勒着平面图、示意图，标明在山上与峡谷中最有可能安排伏击猎物的地点。为了将凶兽赶进伏击圈，需要从几个方面包围那个地段，最好同时从三个方面发出恐吓的声响，迫使野兽朝理想的方向跑。当然，也可能发生疏漏。不管怎么样都至少需要五六个围猎人，他们骑着快马驱赶野兽，在最合适的时机把它们赶进包围圈。应邀而来的猎人越成功，主人的收益就更大，按份额分配的钱就越多。那么，可以理解，大家都会尽力以便确保成功。

别克图尔·萨曼钦说出了几个同村人的姓名，他将把如此重要的工作委托给他们，并置于自己的监督之下。据他讲，他们已经在准备，这些骑马的围猎人正在训练马，准备武器、鼓……

他们就这样坐着，不慌不忙地喝茶。他们不仅谈狩猎，还讨论其他的生活上的事——故乡需要操心的事很多。而且在他们交谈的过程中，还发生了一件有趣的，几乎是难以置信的事。

事情是这样的。夏天，院子里和楼房周围时常有许多鸽子和家燕飞来飞去，它们栖身于房檐下和多层楼房的顶层间。对它们谁也不太注意：鸽子有时候多多少少地还吸引居民的目光，对燕子谁也不感兴趣，它们自己就那么活着。它们或成群或单个地上下翻飞，把雏鸟从窝里带出来，教它们飞。那就让它们飞好啦，而且家燕是最高雅、最优美、最得体的鸟，不像粗鲁的麻雀……可是，不。正是与它们发生了一件怪事，而且可能比怪事还要更……

正当萨曼钦叔侄静静地坐在桌子旁边，依然忙于讨论那些话题的时候，两只燕子，看来是一对鸟夫妻，突然从院子里飞进了开着的窗户。假如它们是偶然飞进了住宅，那么会立刻还从那个窗户飞出去。可是这两只大嗓门的鸟儿根本不打算飞走。相反，它们开始快速扇动翅膀在天花板下面盘旋、鸣叫。

"唉！看，这燕子从哪儿来的呀？"别克图尔阿加甚至惊讶得站了起来，"经常从院子里飞进来吗？"

"不，这是第一次。从没飞进来过。院子里很多，在窗户旁边飞来飞去的。房檐下面有它们的窝。"阿尔森·萨曼钦解释道。

"也许，它们被惊吓着啦！把窗户开大点儿，让它们飞出去。"

阿尔森敞开窗户，但燕子继续不停地尖叫着在他们头顶上盘旋，小眼睛炯炯有神。显然，不知因为什么它们很不安。有某种原因促使它们寻求与人接近，仿佛它们飞进这座住宅是为了告知什么事，或是想劝导什么人。阿尔森觉得是这样，感到很可笑。老萨曼钦拿起毛巾，开始往窗口驱赶鸟。燕子闪开身，飞出去，消失了……

"真逗人，"别克图尔阿加摇了摇头，"它们要在这儿做什么？好啦，让它们飞吧。咱们需要再工作一会儿，时间剩得不多了。咱们定一下你什么时候到，什么时候和充当围猎人的老乡们见面。还有，你我还必须签订个合同!"

"咱们之间还签什么合同啊?根本用不着。"

"不,不,按眼下的规矩,应该这样做。生意靠的就是合同。"

阿尔森·萨曼钦想推辞——何必呢,我相信你,叔叔,就跟相信父亲一样。但还没有说话,燕子就又飞了进来,又在天花板下面快速盘旋。

"嗬,"别克图尔阿加惊讶地叫了一声,"又回来啦!布尔·艾木涅西(这是什么意思)?"

是的,它们又回来了,好像要把什么话说完,或是听完,或是打听明白让它们不安的什么事——此刻阿尔森这样想,他准备观察这两只奇怪的不安的燕子,听一听它们的鸣叫,但别克图尔阿加要求把它们赶出去,关上窗户。他只好挥动毛巾,然后又关紧窗户。阿尔森接着把空调开到最大功率。他不想让别克图尔阿加感到热得难受。

可是没过几分钟,燕子们就又出现在了窗户外面。它们几乎紧贴着玻璃悬在空中,持续地厉声尖叫,像是在用自己不可思议的行为顽强地警告人们什么事,争取让他们听明白。

别克图尔阿加甚至耸了耸肩说:

"这意味着什么?是吉还是凶?嗯,咱们不再分神了。拉上窗帘吧,那样它们可能就能安静下来了。"

他只好用窗帘把窗户严严实实地挡上。

叔侄俩又坐了一会儿,讨论各种问题,重要的与不太重要的,然而阿尔森却始终感到惊诧与遗憾。他觉得不该与这些燕子隔绝,以前从未听说过鸟类有这样的行为……

别克图尔·萨曼钦对这场事务性谈话非常满意,使得他想平和而理性地说出自己作为至亲的意见,也不回避侄子单身生活的问题。而阿尔森此时想的依然是那两只燕子。

"你这儿一切都好，阿尔森，"他看着阿尔森的眼睛说，"谢谢。只是你的茶是单身汉的茶，你不要见怪。问题当然不在茶上。你还想拖到什么时候呢？到时候啦，到时候啦，有的人已经结过五六次婚了，而且还在电视上为此自夸。可是你呢，绊了一跤就再也站不起来了。不，这样不行，阿尔森。你还年轻，又聪明。你过世的父亲也会为你骄傲。你虽不富有，但是也不穷。所有亲人都等着参加你的婚礼。我准备好了，我有一群马，要送给亲家做彩礼，如果你愿意，我就把它们赶进城里来。你不要笑。好女人城里面和村子里都有的是。你挑吧。时间不等人……你自己什么都明明白白的嘛！"

阿尔森笑了，同意地点头，试图把话题转到别的事情上去，这时候别克图尔阿加突然想了起来：

"你听着，阿尔森，也许这些燕子不是凭空来这里飞进飞出的，它们也想看看你的媳妇！"说着就被自己的笑话逗得哈哈大笑。但是阿尔森认真地回答：

"如果是这样就好了。"

后来，当在院子里送别克图尔的时候，他还在心里重复："如果是这样就好了。"别克图尔·萨曼钦已经在想别的更实际的事了。在自己那大功率的刚刚洗过通体放光的吉普车旁边，看到阿尔森的蒙满灰尘的"田野"，他说：

"喂，阿尔森，如果一切顺利，像咱们谋划和指望的那样，你就可以给自己买一辆这样的吉普车了。别再开'田野'啦。车倒也不坏，是苏联时期的遗产。但在当今时代，像你这样的人，最适合的还是吉普车。"

阿尔森感谢叔叔别克图尔：

"谢谢，叔叔，谢谢。看看结果怎么样吧。在山里开着吉普车方便些。咱们看吧。"在心里他又重复一遍"如果是这样就好了"，然后改变了话题:"喂,伊季巴伊,休息得怎么样?好样儿的,总是这样精神。咱们山里的路可不是谁都对付得了的。"

"是啊,我们和伊季巴伊在这样的路上,你知道已经跑了多少千米吗?三十万千米!"

"已经三十四万啦!"伊季巴伊自豪地纠正道。

然后他们拥抱,告别。阿尔森在吉普后面挥手,可是他心里还是在想:"如果是这样就好了。"

回想起那些神秘的燕子,阿尔森·萨曼钦心里无论如何也平静不下来,这其中还有一个忧伤的原因。关于燕子的事他不打算对任何人讲,这简直可笑,只有艾丹娜能正确地领会这件事,并给它以浪漫主义的解释。她一定会建议他采纳这个情节,也许可以写一个脚本,或一首歌。在亲密的交谈中她喜欢有这样意外的发现。这使两颗相爱的心更加接近。他们有多少次这样的谈话呀!然而,现在连在电话里听听她的声音都做不到,她坐着那辆庸俗的"高级轿车"走了……遗憾,否则就可以给她讲一讲这些神秘的燕子信使。有意思,它们想通报什么呢?

当然,几天过后,这一切便都被他忘却了。为图尤克-贾尔大山里的商业狩猎活动做准备可真不简单,该操心的事情很多。后来,在那里,在故乡,他在自己的日记中写了一篇忧伤的札记,题目是"看不见的门,或宿命的公式"。

难道纯洁的燕子就是想警示这个?可是它们从哪里知道的呢?可笑,愚蠢,胡思乱想,无非觉得是这样。暂时就是这样。暂时……然而这样的札记出现在阿尔森·萨曼钦的笔端却是未来的一面旗帜。暂时地平线上还是洁净的,没有任何风暴,因为一切都在按商业需要有条不紊地进行。

而他完全不知道命运为他做了什么样的安排,只是因为无法见到艾丹娜，因为无法告诉她可笑的燕子的事而苦恼。她要是也突然来到这里该多好！她会说，那些奇妙的鸟儿，燕子，在哪儿?！他的神经还正常吗？这个可怜的被抛弃的人？

此时，另一个被抛弃者，野兽箭雪豹，像中了魔法似的还在乌津吉列什－马镫山口下面游荡。它在等待什么？什么在等待它呢？

第六章

两天以后，阿尔森·萨曼钦已经驾驶着自己的"田野"行进在路上。离尊贵的客人——堂兄弟哈桑与米希尔的到来只剩下屈指可数的几天了。他们的大名全称自然要复杂得多、长得多，需要记住，背会。不过暂时这样也就行了——哈桑和米希尔……为了满足他们狩猎的爱好，阿尔森·萨曼钦正驱车赶往自己的故乡、乌津吉列什的支脉，赶往遥远的图尤克－贾尔山区。

路途漫长——五小时左右的车程。虽然道路熟悉，他已跑过多次，特别是自己会开车以后。每次进山都是一次考验——仅有一半的路面是铺过沥青的，剩下的是在坡地与高原的陡峭边缘上的土路。"田野"状况还可以，尽管最近几年在充斥城市与郊区的现代外国车的背景上，它看着仿佛是位前朝遗老。

此刻，他正好行驶在东部郊区。道路从近郊的小街陋巷与尚未竣工的楼房旁边经过，驶向在前集体农庄与国营农场的田野上建起来的市郊果园和新村。再前面就展现出一片草原，一直到山前的丘陵地带。在丘陵的后面就可以看到天山的块状山体，巍峨雪峰的轮廓。自古以来，凶猛的雪豹——虎与豹当之无愧的兄弟，就在那里的高山峡谷中栖息繁衍。现在它们突然成了对国际狩猎活动十分有吸引力的目标。

阿尔森·萨曼钦正是向着插入云端的高山前进，驾驶着"田野"奔向自己的故乡。如今他只是为生活上的各种事由偶尔回来几次，比如参加葬礼呀，出席婚礼呀，庆祝近亲的乔迁之喜呀。这次他打算住在姐姐家，她的丈夫是当地的铁匠，现在靠铁匠铺赚不了几个钱。她早就暗示，他们需要盖几间配房，儿子奥斯孔要成亲。如果一切顺利，如设想的那样，围猎成功，当然可以给他们一些钱建配房。是啊，一定要给。

阿尔森·萨曼钦这一次回出生地是由于以前从未有过的特殊原因。他响应本家叔叔，当地人人皆知的企业家别克图尔·萨曼钦的召唤，这在阿尔森的乡亲们看来是自然而然的事：亲叔叔嘛，而且，谁不想从天上掉下来的美元中得到自己的一份呢？哪个傻瓜能拒绝？这笔巨款出自阿拉伯猎人，确切地说，是出自雪豹，因为——这也是前所未有的事——野兽现在也进入了市场流通：这里如果没有雪豹，那么那些游客凭什么往外拿这笔钱呢？

当这么一大笔巨款摆在眼前的时候，没有谁想知道别人心里在想什么。人人有自己的打算。常言道，别人家菜院子里寸草不生也不用咱们管。所以，无人关心阿尔森·萨曼钦答应来做翻译的真正目的。

阿尔森坐在方向盘后面，注视着汽车的速度和迎面驶来的车辆——尤其在急转弯处，当地人称为中国大货车，装到不能再装的程度，走起来摇摇晃晃，每次从旁边驶过以后，他都如释重负地吐一口气。就是在这样繁忙的道路上，他思索的依然是：今后怎么生活？怎么办？如果只是这样倒好啦！那个固执的，不断折磨他的念头也屡屡趁机袭来，每次都使他不自在。阿尔森·萨曼钦就这样坐在方向盘后面，心烦意乱，内心的"终极答案综合征"（他暗中这样称呼在他脑海里总不肯熄灭的复仇的欲火）使他十分苦恼。他感到惊讶，原来自己竟这么低能，不能战胜自我，文明程度不够，为这种困境做不出精神上的抉择。"你可曾自称为利他主义者呀,"他回想起来了。"可是,原来竟这么渺小。原始本能啃咬你,市场意识不适合你,你被它赶了出来……很少有人明白,我们陷入了市场的暴力之中。如果谁同市场合不来,它就把他杀死。既然人家要杀死你,那你也就杀别人吧。这就是它的、市场的'终极答案'。你在口头上责备、痛斥、嘲笑自己,在内心深处却不肯认错。你认为自己在道义上有寻求'终极答案'的权利。"

他就这样坐着自己的"田野",逐渐深入山前地带的空间,带着自己揪心的焦虑、惶恐、悲伤和苦恼,越来越远离都市化的、与自己相类似的人的群体,那些似乎被造物主遗忘的人们,如果造物主存在的话;或者那些忘记了造物主的人们,如果它曾在他们心中的话。让这个城市滚得远远的吧,它使艾丹娜与他分手,引诱她投入了大众文化的怀抱。

然而城市却不想放开阿尔森·萨曼钦,它追赶他,在途中用电话铃声包围他。他只好接电话,或者边驾车边交谈,或者把车停在路边,以免发生车祸。电话主要是来自各个编辑部,他们等着他承诺的文章和访谈稿。他只得推迟文章的发表,对一些过分执着的编辑和要求安排直播节目的电视主持人则给以解释,说自己正在休假,也就是自己给自己安排了休假。他完全有权利这么做,未来的三个星期他将在旅行中度过,此刻他已经驶出了市区。总之,这些例行问题得以暂时延期,协调,但有两个问题是迫切的、论辩性的,打电话的人要求解释与讨论。因为就一些迫切的社会问题他发表过意见,引起了一些人的批评,他必须在报刊上和电视述评中给以答复。对这种情况他并不陌生。他经常被迫进行争论,论证自己在各种问题上的观点。然而,在编辑部里分析是一回事,在电话里远距离地辩论完全是另一回事。可是又无法回避。此刻他就被迫停车,开始谈话。好在电话线的另一端是自己人,《新路》报的主编库马什·巴伊萨洛夫。新闻业务早就把他们联系在了一起。

"喂,库马什,"阿尔森·萨曼钦烦躁地说,"你那里发生什么紧急情况啦?我在路上,我给你说过啦。我一回去咱们就讨论……"

"我理解,阿尔森,可是我想让你知道——关于你在招待会上的发言,在媒体代表大会上,记得吗?"

"当然记得。"

"……是这么回事,咱们的一批宗教界人士,本地的有穆斯林、有基督徒等,他们写了一封公开信。我对你说过,你一向把螺丝拧得太紧。"

"是什么让这些神学家那么激动呢?什么迫使他们一起啦?别的时候互相都不肯伸手……"

"不要装糊涂,阿尔森。你知道自己干的是什么事。现在他们要求你忏悔,并公开承认自己的立场不是简单的过失,而是有意歪曲真理。"

"打住,打住,什么立场啊?"

"还记得你在阿拉木图媒体代表大会上的发言吗?"

"如果,让我想一想……那是在5月吧。"

"对,从25日到27日。"

"是吧,后来呢?"

"你听着,现在我给你读一下他们要求的实质。"

"读吧。"

"你的电话信号怎么样?"

"别担心,我有电池。"

"那我就读啦:'因此,经过共同讨论取得了一致意见,我们,世界教义地区中心的代表们,表达对渎神行为的愤怒与谴责。这种行为是著名记者阿尔森·萨曼钦在欧亚大陆媒体代表大会上实施的,他引用历史上游牧时代野蛮的、似乎是哲学的话语,其实质比无神论还要危险。'你听到了吗?"

"是的。我听到了,听到了。"

"那好,下面是你的文章。顺便说一句,你记得吧,会上的所有发言电视台都转播啦!我现在读给你听,你忍一忍,这是你说的话,他们在信中引用了:'可能,在这方面我有自己的立场,有我自己对现代大众传媒的真正全球意义上的理解。所以我允许自己不仅指出正在形成的时代信息空间的迫切而无时不在的重要意义与重大责任,还要使用古时候的隐喻,以便理解古代对话语的万能作用的解释。该解释是从古时候游牧哲学家那里继承下来的。其中包括,我引用游牧时代的哈萨克—吉尔吉斯诗篇中一个内涵丰富的片段,它是在占统治地位的宗教教义出现之前很久说的。翻译过来大致为:"话语放牧主于天上,话语挤世界的奶并用这些奶喂养一代又一代的我们,从一个世纪进入另一个世纪。所以,没有话语,便没有造物主,也没有世界,世界上没有大于话语的力量,世界上也没有比话语更炽烈更强大的火焰。"上面这段涉及面很广的箴言是由那时候的游牧哲学家们,那时候的民间即兴歌手们总结出来的,他们是从马镫上观察世界的。'"

"那么,这其中什么使我们的毛拉和神父们不满意呢?"

"就是他们一致认为,怎么能对公众拿出这种挑衅性的否定造物主的东西,并在电视上宣布呢!你明白了吗?"

"是的。说老实话,我没有想到他们会做出这种反应。我原以为,他们的思路会更广阔一些。然而这丝毫没有动摇我对本质问题的信念。"

"好,那你想让我们怎么做呢?"

"你们认为该怎么做便怎么做。"

"明白啦。可是你要估计到,阿尔森——我为什么给你打电话,尽管你在路上。我们要立即支持我们的宗教界人士,将这封信在头版发表。你知道,从改革重建一开始咱们就手挽手地合作,但是,如果我们现在不这样做，我们的报纸就将失去财政上的'兴奋剂'。这一点已经不是向我们做了暗示，而几乎是公开地告知了我们。而谁是我们的'供货人'，你自己是知道的。"

"我怎么能不知道呢。他不仅是你们的'供货人'，而且整个文化界很快就都要仰仗他的财政兴奋剂。一切都将在他的操控之中——包括效益和地盘。"

"这么说，你不怪罪我们吧？"

"丝毫不。行动吧！可我将捍卫我自己的立场。为了真理，总会找到自己的阵地的。"

"只是你要明白，阿尔森，我这是出于无奈……在此之前你有一篇文章，'供货人'就已经很不喜欢了。"

"哪篇文章？"

"发表在俄罗斯报刊上的。"

"啊，是吗？"

"光是题目就够要命的——《对财富与权势的病态追求》。还有内容呢，'从石器时代到当今'……"

"对，是有那么回事。"阿尔森·萨曼钦简略地回答。他想起来了，文章发挥了自己的作用，激起了不满，神学家们动员起来，全力以赴地驳斥他。站在这一切后面的还是那位艾尔塔什·库尔恰尔。对此阿尔森毫不怀疑。"好吧，库马什。"他用下巴夹紧手机补充道，"我将注意。现在我必须赶路了。再见，库马什！"

"阿尔森，不用我教你，不过对你周围发生的事情注意点儿。我们要发表这封信，没有别的出路。神学家们盯着我们不放。"

"他们算什么神学家呀！伪君子！"

"我这是开玩笑。总之，你是山里人嘛，自己应当知道，什么地方是上坡，什么地方是下坡，什么地方是深渊。一路平安……"

"谢谢，我开车了。"阿尔森·萨曼钦答道。他试图想象这句送别的话意味着什么——提示路上小心，还是别具深意？

接下来还有两个从其他编辑部打来的电话，不过再没有什么麻烦事。

阿尔森·萨曼钦只在加油站稍做停留，他已接近了大山里的蜿蜒曲折的土路。沿山路忽上忽下逶迤前行有其自己的浪漫之处。周围风景如画，不过要求谨慎驾驶，对汽车本身要求也高。阿尔森·萨曼钦把注意力集中到驾驶车上，还不无苦涩地想，他在媒体代表大会上的发言被新闻界曲解了——他在各种会议上的发言时常引起争议，但这样有组织地围攻，可能还是第一次遇到。这样做几乎是示威性的——他阿尔森·萨曼钦走了，把心中酝酿的那件可怕的事放到以后再说，这件事世界上谁都不知道；而那个用自己不计其数的财富横行无忌的人，那个操纵别人不幸命运的人，对他还紧追不舍。既然如此，他也就没有什么可保留的了，结束与阿拉伯客人的狩猎以后，就应该做最后了断……

很难摆脱这些缠人的思绪。他已经行驶了三个多小时，从童年时代就熟悉的地方越来越多地出现在眼前，再过一个多小时就可以到达亲爱的图尤克-贾尔，全区最大的行政村和当年最大的集体农庄了。但萦绕在阿尔森脑海里的依旧是那些念头。无论他在空间上如何远遁，几乎是孩子般多愁善感的愿望依然以某种怪异的方式寸步不离地跟着他，而这种愿望似乎不是一个成年人，更远非意志薄弱的人所应该有的：希望立即——如果可能的话——在此地此刻同艾丹娜见面，聊聊天。如果一起回故乡该有多好啊！坐在方向盘后面，给她讲解他要去哪儿，去干什么……在这些纷乱的思绪中他只差没有幻想艾丹娜就在这里，正在与他交谈了。

于是，这时候她出现了，就坐在旁边，肩膀依偎着他。她非常专注，当然，也非常美丽。她就应当这般美丽，因为对任何一位女士来说，美丽是存在的首要条件，人类就是这样造就的。这也没有什么可谦虚的，艾丹娜确实天生丽质——身材、体态、长相，都是美的。眼睛总是在两道黑眉毛下面熠熠闪光，垂肩的短发有时向后梳，有时围绕着光洁的面庞，就像侧幕围着舞台那样。还有嗓音！这应该感谢主，赋予她美妙的声音。是这样吧，艾娅？噢，对不起，不应该提这个。我明白，我明白，我心情抑郁，我低三下四，我痛悔自责。你已经投入了机灵鬼们的怀抱，把我这个傻瓜甩了。关于这件事以后再……

"停！你这是怎么回事呀？"阿尔森猛然惊醒。她已经不在身边了。

在村里，人们在等他——姐姐、铁匠姐夫、侄子外甥们、内兄内弟们、叔伯表亲们、三服的亲戚们，以及其他的乡亲，而主要的是别克图尔阿加数着钟点等着他的到来。时间已经不多了，阿拉伯客人五天以后飞抵这里——7月17日下午5点整，他们乘私人飞机抵达奥力雅塔机场。所有与机场有关的问题已经通过互联网协调好了，关于该机抵达和预计离境的日期形成了整整一卷宗夹的文件。在这段时间里飞机及机组人员就停留在机场，或者像别克图尔阿加自己乐意说的那样，停留在"机港"（对于他们，对于阿拉伯人来说，飞机就跟你的"田野"一样）。简短说吧！一切都按照业务计划准备好了。而他驾驶着自己的"田野"，不知是真的还是在想象中，她突然又出现在他的身旁……

"你去哪儿，阿尔森？"她问他。

"噢，请原谅，艾娅，"阿尔森一边说，一边打方向盘躲避突然出现的汽车，"我给你打过电话，打不通。你今天穿的是在海德堡公园穿的那件连衣裙，还记得吧？你穿着非常合适。"

"我特意留着它，是为你才穿的，阿尔森。"

这时他突然口气一变：

"我们要去的地方……不过，咱们认真地谈一谈吧。应当做点儿什么，艾娅。"

"那就谈谈吧，如果你乐意的话。"

"但愿对于你来说这不是噩梦，请注意：事情有可能以悲剧告终。这危及不到你的生命，但……"

"怎么，这是怎么回事？这危及你的生命吗？"

"还不仅仅是我的生命。"

"怎么回事，阿尔森？"

"你看，你是一位聪明、强健、美丽的女士。造物主赋予你美妙的歌喉，是为了让你在美妙的音乐伴奏下歌唱。但是，你是否辜负了主的期望呢？现在你有了另一个主，商人主，他的名字叫艾尔塔什·库尔恰尔——让他见鬼去吧！他不仅仅是个暴发的大款，如果只是那样也就算了；艾尔塔什·库尔恰尔是披着生意人外衣的魔鬼，他仇视不属于他的一切。他一下就弄明白了，就嗅出来了……"

"注意方向盘，阿尔森！"

"不要担心，艾娅，不会出问题。"

"好吧，有一次你不是吹嘘过，说你是驾车高手嘛！"

"也许是吧。你听我把话讲完。他是头猛兽，用自己的鼻子嗅出我在《对财富与权势的病态追求》的文章中指的是谁，而文章发表在了莫斯科的报纸上。"

"我还没有读，阿尔森。据说，那里面没有提到具体什么人。"

"我也没打算提什么人，没有这个必要。文章谈的是总的不可逆转的趋势——追求财富与权势。而且，直接掌握权力还是有收买它的能力，这并不重要，这样那样都是一回事。我想说的是，权力需要财富，就像呼吸需要空气一样；而财富需要权力，也像呼吸需要空气那样。生活中就是这样安排的，权力与财富互相依存，持续不断地通过财富追求权力，反之亦然。它们的危险性恰恰就在于要不择手段地达到目的，无论如何也要达到。这当中人的命运各不相同，有的人找到了乐趣，有的人则悲惨地死去。而这个家伙很快就嗅出，文章揭露了他那恶棍的本质……"

"哎呀，阿尔森，你只顾作报告了，最好留心看路，把方向盘握紧！"

"不用担心。我想，你很快就会相信，财富与权势是暹罗的一对孪生兄弟①，他们在母亲腹内就长在了一起。"

"怎么，你又想搞……难道咱们还没有经历过吗？"

"咱们说的不是这个。"

"那是什么？"

"咱们说的是，我和你都成了献给市场主宰的牺牲品。关于这一点你怎样想？"

"你自己知道！不要逼迫我，阿尔森……"

"你怎么不说呀？痛苦吗？"

"喂，停车！要不我就跳下去。够啦！你以为我随随便便就这样决定啦？这一切你都非常清楚，比我还清楚。问题是，我或者踏着明星的马镫在流行商业演出的广阔天地上奔驰，或者为浪漫主义哭泣，伸着手乞讨。不要撕扯我的心啦！你知道吗，父母亲两位老人连退休金都领不到，我的小女儿还住在他们那儿？我不想把她交给别人，但自己又没有时间。我现在是忙人。我知道你想念我、同情我。我知道，你一直为《永恒的新娘》难过。可是，如果你一定要做一个孤独的理想主义者，那我怎么办呢？不，我们之间没有，没有……"

"没有什么？你说的是什么？"

"我说的是，我们再也不见面了。"

"为什么？"

"噢，就算让你觉得是我厚颜无耻，我还是要最后告诉你，话语是

---

① 即暹罗（泰国古称）胸骨连体双生子，名叫汉格与安格（1811—1874）。

一回事，行动，那是另一回事。你独自一个人为不合理的世界悲伤，像你这样牢骚满腹的人不少。可他却有一座商务后宫，妻妾成群，其中有不少像我这样的人。为了钱，大家都争先恐后地向他那儿跑，等待着，也许什么时候他还需要。是的，你不喜欢演艺业的老板和高级轿车的拥有者，你忍受不了他，这又怎么样呢？他曾一无所有，现在成了世界的主人！多亏了自己的生意，力量在他那一边。这就是一切！"

"是的，艾丹娜，这就是一切！你是对的。再没有什么可补充的了。正是这样。但我是不会向他投降的。而且你很快就会看到我的行动，我正在朝着这个方向努力。你怎么啦？你不要难过。你没有过错，错的是把你收入囊中的市场经济时代。它的主宰就是金钱。这个主宰无处不在。你不要难过。等一等，你去哪儿？等一等！你在哪儿呀？你在哪儿？"

然而，她消失了。他甚至减慢车速，疑惑不解地回头看了一下，仿佛艾丹娜·萨马洛娃刚才真的就在他身边，与他肩并肩地坐着；仿佛她真的能从车里跳出去，并在瞬间消失。清醒之后，阿尔森在自己的额头上用力拍了一巴掌，又继续驾车前行。他苦笑着摇摇头，跟往常一样，骂自己想入非非，对自己荒诞的幻觉半信半疑。发生在他意识中的分裂，像在现实中那样进行的对话——这种现象的发生就是源于他难以忘怀的爱情与使他倍感压抑的凄惶。而唯一的安慰就是，这一切发生在他魔幻般的、电视片似的意识中，无论显得如何荒唐可笑，世界上没有一个人知道他在现实中谋划的那件事，没有一个人……而一旦人们得知……不过这已经不重要，像人们常说的那样，这是另一个问题了。据说，在另一个世界里，甚至敌人也互相握手、拥抱……

阿尔森·萨曼钦这时候已经驶近大山深处的故乡了。汽车沿着图尤克－贾尔地区陡峭的山路向上爬，看到熟悉的盖着石棉瓦的房子，看到村里的院子与篱笆，他高兴，激动，便忘记了刚才他想象中的那些怪异情景。已有半年没有来这里了，现在他活生生的，健健康康的，离自己的村庄已经很近。无论怎样穷，它总是自己的故乡。在此之前，在位于岔路口的邻近的村庄，他没有错过加油的机会，在这一地带这也很重要——到达时油箱里满满的。

人们当然在等他。他一进院子，姐姐卡季恰和姐夫奥尔蒙便从房子里奔出来，久久地拥抱他（铁匠身上散发着烧红了的铁的腥味儿），姐姐甚至还掉了几滴眼泪。她开始问阿尔达克一家生活得如何，暂时忘记了对他养狗买卖的不满。重逢非常愉快，亲戚们都知道他是作为阿拉伯大亨们的翻译来的。五分钟以后别克图尔阿加出现了，看来也在焦急地等他。这是可以理解的，没有阿尔森，别克图尔·萨曼钦就像失去了臂膀。别克图尔阿加骑着马，披着斗篷，穿着靴子，戴着尖顶白帽子，做好了骑马远行的准备。他以厚重的喉音说道："我在等你，阿尔森，很着急，幸好你按时来了。事情正在按计划进行，一切准备就绪。我给你带来了从客人那边来的传真。读一读，翻译过来，不过这是明天的事。今天先安安静静地休息，恢复恢复。工作将会非常多……"

他们又谈了一会儿，喝了几杯茶。姐姐做好了各种准备，同时邻居们也纷纷来探望。男孩子们从街上跑进来，围着"田野"转。使他感到惊喜的是，与同班同学塔什坦阿富汗意外地联系上了。他的真名叫"塔什坦别克"，曾在阿富汗战场上服役近三年，幸好只受了些轻伤。阿富汗战争结束后，他胸脯上别着个奖章回来了，从此人们开始叫他"塔什坦阿富汗"，在家里的叫法更简单——塔什阿富汗。译成俄语，这个绰号的意思就是"硬石头般的阿富汗分子"，"塔什"——石头，"塔什坦"——用石头做成的。比如，"塔什坦艾斯捷利克"——石碑。山里的吉尔吉斯人常见的名字就是这样组成的：捷米尔别克——铁别克，捷米尔汗——铁汗，捷米尔拉布——铁拉布……结果就是（谁想得到呢！）父母亲给他取的带有美好的象征意味的名字，为的是让他长得强壮、结实。(顺便提一句,他的确是这样的,青年时代甚至曾参加过与村里的大力士们的抓腰式摔跤比赛。)同乡们改称他为"塔什坦阿富汗"是表示对军人的尊敬,他的青春在阿富汗崇山峻岭间的战争的铁砧上经受过反反复复的锤炼。阿尔森·萨曼钦与他是同班同学,同部落的乡亲,又是童年的朋友。阿尔森的大学时代是在莫斯科与列宁格勒度过的,成了城里人。塔什坦阿富汗在即将从州农业技术学校农艺专科毕业的时候应征入伍,随步兵分队开往阿富汗。感谢主,回国后,他留在了自己的集体农庄。这时候,民主改革随着重建开始了,农业地区开始实行土地私有化。塔什坦阿富汗,同这里所有的人一样,挂名于一个小小的农业企业,确切地说,是跟大家一样凑凑合合地过日子,勉强活着。到处都是这个样子,在那么遥远的山区就更不用说了。

当姐姐讲起同村老乡如何等待弟弟的时候,阿尔森·萨曼钦想起了这一切:"要好的朋友们都在等你,塔什坦阿富汗已经来过三次了,总打听你。"

阿尔森勉强来得及同所有的人都打打招呼,谈上几句话。除了邻居,除了头儿别克图尔(原来村里的居民们竟开始称呼他为纯粹现代化的"头儿",而不是传统的"巴依凯"),塔什坦阿富汗也来见了见面。他们也是紧紧地拥抱,见到对方,两个都很高兴。他们回想起来,几乎有两年没见面了。就这件事塔什阿富汗说道:"那是在你们城里,每个人都有自己的电话,想给谁打电话就给谁打电话,想什么时候打就什么时候打。我们没有电话,也未必什么时候能有。你知道,阿尔森,好在村里有了电,还在苏联时期就接通了。手机嘛,只有头儿和他的两个助手玻尔比和扎纳别克才有。你认识他们,一块儿上过学。"

"对,我当然认识。"阿尔森笑着说,他想顺便鼓励一下老朋友,"说到手机,我想,咱们同阿拉伯客人们打到雪豹以后,你一定能挣到一些钱。头儿别克图尔阿加去城里的时候说,在围猎雪豹的人当中,你是领头的。这可不是开玩笑——爬悬崖，越绝壁，还要扯着脖子喊叫。别克图尔阿加非常看重你，而且你还有在阿富汗的经验，报酬也会不错的。你能买一台手机，还有其他什么东西。主要的是把雪豹赶进围猎圈子里去。"

塔什坦阿富汗含含糊糊地耸了耸肩："看看怎么样吧。咱们还要再谈一谈。你不要见笑，阿尔森，雪豹在咱们大山里是非常罕见的野兽，小时候给咱们讲过多少关于它们的故事呀。而城市里的手机就跟麻袋里的土豆一样多，各人有各人的要求。"

"确实是这样，"阿尔森·萨曼钦赞同地说，"但是，车有轨，事有道。现在这已不是故事了，你看，你自己就要给阿拉伯猎人赶雪豹。现在这是大生意。"

"对，当然是大生意。没什么可说的。"

"头儿别克图尔阿加说了，你们围猎人共五个，你就像是队长，都骑自己的马，马也单独付款。"

"是这样。"塔什坦阿富汗肯定道，"我们五个人。我们的马很壮。只是要在没有路的高山雪岭上跑，应该再付给马镫的钱才好——生意就是生意嘛。嗯，明天见。"

"好，明天见。"

可是，走到院门口的时候塔什坦阿富汗沉思地停下脚步，似乎话犹未尽。确实如此，他又回来了："停一下，阿尔森，再耽误你一分钟。"

"好，你想说什么？请讲吧。"

"咱们去旁边说。你知道吗，对我们来说你是自己人，咱们都是本地的，图尤克人嘛。阿拉伯人有什么，在咱们的山里打打猎就走人，可我们怎么办呢——我们自己应该想一想。所以我们五个围猎人想跟你坐一坐，推心置腹地聊一聊。这样的机会什么时候才会再有呢？还有，按照头儿的交代，我们给你也准备了一匹马，你也要同阿拉伯客人一起跑嘛。你的马很好，你很快会看到，鞍子和挽具也都选好了。当然啦，头儿说的嘛，自然照办！我们给你看看马，骑上去走一走，顺便咱们喝点儿茶，聊一聊……"

"好，塔什阿富汗，咱们就坐一坐，聊一聊。只是在什么时候呢？要选一个时间，咱们的商务计划安排得很紧。需要跟头儿协调一下。"

"就是嘛。明天怎么样？阿拉伯人17日来，今天已经是12日。明天咱们应该见见面，否则就来不及了。要进山去踩点。事情会很多很多。嗨，一共才来两个阿拉伯人，我们便全体行动，整个村准备……好吧，我们五个人等着你，骑手们盼着与你见见面。"

"好，我和头儿协调一下。"

"说说吧，可是那个，就说和一个同学聚一下。注意，不吃也不喝，一点也不行——这个下一次再说。我们五个人这样决定的，现在有更重要的事情。"

"不要担心，塔什阿富汗，我也不很想喝（他本想夸耀一番，说前不久在欧亚饭店自己如何一气喝干了整整一杯伏特加。可是想到这件事背后的那个人，便愤怒地打住了）。当然，我们应当坐下，谈一谈，咱们是同龄人嘛，在同一个学校里学习过。"

"这是真的，阿尔森，我们五个人当中有一个当过教师，你认识他，也在一起学习过，他叫萨克桑。你还记得吗？我们还逗弄他，叫他为蓬头鬼萨克萨嘎伊。后来他师范专科毕业，教过体育。"

"对，我记得，当然记得。"

"那么，萨克桑——萨克萨嘎伊现在沦落成牧马人，靠当老师挣的那几个小钱没法生活。"

阿尔森默默不语，无话可说。而塔什阿富汗越说越激动：

"萨克桑为人很好，但命运把他折腾得够呛。当了两年多的倒爷，四处漂泊。当然，受了不少苦。让我们在长凳子上坐一会儿，说一说萨克桑的事吧。你忍一忍，听一听。"

"咱们坐这儿吧。"

"萨克桑知道一件事，是故事不是故事，很难说……不过，他说起来就像是在法庭上宣誓做证那样。"

"这是个什么故事呀？"

塔什阿富汗沉默了一会儿，接着说道：

"你看，生活把倒爷抛到天涯海角，萨克桑可能听到过各种各样的传说，现在他有自己的说法。不知为什么，他对产油的阿拉伯国家很挑剔，恨所有这些生活在天堂里的埃米尔们。按他的说法是，他们靠采油过着寄生虫似的生活，由于石油价格猛涨，他们都发了疯。据他说，他们吸地球的血，凭空暴富。"

"嗯，这种状况人人皆知，全世界都知道。"阿尔森·萨曼钦说道，"石油美元高歌猛进，欢庆胜利。"

"正是这样。阿拉伯富翁如何为所欲为，我们这样的人做梦也想不到。你知道吗，原来他们用最昂贵的汽车搞赛跑——在什么地方，你知道吗？在撒哈拉大沙漠里。"

"在撒哈拉？"阿尔森感到惊讶，"真见鬼，这事还没听说过！当然啦，不是有极限山地赛车爱好者嘛，在沙漠上赛车可能更刺激吧。"

"假如仅仅这样倒好啦！你想一想，阿尔森，萨克萨嘎伊是听目击者说后告诉我们的，电视上也播过——我们都看傻啦！眼睛全都瞪到额头上去啦。这些赛车手们驾驶着吉普车，那是什么样的吉普车啊，这样的吉普车咱们暂时听都没听说过，甚至咱们头儿的车，据说也是从那里弄来的，或许从阿联酋，或许从科威特……那么，这些赛车手并不是简单地驾车兜风。他们开着自己的超级吉普车玩命地跑，在沙丘上追逐——他们把这叫作'乔库'——一会儿跳下深深的洼地，一会儿冲上陡坡，就像站在板子上在大洋的波涛上跑一样。这个疯板子叫什么？"

"好像叫冲浪板。怎么啦？"

"是这样，最后一个到达终点的吉普车被认为不中用，必须惩罚，他们就这么干。你想怎么样，为了取乐，他们当即浇上汽油，焚烧不中用的汽车，而自己则跳舞、撒欢，赌输了的赛车手跟他们一起寻欢作乐，往身上浇香槟酒。他们毫不在意，他们的举止就像恶棍。明天再给自己买一辆新的吉普车，对于他们来说这唾手可得，然而却博得了一笑。他们表明，他们早已不是那些贝都因人了。想当年，这些贝都因人在那时的沙漠上骑着可怜的骆驼，提心吊胆地生活，祈祷造物主别让他们的骆驼失足绊倒，否则他们就要在沙漠中死掉。这都是因为，阿尔森，他们的油井给他们喷出数不清的百万亿万的美元。世界上为什么会有这种事？没有人乐意为这样的事负责——一些人焚烧吉普车取乐。而另一些人，比如我们，却给孩子们买不起鞋。"

"我理解。"阿尔森·萨曼钦轻轻地回答。

塔什阿富汗的最后一句话触痛了他的心，他开始感到很不自在。这样的谈话他没有料到，他以为不过是随便聊一聊。为了设法劝慰激愤的塔什阿富汗，他说：

"放心吧，朋友，不要着急。我理解，但用不着这样……有朝一日他们会付出代价的，生活中蕴藏着许多教训。"

"我倒没有什么！我能把握住自己。你真该看一看萨克萨嘎伊，当他说到这些的时候，就会挥动拳头捶打天空。他那么仇恨这世界上的不公。很难使他平静下来，不瞒你说，我们有时就给他喝二两。"

"是的，那当然。不过咱们也不必太夸张。"阿尔森拍了他肩膀一下，"我想，在这些国家里人们基本上还是正常的，而那些富得发昏烧汽车的人大概是偶然聚集到了一起。让造物主来评判他们吧。可是，你看，咱们也可以从他们那儿得到点儿什么：把猎雪豹的事搞好，咱们每个人也都将有所得。"

"是，如果那样，那是因为咱们的头儿是这么干练的人，为咱们大家组织了商业机构。咱们看吧。猎人的幸福就像风，行踪不定。"

为了支持他这个想法，阿尔森·萨曼钦决定开玩笑似的补充道："咱们还应当感谢并深深鞠躬的，那就是咱们的雪豹。山里没有它们，就没有狩猎，也就没有别克图尔阿加的合同！"

"这是真的。"塔什阿富汗十分认真地说，"结果是，我们要出卖雪豹……有什么办法呢？同它们没法签订合同。"

"看你说的！"阿尔森·萨曼钦放声大笑，"同雪豹签合同。真棒！好，谢谢。咱们休息吧，如何？"

"好啊！我耽误了你时间，休息吧，只是别忘了，我诚恳地请求你，明天咱们见见面。我们把你的马给你牵来。"

"好吧，塔什阿富汗。城里人在这种情况下说：我们搞一个马的首映式。"

"就是，首映式……我们就这样向头儿报告：将有一个首映式。"临分手的时候他问道："骑马用的靴子你有吗？如果没有，我们拿一双来。"

"不要担心。我知道来了后要做什么，便把以前的靴子带来了。闲置许多年啦。"

* * *

这一天即将过去的时候，阿尔森带着一天的疲劳，正要在亲人们为他准备的床上躺下休息，头儿别克图尔阿加打来了电话。他通告说，此刻他在山前的达斯托尔坎洼地上，那里将是阿拉伯客人的第一个宿营地。不言而喻，安排这样的野营地不是件容易事，更何况是为了这样级别的人物。他们谈妥第二天午饭后见面，然后就开始日常工作。他们将要讨论三天后如何在奥力雅塔机场迎接来狩猎的客人的问题。从客人们抵达之时起,阿尔森就应当昼夜不停地与他们在一起。这同样也不是个容易的任务:狩猎自然不必说了,还应当了解他们是些什么样的人,他们的性格、爱好。

　　而且,阿尔森·萨曼钦准备以最诚实的方式履行自己的职责,打完电话之后,他怀着这样的心情睡觉了。入睡前他还匆匆想起了刚才与塔什阿富汗的谈话。他为何这般冲动呢?真怪……

　　在大山深处,在这个夏天的日子里,此刻在积雪的山峰与纵向山岭之间的峡谷里已经是一片黑暗,而且几乎像冬天一样寒冷。一切居住在这里的动物都收敛起了自己的欲望,一直到早晨。需要暂时的平静。这里大自然中的一切都与这个平静相谐调——悬挂在山顶上的硕大的星斗显得那么近,在空中放射着明亮的光,云朵不再堆积成团,而是沿山巅铺散成一条线,也不再有任何降雨的打算。喧哗的溪流也安静下来了。在乌津吉列什-马镫山的山脚下还刮起了贴地风。被抛弃的箭雪豹为了使自己的心平静下来,就在这里徘徊。它越过一道道乱石堆,要挑选一个适合过夜的地方。这只可怜的畜生竟未能翻越山口。仲夏已过去了,而它还一再跑到这里来,溜达一阵子,消失了,然后又再回来。这一次它留下来过夜。这一夜鸟儿在密林里叫个不停,彼呼此应。夜游神猫头鹰小声抱怨,咕嘎咕嘎地斥责它们,可它们满不在乎……但更使箭雪豹隐隐不安的是从远处传来的人的呐喊声。他们是从哪儿来的呀?箭雪豹哪里知道,这是在附近大山上游荡的永恒的新娘来了。就是她。"你在哪儿?你在哪儿?你答应啊!这是我——永恒的新娘,是我在呼唤你,我跑着找你,你在哪儿?你在哪儿呀?"这一次永恒的新娘哭了,一边呻吟一边哭诉:"噢,噢,现在怎么办?怎么办啊?怎么办?噢,噢,现在怎么办啊?怎么办?"她这么害怕的是什么呀?她似乎知道了些什么。

　　箭雪豹无法忍受永恒的新娘的痛苦与恐惧。它站起来，沿小道往另一个方向走去。这里面有它什么事？只有造物主知道……

第七章

原来知道的不仅是造物主,还有其他人,尽管不是直接地,而是间接地知道。有一些人住在遥远的地方,他们谋划着要在永恒的新娘居住的地方进行一项活动——在图尤克-贾尔山区猎杀雪豹。

这天阿尔森·萨曼钦一大早就已经起了床。在有百年之久的悬壶洗手器下面洗脸,洗手,洗脖子,刮胡子。当他相当满意地准备到院子里去晒晒太阳的时候,发现天气好极了。刚才他向窗外看了一眼,感到十分惊讶:远山近岭是那么庄严、雄伟,宛如出自画家之手——这时候他的手机响了。他断定这是头儿别克图尔打来的,大概是想继续昨天晚上的谈话,不料话筒里响起的却是地道的英语。阿尔森倍感诧异:在这里,在大山深处,简直不可能有这种事。

说话声鲜活,有朝气,使人乐意与之交谈:

"早上好!你们那儿现在是早晨了吧?请原谅,您是阿尔森·萨曼钦先生吗?"

"对,对,是我。您是哪一位?"

"我在一定程度上是您的同行——我是哈桑先生负责国际联系的新闻秘书,我的名字叫罗伯特,或者简称——勃布·鲁卡斯。我们就算认识啦。由于您懂英语,而且我发现,还相当精通,您就当我们与当地居民交往的中间人吧,我们正准备起飞去你们那儿狩猎。您听得到我说的话吗?"

"听得很清楚。对,我当然要努力当好你们之间的中间人。您现在是从什么地方打电话呀,亲爱的勃布?"

"怎么从什么地方啊,亲爱的阿尔森!从阿联酋嘛,您知道,客人们将带一个庞大的陪同班子,包括医生和厨师在内。我们正在准备。"

"这很好。我们也在准备。而您给我们往山里打电话,对我们来说是个意外的惊喜。从我们这里你们也能打电话吗?你们——对不起——怎么能打得通呢,勃布?"

"非常简单,尊敬的阿尔森!这是卫星通信,我们可以在世界上任何地点打电话。在任何时间,无论打到哪儿和从哪儿打都可以。现在我与您讲话,您在遥远的亚洲山区答话,而你们的雪豹想都想不到,卫星通信也在为它们野兽'服务',以便让我们在狩猎过程中会面。噢,我这是开个玩笑,请原谅。"

"没什么,尊敬的勃布,笑一笑没害处。只是同雪豹的会面什么情况都会发生。"

"那自然!狩猎中最主要的就是——尽可能多地猎获猎物。而雪豹与老虎一样,是论个的商品。个数越多,利润就越大。对于阿拉伯客人来说,狩猎是一项运动,而我们大家与你们大家,可以理解,都与狩猎的收效利益攸关。需要更多的雪豹皮!这样对我们有好处,对你们的梅尔根猎业公司也有好处。它的威信立即便能提高。"

"是,勃布,当然是这样。"

而他自己心里在想:信息技术现在甚至用到野兽身去上啦,从太空便能侦察到它们的巢穴。

新闻秘书罗伯特·鲁卡斯原来是一位很健谈的人,甚至从远距离就能使人对他产生好感。不过谈话也有事务性的内容。他们讨论了各种"服务"和猎人们携带装备抵达的问题。客人的飞机符合他们的身份——波音-737，机组人员也是一流的。

阿尔森·萨曼钦把这次谈话中的一些信息记在了记事本上，以便转告头儿别克图尔。他们的见面安排在头儿从达斯托尔坎宿营地回来的那天，头儿答应一回来就通知他。

用这段时间可以与塔什阿富汗等五个围猎人见面，他们答应给他看看坐骑，搞一个不大的友情聚会。对于阿尔森·萨曼钦来说，这次见面很重要，这不仅因为他们全都是同学：三个人——他自己、塔什阿富汗和蓬头鬼萨克萨嘎伊在一个班里学习过，其他人要小两三岁。更重要的是，他们全都是自己人，当年都在一所学校的屋顶下学习过。

那天早晨，当塔什阿富汗和蓬头鬼萨克萨嘎伊来找他的时候，他就是这样考虑的。然而，塔什阿富汗他们来找他却不仅是出自同学情谊，而是还有别的打算。关于这一点阿尔森·萨曼钦自然毫不知情。在路上塔什阿富汗像是开玩笑似的说：

"阿尔森，好朋友，请注意，我们大家，你的这些同学，现在可都是单身汉呀。"

阿尔森真诚地感到惊讶：

"怎么，单身汉——这是什么意思？"

"不要站住，咱们走吧。没有什么可怕的，一会儿我告诉你。"

蓬头鬼萨克萨嘎伊这时会意地笑了笑，摇了摇头说：

"我们现在都是单身汉，这全村都知道，要不我们就请你到家里去做客，而不是来学校了。"

"你们别开玩笑啦！"

"你说到哪儿去啦，阿尔森。你对我们来说是个大人物，哪能开什么玩笑呢？"塔什阿富汗继续说道，"学校里一个人也没有，正在放假。我们给了守门的一点儿酒钱,请他今天不要妨碍我们,他就回家去了。我们要利用这个方便条件,认为咱们最好在学校里聚会。咱们的马已经在那儿,在学校院子里。说到我们都是单身汉,这是因为我们的家——老婆、孩子——现在都在山上,我们都转移到高山上的夏营地去了。你也许还记得那些地方吧,在阿克塞河两岸,我们就在那里度夏。以前人们都是整个夏天都迁到那儿去住,在夏季高山牧场上放牧。现在我们决定,按老习惯,跟家人一起过夏天,在那里搭起了帐篷。"

"这样不更好吗?"蓬头鬼萨克萨嘎伊接着说,"更自由!想去哪儿,就去哪儿。我们不再是集体农庄的人啦。"

"这个以后再说,"塔什阿富汗说道,"头儿别克图尔阿加把我们叫到这儿来,就是说,为了打猎。我们将是围猎人,我们有狗。你知道,阿尔森,必须把雪豹赶到那样的地方去,让猎人从藏身的地方开枪,不这样打不到它们——它们会藏进峡谷里去,有时候还能朝人扑过来,让人知道知道它们的厉害。作为围猎人,如果走运,我们也能挣点儿什么。所以我们就跑来啦。"

"于是就宣布自己是临时的单身汉!"阿尔森·萨曼钦明白了是怎么回事,就笑着说。

"等我们不当单身汉了,"蓬头鬼萨克萨嘎伊嘟囔着说,"又回到夏营地去放牲口,更没有一丁点儿好处。因为什么地方都不需要牲口。只能变得更穷,说不定还……"

阿尔森还没来得及说什么,塔什阿富汗便打断了他的话:

"算啦,萨克桑,这个咱们以后再谈,还要好好地谈一谈。现在想想另一件事……"他说了半句便停了下来。蓬头鬼萨克萨嘎伊也沉默不语。

阿尔森于是便开始给他们讲,今天早晨哈桑先生的新闻秘书罗伯特·鲁卡斯如何从阿联酋给他打电话,他们谈论了些什么。不料这个题目引起了他的同学们那么大的兴趣，离学校只剩下十来步了，他们却停下脚步，开始详细询问卫星通信的事。对他们来说，这是一个发现。

"太棒啦！"塔什阿富汗说，"这么说，通过自己的卫星，他们往什么地方打电话都行？什么时候打都行？在我们的大山里，在峡谷里或是山洞里，在雪堆下面，他们也能够往阿联酋、往欧洲、往美国打电话吗？这太好啦！"

不知为什么，他们对这样的情况也十分感兴趣：当阿拉伯客人在山里狩猎的时候，他们的飞机将一直留在机场上值班。好像这与他们有什么关系似的。

"你看看！"蓬头鬼萨克萨嘎伊说，他确实长着一头垂肩的黑色鬈发。"你看看！整整一架'波音'飞机，连同全部的机组人员，都要安安静静地等候自己的主人。我做生意的时候一分钟也不能迟到，否则，班机飞走了，还要从天上往迟到的人身上吐口水。这就是财富的力量！"

塔什阿富汗说得更准确：

"飞机停在原地不动，就是说，客人能够随时飞走啦？我只有一匹马——看，它就在院子里：想拴就拴住，想解开就解开，想骑上马就跑。"

"就是说，"阿尔森·萨曼钦想做一番解释，"他们有这样的安排。什么时候认为需要，什么时候就登机。飞机随时准备着陆，机组人员原地待命。"

这样谈着话，他们走到了学校。当年他们曾在这里学习，现在，听从命运的安排，由于即将参加狩猎雪豹的活动，他们被联系在一起，又走到这里来了。来自遥远国度的客人也被卷进本地事件这个大圈子。虽然他们未必能预想到会有什么事件发生。

阿尔森·萨曼钦很久没有来过自己的母校了。学校位于村庄近旁，他从旁边路过时曾顺便看过几眼，但像人们说的那样，怀旧观光，却从来未曾有过。

一股温暖的情感油然而生——这就是母校。它还是那个样子，虽然由于年深日久，褪色的石棉瓦房顶，跟周围的房顶一样，有些塌陷，门也歪了，窗框有些干裂，但学校还是那所学校。这是院子，当年他们曾在这里追逐嬉戏。这是走廊，这是教室……天气好极了，周围的山色依旧，远处是终年积雪的山峰，那里栖息着雪豹，因为它们才有这许多事。各种各样的鸟儿在周围上下翻飞，鸟儿很多很多，在这里无人妨害它们，所以它们便尽情飞翔……

塔什阿富汗的五名围猎人中比较年轻的那三个人在这里热情地迎接阿尔森·萨曼钦。可以感觉得到，他们很守纪律：塔什阿富汗几乎像在部队里那样发号施令——去这儿，去那儿……一切他们都愉快地完成。这也让阿尔森喜欢。要知道，一般村里的年轻人聚在一起的时候，往往喝得醉醺醺的，而这几个人绝对清醒。所有这一切造成了一种稳健而友好的气氛。阿尔森·萨曼钦骑上自己的马，在学校周围满意地转了几圈。马很强壮，毛色浅蓝，鞍鞯装备牢靠。塔什阿富汗亲自恭敬地牵着马："亲爱的阿尔森，像你昨天说的那样，我们把你的坐骑展示给你看，你还没有忘记穿马靴，很好。抓住缰绳，骑上去，与阿拉伯人并驾齐驱吧！我们则把雪豹往你们那儿赶，要多少就赶多少。"

大家都笑了。

"谢谢！"阿尔森感谢同乡们，"既然这样，我也要尽最大努力，让阿拉伯人满意。这也满足咱们自己的需要。"

"现在去看看咱们的教室吧！那是什么样的年代，那是什么样的教师呀！现在呢？老师们风流云散。我们祈求造物主，让雪豹进入瞄准镜……他们那些人乘坐飞机来打猎，咱们也高兴尽力。"

大家都点头。阿尔森环顾四周。院子里一片寂静，学校中空旷无人，备好鞍鞯的马拴在那里，鸟儿在头顶上飞来飞去。然而从各个方面看来，人们心里并不安宁。也难怪，昨天塔什阿富汗顺便提到的那些话题，许多人说得更激烈，更愤慨，而且他们是对的——事实上正是这样……无论你走到哪里，处处问题成堆。

当他们从走廊经过时，教室的门都开着。他们向一个个教室里张望，阿尔森注意到，这里好久没有修缮了。房舍几乎已经荒废，唯一更新过的是课桌：早先是用木板钉的、盖子能掀起来的笨书桌，现在的是小桌子和带靠背的椅子。教室里的黑板也是新的。

塔什阿富汗看了一下手表："弟兄们，已经十一点了。时间过得真快。阿尔森，到咱们原先的教室里坐一会儿，聊聊吧！"

"何必呢？最好到我姐姐家去，在那儿安安静静地坐一会儿，地方有的是。"

"不，不，阿尔森，现在就到咱们原先的教室里去，我跟你有话要说。"

"那就听你的吧，我是你们的客人。"

"进来吧。就坐在这两张桌子旁边，面对面。"

他们在敞开着的窗户前面坐下来，从窗口能看到大山。一阵沉默。阿尔森·萨曼钦暂时还不明白，他的这些同村人，以这种诡异的方式把他请进空荡荡的学校里来到底要做什么。这时候塔什阿富汗以专注、凝视的目光看了大家一眼，深深地吸了一口气，清了清嗓子，开始了也许是事先经过深思熟虑的发言："阿尔森，这就是我们想给你说的。请听好。"

"我正在听。为什么这样严肃啊？我们是自己人嘛，一个部族的。出了什么事啦？哪位好朋友死啦？据我了解，似乎大家都在。而且，咱们都在这所学校学习过……"

"不，阿尔森！假如这只涉及咱们在哪儿学习过，在哪儿生活过……不，完全不是这样。你是我们的弟兄，你是我们的客人，然而，今天你在我们手中，我们这就告诉你，我们为什么把你带到这里来。我们告诉你，下一步就要……"

"停——停，什么叫作我'在你们手中'啊？你们给我送来了坐骑，谢谢。我回城里去，马就会留下。我开自己的汽车回去。"

"谁知道你能回去还是不能回去呢。"

"怎么会是这样？把话说明白……"

"我们来这儿就是为了这个。谈话将是一针见血的——就像快刀割脖子那样。"

"还这样！你们都滚吧，你们把我当傻瓜对待，还是，塔什阿富汗，你自己疯啦？"

"别发火，是我不对，谈话不该这么开始。"塔什阿富汗红着脸从椅子上站了起来，他的同伴们也开始交头接耳。这时候校园里养的狗突然叫了起来：这条看院子的狗一般对什么都见惯不惊，此刻不知为什么却躁动起来了。

"喂，去看看！"塔什阿富汗命令坐在边上那个围猎人，"不要放任何人进来，附近一个人也不许有。听见没有？附近一个人也不许有！"

被搞得晕头转向的阿尔森·萨曼钦想站起来一走了之，然而塔什阿富汗赶在了前面，把手放在他的肩上，想说些什么。阿尔森挣了一下，想断然把他的手甩开，扬长而去。可是恰好在这个时刻，在院子里不停的狗吠声中，两只燕子从敞开的窗户疾飞而入，不安地"啾啾"叫着在天花板下面盘旋，就像几天前在阿尔森家里那样——仿佛想通知什么，或者警示什么。阿尔森为之震撼。此时一个猜测闪电般出现在他的脑海——难道这是命运的某种警告？难道那两只燕子信使又试图以自己的出现告知什么？他开始感到心烦意乱。燕子不住声地尖叫，在头顶上方急速盘旋，不让人正常地说话。刚开始人们自然把它们撵了出去，可是燕子像那天那样，又飞了回来。人们又轰它们，然后关上了窗户。然而让大家吃惊的是，燕子继续往窗玻璃上撞，激动地厉声尖叫。狗也凑热闹，不知为何继续狂吠不止，无论如何赶，一定还要回到院子里来。于是蓬头鬼萨克萨嘎伊建议："咱们到那一面去吧，那里教室小一些，但更安静些。要不，这些傻燕子反正不让安宁。它们在这一面的什么地方筑巢做窝，所以便惶恐不安。"

他们就这样做了。可是，阿尔森·萨曼钦已经成了另一个人。一个既紧张又平静的人，一个遁入自我、孤僻缄默的人。他不打算反抗围猎人与塔什阿富汗。说实在的，他已经顾不上他们了。他整个身心都沉浸在预感之中：他的生活中应当发生一件非同一般的事，一件决定前途命运的事，很可能是一场灾难。但是，会是什么事呢？难道有什么人有能力道破这个预感吗？

他们来到另一座教室，避开了燕子的喧闹。塔什阿富汗看样子决定单独同阿尔森谈一谈。他以命令的口吻对自己的围猎人说：

"喂，这样吧，我和阿尔森继续我们的谈话，你们，就像咱们谈妥的那样，守在各自的岗位上，不让任何人妨碍我们，无论从哪面都不让任何人接近这里。库尔泰，在这段时间里，你按顺序牵着马去饮水，离这不远有条灌渠。你知道，就在大石头附近。"

如同在军队里一样，他的指示立刻被付诸实施。阿富汗情结显然在起作用。

"现在，阿尔森，咱们说的话谁也听不到，为此我们才把你带到这里来。我告诉你，为了什么目的，我们要这样干。"他沉默了一会儿，期待阿尔森提问题，然而阿尔森只默默地摇了摇头。塔什阿富汗便继续说道："用不着由我来向你解释什么是全球化，咱们每个人都必须听命于它才能活下去。"

"你是不是扯得太远啦？"阿尔森·萨曼钦说，"全球化是全世界的进程。还是说眼前的事吧。"

"我是尽我所能地来理解。世界上存在着富人，他们现在被称为寡头，这已不是什么秘密，不用我说你也知道。他们简直是从天而降。嗯，由他们去吧。然而，如果造物主成了生意神，如果周围成百万成千万的人一无所有，而一个人却富比王侯，这怎么理解？这怎么能容忍？真让人怒血沸腾啊。"

"据推测，出路在于竞争。"阿尔森·萨曼钦答道。

"有各种各样的竞争。如果有人无比的强大、富有，那么我们怎么办——坐以待毙吗？为什么到咱们这里来的这些阿拉伯猎人可以为所欲为，用一个小钱儿就把咱们大家全都买到手，咱们还要乐呵呵地玩命给他们赶雪豹呢？"

"你的思路不对头，塔什阿富汗，竞争要从生产开始。这其中重要的是工艺和劳动力，看他们能否保障发展，不落后……"

然而塔什阿富汗打断了他的话："什么叫——思路不对头呀？我走哪条路，你就要跟着我们走哪条路。就这样！从今天起你就跟我们在一起，如果你还想活的话。而我们已经义无反顾地决定——劫持阿拉伯人做人质。你盯着我看干什么？你以为，这是随便说说算啦？绝对不是！他们必须为自己的命付款，我们要多少他们便付多少……"

"停，停，你没有疯吧！胡说些什么……"

"你以为就你是聪明人吗？聪明也有各式各样的。我们全都考虑好了，准确地计算过了。你，阿尔森，要铭刻在心，记一辈子，永远不要忘——你必须同我们在一起，别的出路你已经没有了。你将是主持人，就像电视上那样，是我们和人质之间的中间人，将导引我们的行动。"

"什……什么？不，你的确是失去了理智。你为什么这样戏弄我呢？难道就为了这个，你才把我拖到这里来的呀？"

"请不要担心，没有人能听见我们。我重复一遍，你将是中间人。我们将终生为你感到骄傲。"

"真有你的！真该让你滚蛋！你这是给我搞的什么鬼名堂啊？如果你在阿富汗学会了这样胡说八道，只是不要给我玩这一套。住嘴吧，趁现在还不晚，并忘记这些昏话。脑袋里怎么能出现这些玩意儿呢？你们想制造国际纠纷吗？在我们城市里的街道上，为了自由与民主搞游行示威，你们还嫌不够吗？你们也该替别人想一想——怎么，你们想把梅尔根猎业公司推入深渊？劫持人质不是我们的传统。应该动动脑子嘛！"

"对，是应该动脑子——国际纠纷绝不能制造，梅尔根公司不能搞垮，用刀子逼住国际亿万富翁的喉咙也不能，而把我们打进赤贫的泥潭就可以吗？就可以让我们的孩子不受教育？可以让我们没有医疗保障？生活的现状就是：大海装不下富人的财富，大海载不起穷人的贫穷。至于传统嘛，这是你搞错了，阿尔森。原来你忘记了在传说中如何劫持人质索要经济补偿，如何赶走马群、羊群——以此来解决纠纷，分配财产？"

"用这种方式还可以争论好长时间，塔什阿富汗。你昨天的一些想法我觉得还是有道理的，但我不能参与你策划的事。"

"你可以这样想那样想，这是你的事，阿尔森，这并不使我感到惊讶。可是，从抓获人质的第一分钟起，你就要同他们打交道，你将向他们传达我的命令，因为我们五个人一个英语单词都不懂。这也怨不得我们。我们将手持武器站在周围，其余的事由你来做，阿尔森。我们将把这些狩猎爱好者赶进山洞，他们的到来是我们的福气。你则向他们宣布，赎金是每人一千万美金，也就是说，总数两千万美金。因为我们是五个人，加你一共六个，每个人平均为三百三十万美金。这够我们三辈子用了。对你来说怎么样，我不知道。也许你将结婚，最后，像一般男人那样，跟自己的女人过日子！主保佑，你将有自己的后代。"

"不要胡思乱想啦。趁早罢手，塔什阿富汗，再好好想一想。你这样说，好像我已经同意，并准备执行你的命令似的。任何时候，不管有多少钱，我也不会干这种事。我不是恐怖分子。"

"我们也不是恐怖分子。只要两千万一到我们的手中——这对于他们就像向我要两个戈比——阿拉伯人立刻就获释。你也就自由了。只是你将去哪儿呢？不过，这以后再……"

"我现在也是自由的。我不会是你的匪帮里的第六个人。完啦，谈话到此结束。没有必要再空费口舌……"

"你错了，你已经不自由了。从这一刻起，你就是我们的第六个人。"

"如果我不愿意呢？"

"如果你不愿意，就别想从这里走出去。你的坟墓就将在这里，在院子里，在公共厕所后面的角落里。镐头和铁锹已经预备好了。坟墓五分钟就可以挖好。武器我们也有。在阿富汗我的生命没有白白被毁掉，我也毁过不少别人的生命。我们甚至有无声手枪。所有我的同案犯都受过使用各种武器的训练，甚至会使用火箭筒。我可以毫不谦逊地说我在这件事情上可是个行家。总之一句话，从这里你不会原样走出来。这不是因为我们恨你：你自己清楚，我们没有别的出路。你已经和我们捆绑在一起了。我们不是恐怖主义者，我们只是要从世界资本中获取我们自己的那份，不会再多。"

"够啦，我听腻了，我走。"

"站住！不要逼我充当同班同学的刽子手。"

"对，刚才我想的也是这个。当我们坐在这里上课的时候，当我们在课间追逐嬉戏的时候，难道能够设想多少年之后会发生这样的事情吗？"阿尔森·萨曼钦站起来，走到窗前，敞开了窗扇。

"怎么，热啦？"

"对，很闷。"阿尔森答道。然而他打开窗户并不是要放新鲜空气进来，而是希望燕子再飞进来，好像它们能救他出去似的。不过时间已过，它们没有再出现。也许，命运另有安排……

而塔什阿富汗越发固执起来了，这从他那越来越严峻的目光中可以看出来。他不顾一切地说：

"喂，你不要以为我们是没有头脑的傻瓜，我们知道你不能同意，绝对不会干这种事。对于你来说，这是犯罪。"

"正是这样！"阿尔森·萨曼钦决绝地说，"犯罪已在预谋中。"

"就算是这样吧。你怎样想都可以。但我们反正要一干到底。你必须跟我们走——或者在一个行列中，或者作为受惩戒者被捆绑着走。你自己选择吧！"

阿尔森·萨曼钦用拳头往桌子上一砸，差点儿没喊出中学生们常说的话来："真该把你的头塞进裤裆里去！"不过还是忍住了。

"如果我无论如何也不肯呢？"

"不要敲桌子。无论你多么聪明，也说服不了我们。就是造物主现在亲自出现，我们也不能后退。这里没什么可探讨的！白痴才会拒绝从天上掉下来的那份。两千万不会堆放在大路上。"

"是不会堆放在大路上。可是你，塔什坦别克——这是你原先的名字，那时候你还是一个正常的小伙子，你为什么说，这是你的那一份呢？这是赤裸裸的抢劫和土匪行径嘛！能这样搂钱吗？你想一想！"

"你们大家，21世纪的读书人，不都是这样搂钱吗？而且这群人中第一个就是你。在这样那样的全球化当中，每个人都应该在全世界的财富中得到自己的那一份。"

"你疯啦，这与全球化有什么关系呀？这完全是另一回事。我不给你讲了，不是那个时候。可你的'全球化'是一种野蛮玩意儿！"

"我们有自己的理解，请放心。"

"可这是什么样的理解呀？抓住随便哪个银行家的脖领子，摇晃着问——为什么我的皮鞋上有窟窿?"

"好哇!你要保卫银行家吗?"

"我真想把你和银行家一起放进一叶小舟,然后把它放进你如此深恶痛绝的全球化的惊涛骇浪中。"

"去你的吧!他是不肯和我坐进一条船的。他何必呢——他有自己的能载客两千的轮船。富人们有自己的全球化——不管青红皂白,把全部财富都搂进自己的怀抱中。我们也有自己的全球化:参与分配,伺机夺取自己那一份。劫持来到山里的阿拉伯人,向他们索取自己的赎金——这是我们的权利。"

"听着,塔什坦别克阿富汗,我知道,你不是傻瓜,可是你怎么能说这个呢?权利!什么权利?抢劫的权利?我一点儿也不懂。"

"也不必懂!"塔什阿富汗对着仍然望着窗外的阿尔森·萨曼钦的脊背喊道。而阿尔森则扭头嘟囔了一句:"你的解释我听够了,我不能再听了。"

"不管你能不能,你还得站在那儿听,阿尔森,你已经不得不这样了,你已经落入了陷阱。不过不是你一个人,我们大家都在陷阱之中。现在已经没有了回头路,你说我们是劫匪!你回忆回忆:咱们的祖先,如果邻人不向他们交纳牧场的钱,不交纳河水的钱,他们就索要报酬,即赎金——抓他们的人做人质,从而得到成群的马,或成群的牛、羊。现在的规模更非以往可比。随便怎么叫我们好啦,强盗也罢,劫匪也罢,盗贼也罢,我们全都无所谓。我们和你之间能不能互相尊重、互相宽容也全都无所谓。我们只要求你,从那些不知道把钱往什么地方扔的百万富翁猎人到达这里的第一分钟起,没有我的命令一步也不许迈。不要以为我是头儿别克图尔的小伙计。我们现在有自己的狩猎目标——在沟壑丛林中搜寻雪豹,把它们驱赶到射程之内,趁阿拉伯猎人瞄准,像狙击手那样在准星上捕捉凶兽的时机,我们把他们抓住,赶进山洞，再索要赎金。俗话说，各有所图……听见了吗，阿尔森？这一切我可不是随便说说而已，而是要你知道怎么回事。这样的运气做梦也碰不上，是主吩咐我们动手……你要理解，你要有同感。要把自己的翻译工作搞好，赢得客人对你的充分信任。这样一来，既是帮助他们，又是为我们服务，当我们把他们往山洞引的时候，就都指望你了。听到了吗，阿尔森？我说的你都明白啦？"

阿尔森没有回答，仍然低着头站在窗前。

"你不要沉默不语，听着。我们五个人福星高照，你是我们的人，是咱们村的人。你理解我们，我们也理解你。还走运的是，客人有那样的卫星电话。当他们从山洞里往自己家打电话的时候，这差不多就在非洲旁边，他们的电话交谈通过你我们都可以知道，我们就可以调整自己的行动。没有你我们什么也做不成。你怎么不吱声呀，阿尔森？"

"我无话可说。"他答道。两个人都沉默了。

"都以涅噢尔东达贝？"（这世界还正常吗？）这句从童年起他曾多次听同村老乡们说过的话，可用于各种各样的生活场景，现在又情不自禁地浮现在记忆中。是的，外部世界依然如故，包括他以如此不可思议的方式出现在其中的学校。是的，周围环境可以持续不变，直至地老天荒。然而内部世界，在人的内心，在这期间可能已遭到彻底的毁坏，就像他亲身体验到的那样，所以才有人再三询问："都以涅噢尔东达贝？"

突然，在这样险恶的情景下，一些怪诞的念头出现在他的脑海。他不由自主地想：永恒的新娘此刻在哪儿，她是否知道"世界不正常"呢？艾丹娜·萨马洛娃知道这个吗？她是否担心呢？未必，她顾不上这个。山里的野兽丝毫觉察不到"世界已经不正常"，它们知道自己将面临什么吗？在这样阳光明媚的日子里，雪豹一定还在人迹罕至的雪堆与林地上徜徉，在自己隐秘的领地上寻找它们需要的猎物。母雪豹带着自己的幼仔可能正躺卧在阳光明媚的地方，她们也没有想到，"世界已经不正常"了……

在他们的上方，一对山鹰在庄严地默默翱翔，绝不发出一声唳鸣。它们在高山之上察看什么？在等待什么？在预告什么？

是在察看"世界已经不正常"，是在等待着它们从未见过的灾难发生，是在预告人们带来的这场灾难……

还有一个想法正在刺激他：在右面两步远的地方，站着他过去的同学，塔什坦别克——塔什阿富汗。世界开始"不正常"就是他的过错，似乎应当以最残忍的方式恨他。但不知为什么，阿尔森·萨曼钦却更感到遗憾，因为塔什阿富汗对自己的"正义性"坚信不疑，坚持要实施如此严重的犯罪勾当。他应该寻找别的事情做，但是已经晚了，从各方面情况看，机会已经错过。两千万美元的诱惑力比数千位萨满的巫术还要强大得多。

塔什坦阿富汗似乎猜到了他的思绪，便打破了沉默：

"喂，阿尔森，你可以一直考虑到白发苍苍。但不论如何考虑，你的处境已经不可逆转。你已经迈过了门槛，现在就保重自己吧。"

"你凭什么决定谁将活下去，谁将死亡呢？谁给了你这样的权力？"

"因为你已经处在这样的境地，现在只有两条出路：同我们在一起，我们大家，其中也包括你，得到自己的那一份；或是你离去并出卖我们。那时候，恕我说实话，等待你的是复仇和死亡。我们非常希望你能继续活下去，但这要由你自己来决定。"

"你总是说那一份！根本就没有什么份，我再说一遍。这是抢劫，是犯罪。"

"完了，够啦！在战争中只有采取行动的人才能胜利。我去过阿富汗，在那儿也学到了点儿什么。你认真听好我们的行动计划。飞机抵达，迎接，所有为客人效劳的事，都与我们五个人无关。我们就像那些送厩肥砖的仆人：火一点着就走人。然而，我们是骑马的人，在马上我们就是自己的主人。你，阿尔森，将昼夜陪伴客人。好好干，不要惦记我们，我们自己将那样证明自己的存在，让所有的人都目瞪口呆。没有办法，不这么办就搞不成。可是，当进攻的信号发出的时候，发信号的将是我，你应当做好准备，我们是站在一条线上的。尊贵的客人到来以后，先在你叔叔别克图尔那儿稍做休息，第二天便转移到科洛姆托宿营地去，这已经是在高山上了。乘坐别克图尔的吉普车和其他车辆到半路。再往上则骑马。一切都想到了，一切都准备好了，马匹已备好鞍鞯，随时可以骑用。你要明白，阿尔森，我给你讲这些是为了对局面有共同的理解。没有你的翻译我们什么也做不成，可是没有我们事情也办不成。我们怎样？在哪儿？什么时间实施抓人？以什么方式索要赎金？你想知道这些吗？是这样吗？你为什么不说话呢？"

"不知道。以后我再告诉你。"

"嗯，那么，我先告诉你，我们手中都有些什么。武器是最一流的，当然是轻武器。谁也不会去徒手打老虎，而山上的雪豹比任何老虎狮子都更可怕。你看，在所有杂技团里都有老虎、狮子、狼，还有其他野兽，它们跳呀，在笛子的指挥下舞蹈呀，可是没有一个杂技团有驯雪豹的节目。然而，雪豹皮最值钱，你是知道的，所以，生意最为火爆，就像报纸上说的那样，是'高山上的精英生意'。因为有雪豹的存在，真要谢谢它们！唉，你怎么不说话呀？好吧，你沉默一会儿吧，想一想。当然，我说得多了点儿。必须精通自己要做的事，以免马失前蹄。有时候，因为在蚂蚁窝上绊了一跤，大象就逃走了，你不觉得可笑吗，阿尔森？"

"暂时还不。"

"现在还要说一说，将怎样、在哪儿和什么时候实施抓人。在这件事上有一个细节：请注意——为了在高山上狩猎，他们从科威特运来了一批扩音器，用于远距离大声呼应对话。电话在这里打不通，我们找到了办法：从这座山对着那座山喊，就像在广场上游行示威时那样，电视里播过。这些扩音器还有另外的叫法。你能告诉我吗？"

"扬声器？"

"不是，还有一种别样的名字。"

"麦克风。"

"对啦。你将有一个扬声器——麦克风。我们每个人都已经有了，我们骑在马上对着扬声器喊。所有的谈话和打猎时的命令你将立刻译成英语或从英语译过来。雪豹将无处躲藏，可能要被震聋。我说这些话的意思就是——一切都取决于你。一旦你表明，那个，嗯，有那么个说法——如果你不干这个不干那个，败类，我就把你掐死……"塔什坦阿富汗皱起了眉头。阿尔森明白，他指的是最后通牒，可是不想告诉他。然而还是得说："最后通牒，是吗？"

"那当然。嘴边上的一个词，可说什么也想不起来啦。现在顾不上开玩笑，可是我们一位年轻的民间歌手这样唱道：'我的马叫最后通牒，我骑着它横冲直撞，让迎面遇见我的人在我面前俯首投降。'当然是胡乱唱，但我喜欢'我的马叫最后通牒'这个说法。这不过是顺便说说。那么，最主要的是，最后通牒——让人质一下就被击昏。我们把他们赶进山洞，解除武装，脱去鞋子——你光脚丫子在悬崖上跑一跑，试一试……我要再说一遍，阿尔森，希望你明白，或是我们搞到两千万，或是我在山洞里引爆防步兵地雷，地雷已经在那里敷设好了。"

"你在山洞里设了地雷！"阿尔森·萨曼钦震惊地问。

"对，我在阿富汗就从事这项工作。这就是我的最后通牒！送两千万来就放你们出来，否则就引爆，大家都完蛋！你这么看我干什么？我是正常的人，你自己知道，可是这样的机会在咱们的大山里只能出现一次，过后再也不会有了。雪豹将要跑到山口的那一边去。好吧，还是说正事。为什么我说，一切都取决于你呢？因为一切命令、指示，都要由你通过扩音器用英语发布，也用咱们的语言，当然用老人孩子都懂的俄语发布。实际上打猎的就是两个客人，你总在他们身边，我们五个骑马的人在附近，所有其他服务人员在后面。你的叔叔则将祈求主保佑成功。就让他祈祷吧，这时候我们和你，阿尔森，按照我的指令，一起把客人们赶进山洞，解除武装，最主要的是提出要求，让他们在二十四小时之内把俘虏的赎命款，我们的赎金，用现金，摆放在我们的桌子上。完成最后通牒的时间只给一昼夜。要一下就说清楚，绝不延期。或者是现金，或者是'现人头'。你就这样一言不发，阿尔森，这一切都不合你的心思，我明白，不过，我下面要讲的事你一定也想知道。"塔什坦阿富汗确实猜到了许多。"你想知道，事实上这一切怎么能做得到呢？是这样：在他们近东银行的保险柜里，一年四季，白天黑夜，都存放着几亿现金。两千万美元对于他们来说是举手之劳。现金在五分钟之内放进四只规格为 $60×85$ 的箱子里，每五百万一箱。每箱子整二十公斤重，共八十公斤。怎么运送呢？飞机须飞行九小时。他们一吩咐，这些立刻就能做到。他们待在山洞里，以何种方式传达这样的信息呢？你自己知道，用卫星电话，他们总随身带着这种电话，用它们可以打到随便什么地方，一直打到宇宙。监督他们通电话的将是你，你将总在他们身边，寸步不离。你还是沉默，阿尔森，不想参与这件不仅是丑闻，而且简直是前所未闻的犯罪案件吗？可是一切我都计算好了，思考过了，一定能达到自己的目的。你怎样想都行，但必须绝对执行我的命令。为此，你将得到自己那一份。如果你认为这对你来说是令人厌恶的，你可以还给我们，我们不会拒绝。这是你个人的事。你还沉默呀？好，为了让你对我们的目的一定能够达到没有任何怀疑，我还要说，什么时候把客人赶进山洞，同样也做了周密的思考。在第一区，在科洛姆托附近，他们应当被安排在山洞附近的峡谷里，使他们能看到周围的地方。我们五个人在此之前把一只雪豹赶到附近，我想，我们能够做到。我们早就发现它在那里，我们把它称作'大脑袋长尾巴雪豹'。它个头很大，脑袋像一轮圆月，尾巴向前卷起来，一直搭到脖子那里。整个夏天这头野兽一直在乌津吉列什山口下面转悠，似乎在等待什么。我们首先就赶它，最好是让它带点儿小伤，让它跑不太快。我们将严阵以待，把这些近东最大的富翁赶进一座山洞里去，牧人们在去往牧场的途中常常在那里面过夜。先让他们在那里面待一阵子。这时候，阿尔森，不管你愿意还是不愿意，都必须完成最最重要的任务。由你向客人们宣布我们的最后通牒。我们则手握冲锋枪包围山洞，保护山洞。小伙子们我已经培养过，训练好了。而你要告诉大亨们，他们每人必须在二十四小时内交出一千万的赎金——只有在这种情况下他们才会保住性命。然后你立刻走出山洞，用麦克风尽最大力量喊，先用英语，然后用咱们的语言，说阿拉伯客人被劫为人质了，向他们提出了赎人的条件。数字你不要说——宣布处于紧急状态。任何人，无论本地的还是外来的，一律不许离开原地，对任何接近山洞的微小尝试都要开枪，格杀勿论，绝不客气。如果在二十四小时内条件得不到满足……"

听自己的同班同学讲述他那致命的企图，需要阿尔森·萨曼钦做出非凡的努力与克制。然而，制止由天意启动的机制已无可能。奇怪的是，在谴责塔什坦阿富汗的同时，他还一直感到惊讶，劫持人质这样复杂的行动塔什阿富汗策划得是那么细致入微。注意到早年朋友激动的手势与下定决心的闪光的眼睛，他为这样的精力和信念未能用到正义的事业上感到遗憾。同时，阿尔森的脑海里还闪过了其他一些恐怖而怪异的想法。他非常希望可恶的艾尔塔什·库尔恰尔与人质们一同出现在那个山洞里，而且还不是一般的出现，而是阿尔森亲自踢着屁股把他赶进去。这样想可耻、卑微和浮躁，可他就是这样想的。让这个傲慢、卑鄙的演出经纪人在恐惧中哭号吧！是他在永恒的新娘与艾丹娜·萨马洛娃的道路上设置障碍。绝不向他索取赎金，一个戈比也不要，就让他等着脑袋挨枪子吧……他顺便还荒唐地想，燕子不是平白无故就那么疯狂啼叫的，它们试图发出警报。它们的警告成了现实，可笑而可悲。你们现在在哪儿，燕子？

已经快中午了，塔什坦阿富汗还不能住口，可能这是一种潜在的自我肯定的欲望，想再一次说服自己。现在他谈的是劫持人质的后果。

"你肯定在想，阿尔森，我们只渴望得到赎金，却不知道后来会怎么样，以后怎么办，带着四箱子美元藏到什么地方去。不要担心，阿尔森，这也考虑好了。我们将有七个小时的中立时间。想知道什么是中立时间和它的作用吗？"

"试着讲一讲吧！虽然这样的谈话对于我来说如坐针毡。我倒是乐意同你谈一些别的东西。可是你钻进了自己的掩体，从那里闭着眼睛胡乱射击。"

"如果像你说的那样，那么现在你和我们是在同一个掩体里。我们将共同防御。关于中立时间，我要告诉你的是，当我们达到自己的目的，把阿拉伯客人的赎金给我们送到了离山洞较近的科洛姆托峡谷，我们确信一切就绪之后，你将带着自己的麦克风登上小山冈，用英语和咱们的语言大声呼喊，说我们宣布中立时间将持续七小时。人质平安健康地留在山洞里，有水，有食品，我们则走自己的路。你宣布，从即刻起七小时之内，禁止出入山洞，山洞里布下了有时间控制装置的车臣特种地雷，只有七小时之后才能解除危险。这要重复三遍，这将是我们最后的话。让他们等着，在此期间，我们把每两只箱子装进一个帆布口袋里（帆布口袋我们也准备好了），放到两匹马背上，远走高飞。马也准备好啦——头儿别克图尔的马很棒。这几匹马我们将从阿拉伯人手中得到。我们大家牵着驮运美元的马迅速向乌津吉列什山口方向转移。道路都踏勘好了，没有危险。我们的家人在这之前将从夏营地来到山口前面，等候我们。这同样也谈妥了。所以你不必担心。"

阿尔森·萨曼钦沉默不语。越深入了解这个不祥的、经过深思熟虑的阴谋计划，他越确信自己已经在劫难逃。仅仅靠不同意、自己不愿意参与塔什坦阿富汗等五个人的行动，已经不能使自己与他们划清界限。因为在共赴火狱之前，他们把自己的预谋告诉了他，这个行动本身已经把他的手脚捆住了。

"你也不要这样难过，"塔什坦阿富汗说，"是有些冒险，但还是值得的。我招呼你参与这件事可是很诚挚的，没有骗你，完全开诚布公。这样的事也常有：当大山里发生雪崩的时候，一切都要随着它堕入深渊，只有一些鸟儿来得及飞走逃命。我们也许就将是这样的飞鸟。"

阿尔森耸了耸肩，说道：

"我什么也不打听，你随便说好啦。但是我有自己的想法。"

这时候他的手机突然响了。他们两个人都吓了一跳……阿尔森开始用英语接电话，这越发使塔什坦阿富汗警觉起来，他靠得近一些，聚精会神地盯着阿尔森的脸，好像他能听懂点儿什么似的。阿尔森突然复苏了，声音也好，表情也好，都恢复了原来的样子。电话交谈持续了五分钟，塔什坦阿富汗只听懂了阿尔森说出的人名字："是的，勃布！好，勃布！"关上电话机之后，阿尔森告诉他，打来电话的是哈桑的新闻秘书罗伯特·鲁卡斯，他通知（并将用发往梅尔根公司办公室的传真确认）说由三人组成的筹备组拟于7月15日乘飞机抵达，他们将运来在高山雪原上用的新型登山睡袋，以及客人用的其他物品。同机抵达的还有两位摄影师，将为未来的电影拍摄外景与狩猎过程。罗伯特请求迎接他们这些人。

"你看，开始啦，"阿尔森以事务性的口吻说，"后天就必须去奥力雅塔机场，嗯，这事还得和头儿谈一谈。"为了设法结束与塔什坦阿富汗的谈话，他在教室里踱了几步，往窗外看了看，沉思着补充道："到时候啦，塔什坦，我必须早一点儿和头儿见面。"

"可是他去了达斯托尔坎呀，大概还没有回来。"

"应该很快就到。"阿尔森·萨曼钦含混地说，"总的来说，我觉得，我和你谈得足够了。该干事啦。"

"该干事啦？当然该干事啦。不过，在各种各样的事情中有最重要的事情。为了不让你有丝毫的怀疑，我给你再说最后一次，阿尔森：一切都要按我们的计划进行，绝对不能走样儿。你心里怎么想，那是你的事，但你必须准备执行我的命令——这就是生死攸关。不要认为我这是随便说说而已！或者认为我疯了！我理智健全，而且充满力量。你现在和我们捆绑在一起了。我不贬损你，相反，作为一个人，你比我更高大、更重要，但形势就是这样，我的命令必须立即执行。表示不同意为时已晚。我们没有招呼你来村里，是你自己来的。还请记住，我们不是匪徒，虽然对所有的人来说，明天我们就是匪徒了。我们只是要争得自己那一份。别的出路一点儿没有。"

"好，"阿尔森·萨曼钦打断了他的话，"你看，我认真听完了你说的话。你在强迫我，我应当自己来决定。"

"我理解，处在你的位置上我也会这样说。然而，我再重复一遍，我们决不后退。我们每个人都将得到自己那一份，你也同样，不早于我们离开后的一星期，那时候我们就已经在帕米尔的阿富汗那一侧了。结队翻越大山的路由我负责，这些地带我都熟悉。现在是夏天，过得去，我有信心。所以我们带着全家人，不能把他们留下，否则他们将因为我们受惩罚。你比较轻松，还是单身，不过你一切还在前面。在劫持人质的前夜，像我已经给你说的那样，我们的家人都要转移到乌津吉列什山口下面，就在我们要经过的路上。不过，在我们五个家庭当中，没有一个人知道即将发生在科洛姆托峡谷的事。这与他们无关。我们将越过国境线，在那里，在阿富汗的饲养牦牛的吉尔吉斯人中间，找到新的栖身之地。以后让孩子们在中国、印度或巴基斯坦接受高等教育——钱现在就要有了。"

电话又响了。这次是头儿别克图尔。

"喂，你在哪儿？你那儿有什么新闻？"

"我现在在学校里。我和塔什坦阿富汗决定来这里看一眼，回忆回忆学生年代。他们把马给我牵来了。马是好马，我满意，叔叔。眼下的新闻是——新闻秘书罗伯特·鲁卡斯来过电话，后天筹备组到达，三个人，还有两位电影摄影师。一切按工作计划进行。"

在与头儿——自己的叔叔别克图尔的电话交谈中，阿尔森没有提他刚刚发生的事，这似乎使塔什坦阿富汗放心了。而阿尔森·萨曼钦神态自然地说：

"你看，头儿让我去，那里一堆事，你也知道。塔什坦，让我们结束吧，我走啦。"

"好。那么，请注意：将有一个信号——在那一天我戴上自己的中士帽，苏军的，有帽檐和红帽圈。如果我戴着帽子，就是说，一切按我的命令行动。明白吗？还有，注意听！不要妄想破坏我们的行动。否则，后果会很惨。我们什么事都干得出来——或者我们得到赎金，或者客人们在打猎的时候在山洞里被杀死——你由此可以得出结论。如果你对自己的叔叔哪怕只透露一个字，那就更糟糕：我们将枪杀所有的人，一个也不留。如果你打算逃跑，或洗手不干，我们会在半路追上你；追不上，那就在城里找到你……我恳请你，请听明白，我不是因为日子过得好才威胁你，而是没有别的出路。完啦！多一个字也没有啦！现在你站一会儿，让我的伙伴们过来。"他往窗外看了一眼，喊道：

"哎，库尔泰，叫大伙儿都来这儿。"

"为什么呀？"阿尔森惊讶地问。

"马上就知道了。"

在这期间一直耐心地看守着学校和空院子的四个小伙子立刻都来了。他们走进教室，站成一排，塔什坦阿富汗指着阿尔森·萨曼钦，以指挥官的口气说："我告诉你们，我们讨论了，全部问题已经解决。现在你们每个人都走到前面，把要求说的话说出来。"

蓬头鬼萨克桑第一个朝着阿尔森迈了一步：

"只能这样，绝不反悔！"说完就退到一旁。其余的人一个个也跟着说：

"只能这样，绝不反悔！"

"只能这样，绝不反悔！"

"只能这样，绝不反悔！"

塔什坦阿富汗最后问："嗯，阿尔森，一切都清楚啦？"

"是！像在部队一样——命令高于造物主。"

"我们在阿富汗这样说：没有命令就别活着，甚至都别去找姑娘。现在我们有六个人。开始工作！阿尔森有自己的事。萨克桑将同我保持联系。你们三个人——库尔泰、日尔克什、然多斯去通宵侦察，明天午饭前回来。挑选一下，看什么地方更容易找到雪豹。那个大脑袋长尾巴的家伙，就是在山口附近逛游的那只雪豹，暂时不要打扰它。不过要考虑一下，怎样走小道儿能更方便地把它赶得离科洛姆托峡谷近一点儿。带上全套武器，准备保护马。主要考虑狩猎开始的时候，我们拿着望远镜站在什么地方。现在——上马。对啦，不要忘记把钥匙还给看院子的。找一找，看他在什么地方酗酒。"

他们在学校院子里分了手。阿尔森的马被牵走了，他沿着街道向原先的集体农庄办事处走去，现在梅尔根公司的办公室就设在那里，他的头儿别克图尔阿加在那里等他。阿尔森·萨曼钦还没走上一百步,塔什坦阿富汗便骑着马跑过来,下马后牵着马跟他并排走,谈的还是那件事。他反复警告:如果出差错,大家都完蛋,用冲锋枪对着脑袋射击;如果赎金到手,谁都将毫发无损。

第八章

在那个午后的时刻，他们就这样走在图尤克－贾尔村的主要街道上。图尤克－贾尔位于山前地带，这条街是下坡。两个过去的同班同学（甚至在身高与肩宽上都一样），经过如此沉重的谈话竟未能达成一致的意见。现在他们走在通往前集体农庄办事处的路上，在计划中的行动上他们互相使对方面对相同的结果——阿尔森·萨曼钦没有接受招募，塔什坦阿富汗则以为他已成功地迫使阿尔森加入了他们的阴谋。

如果不是迎面跑来一位骑手，他们还会继续这场要命的谈话。原来他是头儿别克图尔派来找塔什坦阿富汗的，要他去办公室接受任务。这位骑手叫奥罗兹库尔，他下了马。现在他们三个人走在一起，阿尔森走在两个牵马的人中间。像后来他确信得那样，造物主要他此刻徒步走在图尤克－贾尔村的大街上。

他们心平气和地走着，东拉西扯地闲聊，不断与步行的或骑驴的老乡们打招呼。许多村里的居民从窗户里向他们张望，向他们问好。不管怎么说吧，阿尔森·萨曼钦对于他们来说是名人，许多人以阿尔森是图尤克－贾尔人而自豪。一个坐在院门旁边的老太婆站起来跟他打招呼，他们也站住了。这时候，像有预约似的，不知从什么地方出现了一位敏捷的年轻女士，手里拿着一台小照相机。她十分苗条，脸色微黑，笑容可掬，目光炯炯。从她的发型、斜纹牛仔裤和开口较低的运动衫来看，她大概是从外地来的。

"你们好！你们三个走在一起太美啦！咱们的阿尔森阿加在当中，你们牵着马一边一位！出色的三人行！让我给你们照一张相吧，将是一张经典照片！我保证！不，你们不要停下来，继续走，我往前跑，来得及！你们知道吗，我拿的是数码相机！"

"数码的？"阿尔森·萨曼钦有些惊讶，"乌克姆什（太棒啦）！"

"我是女倒爷嘛，我叫艾列斯，是从邻近的秋明村来的。我姐姐住在这儿，她病了。就这样，走得近一点儿，缰绳握得短一点儿。就是这样，太好啦——我也去'梅尔根'。"

就在她一边灵活地移动，一边打手势，在镜头里捕捉他们形象的时候，阿尔森·萨曼钦突然感到一阵意外的轻松，宛如她能从远距离轻轻一碰，就医好了他心灵的伤痛，把它从无法摆脱的重负下解脱出来。自从与塔什坦阿富汗谈过话以后，这种感觉一直折磨着他。在这一瞬间，他突然明白，对于坦然自信的良好感觉来说，"世界还正常"是何等重要。他希望她不停地拍照下去，所以他一下就记住了她的名字——艾列斯，这个与回忆和印象的概念有联系的名字。这个名字本身就以自己的光彩与简洁给人带来舒缓、放松。

这时候艾列斯请他们停一下，给他们看相机显示屏上的影像。"看，美极啦——三位矫健的骑手！"大家都很满意。塔什坦阿富汗说："这就是现代化技术啊！"阿尔森·萨曼钦则叫着她的名字说："谢谢你，艾列斯！让我们大家照一张合影吧，不过谁来给咱们照呢？"

"噢，那太好啦！我非常想与你们合影留念。"她大声说。她发现一个小伙子正从旁边路过，便请求说："哎，巴拉巴什，给我照一张相吧。按这个按钮就行。"

小伙子高兴地答应了。于是他们全都在镜头前站好——阿尔森与艾列斯居中,其余两个人牵着马一边一个肩并肩站着,阿尔森立刻感受到她身体的温度,他抓紧时机靠近艾列斯。她并不躲闪,也在瞬间依偎在他的身上。小伙子按下快门以后,阿尔森赶忙说:

"谢谢你,巴拉巴什,再来一次吧,再照一张。"

然后他们看了看效果,艾列斯相当满意:

"噢,照得好极了,阿尔森。好像经过专门设计似的,从来没敢想过照这么好!"

审视着小显示屏上的影像,阿尔森问:

"照片怎么办,艾列斯,我可以得到吗?它在哪儿?"

"当然啦,阿尔森,我争取这两天便印出来。您还不走吧?"

"暂时不走,我们要和梅尔根公司合作搞一项活动。"

"我这几天也在这里。'梅尔根'请我给公司和孩子们拍几张照片。头儿还交给我一项任务:当客人们狩猎结束从山里回来后,为客人组织一场村中歌会。姑娘们将要唱歌。秋明村的演唱歌手巴亚拉也要来。我还想在科姆兹琴的伴奏下唱一首歌。"

"是这样?就是说,将会有一场音乐会?那么,我们也要听听啦!"

他们继续一起向前走。阿尔森顺便问道:

"怎么,艾列斯,你是专业摄影师吗?"

"不是,不完全是。我原来是图书馆馆员。早先在师范学院学习过。我们馆曾有一辆自己的大客车,我们用它往各州送书,为此我们把它称作送书车。后来一切都结束了。送书车私有化了。工资嘛,你懂的。靠每月十五美元无法生活,只好做些别的事情。"

"明白。"阿尔森喃喃地说。塔什坦阿富汗则意味深长地看了他一眼,无疑是想说:看见了吧,事情就是这样。人们收入只有十五美元,可是马上就要有两千万,你还这么固执!

奥罗兹库尔已经走了。阿尔森·萨曼钦感到奇怪：塔什坦阿富汗还不上马，快些去见头儿别克图尔。可是塔什阿富汗并不着急。随他去吧，阿尔森想。他很不愿意回想他们之间刚才发生的事，也找不到恰当的词语表达他的感情。如果两个人掉到井里，他们怎样才能挣扎出去呢，如果一个人向上爬，而另一个向下拉？

难道艾列斯直觉地感到了些什么，便突然出现，于不知不觉中减轻他的痛苦——一个孤独的、遭人排斥又身陷绝境的无辜者的痛苦吗？他如何才能摆脱命运的纠缠不休的迫害呢？"离这里远一点儿，不去想它。"他在绝望中劝说自己，企图摆脱折磨他的心的那些感受，于是便更加乐意相信，偶然出现在他的身边、对一切毫不知情的艾列斯是来拯救他的。在路上她主动告诉他，她现在从事批发贩卖生意，经常从奥里雅塔坐火车去萨拉托夫，然后再乘飞机到莫斯科，在那里用一种价格批发畅销商品，运回来再以另一种价格卖给商贩们。有百分之十到百分十五的利润，她就这样凑合着过日子。健康状况暂时还允许。不知为什么，她所叙述的一切对他产生了抚慰作用。突然间发生了什么事，为什么和怎样发生的，阿尔森·萨曼钦无法对自己解释。这位刚才突然邂逅的迷人的女人为什么对他有这样大的吸引力呢？他还不了解她，却在她身上看到了爱的许诺与保护——在他极需沉着冷静、不因恐惧与软弱而惊慌失措的时刻所给予的保护。现在他渴望他们坐进他的"田野"，驶向城市——看吧，恰好在午夜之前就能到达。那里是万家灯火，乐声悠扬……

但暂时他们正走在乡村的街道上，一切都友善地迎接他们——狗跑出家门，炊烟袅袅，主人从院子里向外张望，亲切地问好……在他们向前集体农庄办事处走的时候，阿尔森唯一来得及说的便是，请她同他说话时以"你"相称：年龄差别并不那么大，所以他们互相以"你"相称交谈起来更方便些。在走进办公室之前他还来得及问她，在这里她还要停留多久。艾列斯答道："我等你，阿尔森，需要等多久便等多久。"

他说："有你在这儿真好……"

在办公室，在院子里，在大街上，到处都挤满了人。整个村都生活在外国猎人的期待之中。处处都笼罩着罕见的高度兴奋。孩子们在办事处前跑来跑去。据说，一位腾格里教派的信徒劝他自己的亲友向乌津吉列什山祈祷，请求山风配合狩猎——把雪豹从自己的巢穴里赶出来。在别克图尔领导的梅尔根公司里正在开会，不仅要讨论狩猎的准备工作，还要讨论贵宾的随从人员的安置与服务的问题。老人们满意地指出，自从集体农庄解散以后，这是在村中第一次举办这样的活动。人们开玩笑说，这次集会是遵从伟大的雪豹的"指示"进行的。

有的人有事可做，有的人则好奇地在附近转来转去——万一突然需要他做点儿什么呢。阿尔森·萨曼钦喜欢这种气氛。许多同乡他好久不见了，现在又见了面。只有一件事使他内心里感到压抑——老乡们对塔什坦阿富汗的态度非常热情：他在他们中间享有声望与威信。他的举止也得体：虽然很快他就要使所有在场的人震惊，此刻他却表现得若无其事。当人们给阿尔森唱村里的女人们编的关于塔什坦阿富汗的小曲时，他一点儿也不觉得好笑：

> 唉，阿富汗！唉，阿富汗！
> 快快给我一个商队。
> 我跟着商队去找你，
> 我给你生一堆宝贝，
> 我一个戈比也不要，
> 只需给我吃饱饭，
> 哎哟，商队！哎哟，商队！
> 唉，阿富汗！唉，阿富汗……

是的，阿尔森·萨曼钦想，但愿村里的这些无伤大雅的笑话不会变为另外一种形式的，对你们来说是悲惨的民间创作……

目前的氛围暂时还是平安的，但已经蕴含着对当地来说某种威胁。在这样的气氛中，艾列斯的"美妙"（阿尔森·萨曼钦暗自这样认定）的出现，和他对她的一见钟情——无论这听起来有多么俗气——他觉得这是命运的安排，它呈现在这样的时刻：漫长的单身生活晒枯了他的心灵，把它变成了没有生气的荒漠。他这样评价这次邂逅，在当天的事件中对于他这确实是救命的相遇。可是，对于他的乡亲们来说，这件小事中没有丝毫特殊的引人注目的东西，他们根本就没有注意它，没有赋予它任何意义。艾列斯时常来在这里的姐姐家，对于他们来说，她是自己人，来自邻近的村子——秋明村，也就是"下游的村"（西伯利亚的秋明州的名称是否也是这样来的呢，阿尔森想）。

在与自己的叔叔，留着大胡子的头儿别克图尔讨论狩猎事务的时候，阿尔森居然还不时认真地想，是不是应立刻到大街上去呼唤艾列斯，是不是应立刻抓住她的手，跑到姐姐的院子里，坐进"田野"，同她一起驶过大山与谷地，回城市，回到自己的世界，回到自己的环境。从各方面看，这些对于她来说也不是异己的。他在刹那间自己还惊奇地觉察到，艾丹娜与她那凶狠的头儿库尔恰尔，不知为什么，眨眼间也被忘记了，在意识中消失了，现在顾不上他们……大概是偶像黯然失色，仇敌悄然隐退吧……

假如他与艾列斯当真一起返回城市，像大洋上的一叶扁舟，荡漾在音乐与灯火的波涛之上，那将是何等的幸福啊！停！那对叔叔的许诺，他为之来到这里的血缘的义务，该怎么办呢？不，不，哪儿也不能去，一步也不行。而且还有塔什坦阿富汗与将被他赶进山洞的外国人质。眼下这还仅仅是威胁，但明天它将如何发展呢？怎么办？谁都不理不睬……假如他们知道……

*　　*　　*

然而，还是有生灵在激动不安，忧心如焚，在长吁短叹，在孤独与恐惧中苦度时光。这就是乌津吉列什山口下面的箭雪豹。最近几天，一些骑马的人开始越来越频繁地在这里出现，他们把望远镜举到眼睛前面察看什么，他们会对着管子大声吼叫，震得周围的山峦都一阵阵颤抖。现在就有三个人骑着马跑来了，他们又在察看什么，此呼彼应……本应该在什么地方躲藏起来，可是它不肯离去，却转动着它那硕大的脑袋，把尾巴高高扬起，放在背上，一直到脖梗子……如果箭雪豹知道骑马的人发现了它，他们把它称作"大头脑袋长尾巴的"雪豹，那该多好。可是它依旧在那里踽踽独行……

那样一来，箭雪豹就要呻吟着吼叫了："为什么，你们为什么在这里？你们要干什么？不要妨碍我，大山很快就要崩塌，你们也要倒霉呀……"

*　　*　　*

时近黄昏，阿尔森·萨曼钦还是魂不守舍，他非常想和艾列斯远离众人，单独相处一段时间。他在与头儿的谈话中得知，今天晚上将比较清闲，翻译工作第二天才开始，他才必须在场。一清早他们就要一起去奥力雅塔机场，迎接筹备小组与电影工作者。再过一天，就要迎接客人们了。谈完一切细节，阿尔森把它们都记在了自己的记事本上，刚要出门，塔什坦阿富汗追上了他："喂，阿尔森，如果你要走，请记住：明天把马给你送去，拴在你姐姐的院子里……"

"好,让他们牵去吧,我已经骑过了。"

"武器什么时候给你送来?步枪一定要有,你还打听过手枪,手枪也有,我们还给你一支冲锋枪。还有我们说过的扩音器,就是扬声器。"

"最好别今天,明天再送来吧。傍晚的时候,大概在六点以前,那时候我和头儿就从奥力雅塔回来了。好把武器直接交到我手里。"

"那当然,直接交到你手里。按照头儿的吩咐,打收条。你是怎么想的呀?对啦,阿尔森,还有一件最重要的事。咱们到旁边去谈吧。"

他们走到一个角落,开始慢慢地前后踱步。

"那么,最主要的是,"塔什坦阿富汗开始说道,"我们现在分手,再见面大概就是在山里,在莫洛塔什了。你同客人们一起到那儿的时候,我们就已经在那儿了。必须抖擞精神,要在悬崖上爬来爬去,有的地方骑马,有的地方步行。但是,只要我一戴上自己的有红圈的军帽——它是我从阿富汗带回来的,我已经给你说过它了——你就要完成一切命令。不要忘记:头上的军帽——这就是命令。"

阿尔森·萨曼钦耳朵里"嗡"的一声,血都涌进了脑袋:

"喂,你想一想,你搞的是什么勾当啊!住手吧,趁现在还不晚。"

"你说的是什么话!把这些世界寄生虫的两千万给我们的牧人,你心疼啊?"

"分配不应该这样进行。"

"是吗,通过革命、通过改革——那还不是谁能攫取多少就是多少。我就只好等着啦!"

"可是,你现在要搞的是恐怖行动!你怎么就不明白呢?!"

"就算是这样吧!我们要拿到自己那一份。"

"我们现在不再辩论了。你现在策划的行动对大家来说是一场十足的灾难。他们有自己的卫队,不可避免要流血。"

"不要担心,在任何情况下我们都不会伤害你,只要你把我们说的话翻译成英语就行。"

"我不是说我自己,说不说都一样。你听着!我总不能要求你决斗吧。"

"决斗便决斗!你准备剥夺我们在全球化中的那一份?"

"又来了!不要再提全球化啦,即使按你的想法你是正确的。"

"那好吧。如果这样,阿尔森,你想你自己的,我想我的。时间还来得及,还有整整三天。军帽我已经准备好了,再见,后会有期。"塔什坦阿富汗刚要走,忽然又回过身来,揪着后脑勺上的头发补充道:"我知道你的自我感觉。假如我们现在互相骂娘,骂得让全区都能听见,也许心里会轻松一些。不过也请为我想一想,想想我的处境。真想跳河自杀呀,可又必须活下去。而既然要活下去,就要不受穷地活下去。见鬼,我们被这些恶魔嘲弄够啦!孩子们去上学没有衣服穿,一贫如洗,我们当牧人,到处漂泊,就跟你们城市里说的无家可归者一样。那就让那些恶棍知道你们在报纸上给他们溜须拍马,让他们永远铭刻在心:我们现在要掐住他们这些富人的喉咙!"

"你以为,只要你戴着军帽一来,一下就全都办妥啦?这么一来只能增加问题……你看世界的眼光不对头。"

"去他妈的吧,什么眼光,什么问题……我就要把军帽戴到头上!"

"戴军帽以前要想一想。"

"你自己想一想吧。再见。"

他们没有找到相互理解与一致意见,就这样分了手,因而更加忧心忡忡,焦躁不安。然而他们凭直觉意识到了他们自己相互依赖的厄运,预感到了即将发生在天山腹地的事件的结局。那些雪豹就栖息在那里的峡谷、河畔和洼地上,它们也将身不由己地参与绑架行动。然而,即使雪豹被赋予了思维和判断能力,它们又从哪里知道这些呢?

不过,类似的事情阿尔森·萨曼钦此刻一点儿也没想。很可能,剩下一个人以后，忘情于瞬间的幻想，他放松而快活地深深吸了一口气，仿佛瞬间从危险的深渊挣脱到了水面上，感受到萌生出新的欲望的愉快。然而，爱情能如此倏忽产生吗？顷刻间就降临头上？也许，这是命运对他心灵的急救？共谋参与恐怖活动的可怕威胁笼罩在他的心头啊！

艾列斯仿佛知道他的境遇似的，正在等待他。她在窗口喊道："我在这儿，阿尔森！"

原来，他需要的正是这个。他们刚一开口互相就理解了对方，于是马上决定：她立刻去自己姐姐家，阿尔森则坐进"田野"，开到院子前面，他们一起随便去一个远远的什么地方，一块儿玩一玩。最让人高兴的是，她理解他的情绪。当阿尔森驾车来到院子前面时，艾列斯已经准备好了。她笑哈哈地走出来，背着行囊，手里拿着吉他，肩上还挂着长毛绒毯子。

他们上路了。他们肩并肩坐着，每一次互相对视都感到一股幸福的浪潮涌来。忠实的"田野"用幸福的轮子载着他们在幸福的大路上奔驰。整个世界依然如旧，却变成了另一个世界，一般情况下无法领会的世界。而他们欣赏并赞美这个世界。在这个改变了的世界上，一切都呈现出另一种面貌，就像从不同角度照亮的一幅美术作品。

他们为突然降临的幸福所陶醉，兴奋地左顾右盼，像两个孩子，而不是成年人——她已满二十五岁，他早已年过三十，都已经品尝过了善与恶，经历过结婚、吵架和离婚，现在都摆脱了过去，得到了新生。他们像两个幼稚的年轻人，除了俘获他们的爱欲，现在什么也不知道了。这不是幻觉，不是自我欺骗，而是命运只给予一次的对于灵与肉的顿悟。所以可看到的一切——近的与远的，山峦与旷野，太阳与河流，幸福地展现在车轮下面的道路——在这一刻都是那么伟大，对于他们来说那么舒适，而这又仅仅是因为他们在一起驾车随意兜风。由于艾列斯坐在身边，温情四射，阿尔森·萨曼钦便得出结论：如果爱是相互的，那么，生命的最高正义就在于此，她警觉地注视着人的命运。有人认为，没有悲剧的浪漫主义是幼稚的，因而是骗人的。根本不是那么回事，浪漫主义有另一种接受类型：另一种太阳，另一种天空。然而，只有被赐予了爱的能力的人才能看到这另一种世界。所以说，爱是心灵的顿悟，这是有道理的。

阿尔森如释重负。他自己也感到惊讶，怎么会有这样的事情发生？那么痛苦，那么自责，因为艾丹娜，他那么切齿痛恨恶魔艾尔塔什·库尔恰尔，而就在刚才，他又成为塔什阿富汗大胆而不祥的预谋的不幸人质！突然，他又忘却了结识艾列斯以前的生活中的一切，艾列斯在瞬间就成了他本身不可分割的一部分。看来她是造物主派来救他的，要带领他脱离深渊的边缘。

艾列斯毫无保留地分享他那充满诗意的情绪，也陶醉在幸福之中，而且丝毫不因此感到难为情。她说：

"你看，阿尔森，这些山山岭岭都期待着我的爱情，所以我经常来这里。我也在期待，虽然不能相信会这样……要知道，我们这里，在各个村里，有一个传说，认为那位永恒的新娘就在这些大山里游荡。"

"不要说啦，艾列斯，要不我会放声大哭的！"

"哎呀，握紧方向盘啊！"她哈哈大笑，"咱们开车兜风多好哇！"

如果恋人们感到幸福，那么，在此之前他们生活中曾经有过什么根本不重要。一切都化归乌有，结案归档，因为生活要重新开始，从新的起始点算起——阿尔森这样想。但愿一切顺利！

然而，不管他如何陶醉于美化了的现实，不祥的感觉仍不时悄悄袭上心头：悲剧的眼睛紧盯着幸福不放。也就是说，不存在无忧无虑的幸福。就是此刻，非同小可的担心也一再回过头来烦扰他：阿拉伯客人将会怎么样呢？如果塔什坦阿富汗真的把他们抓为人质怎么办？我再劝劝他，可他要是不听怎么办呢？手握冲锋枪奋起保卫（头儿别克图尔昨天答应给他一支冲锋枪）？枪杀绑架者，自己也被枪杀？在任何时代穷人都比富人多几百万倍。他们不接受富人，仇视富人，同时自己也想成为亿万富翁。这是真是个悖论。不过，想什么都行，可是该做些什么，怎么办呢？我们大家都被同一根绳子捆绑着。塔什阿富汗的人没有什么可损失的，他们有一种强盗心态，野兽化了。然而野兽的捕获物来自大自然，而他们这样的人的捕获物来自犯罪。就像塔什坦阿富汗所说，不要等待，要去索取，趁现在还来得及！啊，真见鬼，昔日的朋友、同学，由于阿富汗而野兽化了，现在他仇视全球化，准备随便杀人。哎呀，阿尔森！忘掉吧，不理睬这一切！新的生活突然出现，对于他来说，在这一天成了新的现实。

一开始他们先到了一个村外面当地唯一的一个加油桩，艾列斯另一个姐姐就住在那个村，她在倒腾货物的时候经常来这里看望她。给"田野"加满油，他们继续驱车前行。驶上大路之后，阿尔森·萨曼钦让汽车一转弯，就像他们打算从大山中间穿过，要驶上进城的公路似的。阿尔森减速，停了一会儿，默默地思考。

"出什么事啦，阿尔森？"艾列斯感兴趣地问，"我们去那个方向吗？"

他沉默了一会儿，然后摇摇头微微一笑，凝视着她的眼睛，半玩笑半认真地说：

"如果你不反对，艾列斯，我想把你拉到城里去！"

"是吗？"

"是，我想劫持你，就像古时候那样。你觉得怎么样？"

"为什么呀？"

"我想与你在一起。"

"新闻记者当劫匪！这么说，我带着自己的吉他已经被劫持啦？"

艾列斯高兴地笑了,"太棒啦,梦寐以求!那就打方向盘吧,否则轿车不知道自己走哪条路!"

"这就是说,谈妥啦?不过要先在这里待一会儿,在山里,像咱们想的那样。"说着,阿尔森把"田野"猛地转向最近的峡谷方向,驶往河畔的小树林。

后面的一切很像一个接一个一闪而过的电影镜头。他们很快就来到了幸福的地方。很快就安顿好了,还没有忘记把吉他从车里拿出来。这时候傍晚的太阳已经开始西沉,淡紫的色调正在山峦间漫延,预告着即将到来的清凉。时令已经满怀信心地进入了盛夏。山溪在被时光磨圆的漂石上匆匆跑过……他们迅速用干灌木枝点燃了一小堆篝火。艾列斯非常敏捷,干什么都那么利索。他们几乎就在河岸上,在碧绿的树丛下面铺开她带来的绒毯,转眼间便脱掉了衣服,进入了对方,拥抱着升上了洁净的天空。天空偎依着他们,欣赏他们。而他们已不在这里了,他们在令人头晕目眩的无边无际的宇宙里,后来又一下返回了大地。大自然在他们周围的一切,每根小草,每个叶片,都在随着他们运动:头顶上的树枝忽而向他们俯下身来,忽而又直起身子,四周的花朵一会儿被阵风吹得仰面倒下,一会儿又在寂静的默契中肃立。大自然是他们爱情的参与者。沿着陡峭的河床从闪光的鹅卵石上潺潺淌过的山溪弹奏起交响曲,跟他们的爱情特别和谐。河水喧闹,欢腾,或激越地轰鸣,或低声地吟唱。突然间整个溪流都沉寂下来,然后在爱欲的高潮中又重新与河岸结合在一起。太阳依然在高空照着,把自己耀眼的光芒洒向群山。鸟儿在滑翔中一动不动,甚至从旁边跑过的黄鼠也停下来,转动着小脑袋,竖起小耳朵,用闪光的小眼睛盯着看。倾心相爱的恋人们享受着短暂的天堂生活,不时地分开身子,手拉手地跑到河边,跳进奔腾的流水中。他们的身体何等美妙,他们的脸上溢满幸福!然后他们又再次爬上绿荫下自己天堂般的卧榻,连太阳似乎也在山边上坐下来……

而永恒的新娘用心嗅到了他们的幸福，便跨越一座座山峰向他们飞来。她听到艾列斯一边弹吉他一边唱，便停在山头上听。她哭着小声说："这也就是我的理想……你在哪儿，你在哪儿，我的猎人？什么时候我才能找到你呀？"

累了以后，他们坐下来，认真地谈了许多，却从不涉及自己以前的生活。对于他们来说，今后的时间只从这一天算起。谈话是从玩笑开始的。

"你知道吗，"阿尔森说，"我想把这个峡谷叫作艾列斯谷！你看怎么样？我要向地理主管部门提一个这样的建议。"

"试试吧，阿尔森，咱们看看，谁的意见能够获胜，因为我也打算建议把这条峡谷命名为阿尔森谷！咱们俩今天像孩子。让我今后叫你阿尔森别克吧，你则叫我艾列斯古丽。我小时候就叫这个名字。"

他们谈到许多话题，甚至涉及了政治，尽管这在如此亲昵的接触中显得那么不合时宜。不过，无处不在的政治今天是任何人也躲不过去的。他们很自然地谈到，目前没有对农产品和畜牧产品的需求，所以在农业区到处是贫穷、失业。只要一有失业，便什么丑恶现象都泛滥了：盗窃、酗酒和吸毒。由于处境这样艰难，人们便对梅尔根狩猎公司的生意表现出极大的兴趣——这里有工作，这里有工资。富有的外国猎人到这里来让老乡们高兴。反对就要伤自己人的心，艾列斯说。他们一定会抱怨：你自己贩卖些小商品，做倒爷赚钱，我们就不能挣点钱吗？你叔叔是个有名的企业家，为人们做了许多好事。只不过今后怎么办呢？

"我自己虽然一听到召唤就跑到这里来了，可是心里在疼啊，阿尔森。"她继续说，"给，拿着吉他，真愿意给你唱一辈子。"在他们准备返回图尤克—贾尔时她说："咱们这么喜欢谈生态学，可是自己……"

"是，你说得对，艾列斯，我理解你。我自己也难受，"阿尔森表示赞同，"关于这些我们可以扯个没完没了，可以形成民间史诗，但只要一闻到钱的气息，便什么都干，哪里还顾得上生态呢。你也不必过于自责，这里面没有你什么事，你不参与狩猎，不过是带着吉他参加联欢而已。我却直接参与这个狩猎活动，答应咱们的头儿别克图尔了。由于亲缘的关系，义务使然，无路可退。"

"我理解你，亲爱的阿尔森。抱住我，我非常幸福！"他们又开始接吻，"不过即使你拒绝，不钻这里的大山，没有你，大锅粥一样还是要煮。"

"停，停！让'梅尔根'的生意滚到一边去吧。原来，是我猜到了能遇上你！原来我来这里就是为了你呀，艾列斯。"

"我就等着你说这句话哩！我到这里来也是为了你，阿尔森！原来是这样。"

"对，这正好应了常说的那句话，因祸得福。如果这样下去，应该感谢咱们的雪豹，是它们把咱们聚在了一起。"他说着便哈哈大笑。

"确实——要谢谢雪豹！"他们又拥抱在一起，开始接吻，"喂，阿尔森，你知道吗，你就是雪豹，我嘛，是母雪豹！"

"那怎么啦？正是这样嘛！"

这时候一个可怕的念头向他袭来，吓得他一时间愣住了："如果我们是雪豹，我们将会怎么样呢？"

艾列斯的一句笑话促使他们进行了一场重要的谈话。最近一些日子艾列斯内心异常忧郁，虽然她同任何人也未谈及这件事。狩猎业几乎成了山区村庄的主要生存方式。农产品生产对农民已经不再具有像捕猎野生动物那样重要的意义。如果这样继续下去，经过几年的狩猎，结果将是，山里的动物将不复存在，直到最后一只山鹑。那时候，消灭了一切动物，其中首先就是雪豹。又不在新的市场条件下安排好本地的商品生产，人们还将猎杀什么呢？

"我非常烦恼，阿尔森，但是不敢跟任何人说这件事。你知道吗，我甚至想在阿拉伯猎人到来的时候打出标语去：'住手，不许伤害我们的雪豹！不要打扰雪豹！雪豹不妨碍任何人，不许碰我们的雪豹！'然而，这样的事想都不能想——全村的人都会向我投石头，他们不容许毁掉这样的生意！要知道，除去组织外国人来狩猎，他们就什么也没有了！不行，他们不会理解，也不会饶恕。对吗，阿尔森？"

"对，现在是这样，我同意。不过，下一次值得鼓足勇气干这件事。我应当成为这个狩猎生意的反对派。甚至在阿富汗，现在都在寻找替代的农作物，以便根除毒品种植业。现在有许多关于这方面的文章。"

"对不起，阿尔森，你为我打开了幸福之门，咱们又这样心心相印，我却谈起了这样的话题。这不太合适。不过你明白，我因为做生意去过许多地方，看到人们都在想方设法适应市场经济，但并不像在咱们大山里这样野蛮。今天因为外国人来我们有所收获，可是以后呢？我们只打猎、不劳动——很快就会四顾空空，置身于死亡世界。请原谅我说多了。我爱你……你相信吗？"

"我相信！你也没有什么可道歉的，艾列斯。谈话很有价值，我本来还可以补充许多，不过以后再说吧……咱们走吧，天快黑了。咱们还有一些事情要谈。你我相爱，现在这是我生活中重新奏响的音乐。"

"好吧，阿尔森，我拿着吉他坐在后排，这样不影响你开车，我要轻轻弹奏各种乐曲，古典的和现代的，怎么样？"

"好极啦！这将是为我一个人开的音乐会。我要一边听，一边想，一边……感谢命运。"

"为什么感谢呀？"

"因为你，艾列斯！……"

啊，假如她知道，这里不是舞台；假如她晓得，阿尔森·萨曼钦费了多大的努力才忍住不告诉她,围猎雪豹者策划了一个多么可怕的阴谋,全球化的狂热反对者塔什坦阿富汗已经准备把军帽戴到自己的头上,以此作信号,发出劫持人质的命令;假如她明白,事实上这将如何发展,怎样收场;假如她懂得,阿尔森本人已经落入了怎样的陷阱,这个圈套未必能够自行解开……该受到诅咒的狩猎生意啊!它把人与兽都紧紧捆绑在一起,系了一个死结,人与兽都将付出生命的代价。然而,即使在爱情表白的激情中,他也不敢讲给她听啊……

白日将尽。人们常说,大自然厚待有情人,如果真是这样的话,那么,他们算是体验到了。在回来的路上,作为对他们爱情的奖赏,周围大自然的恩赐一直伴随着他们。

傍晚的群山以静谧、安适与庄严迎接白昼的结束,它们不露声色地披上薄暮的霞光,轮廓变得越来越柔和,悬崖峭壁渐渐失去了自己的尖刻与冷峻。山峦之上的碧空中飘游着白云,一缕缕,一团团,那么温柔,那么迷人。这一天没有风,没有雨,也不特别炎热。他们幸运地遇上了不可多得的美妙的一天。

下到洼地以后,"田野"不慌不忙地跑着,也没有必要着急——心醉神迷的一对儿希望延续这次野游。对于他们来说,这不单纯是自由地度过时光,而且是造物主给他们安排的、他们两个一直向往的幽会。这次幽会意义那么重大,过去的一切一下全都从他们的生命历程中勾销了。这一天是新生活开始的标志。这是好兆头吗?前边他们面临的将是什么,而且真的就从明天开始?不过,他们暂时没想这个,在自己爱的愉悦中,在即将离别之际,除了蓦然得到的幸福,他们根本什么都不能想。

艾列斯坐在后排座位上,轻轻地弹奏着吉他。阿尔森听着熟悉的旋律,驾驶着自己的"田野"。曾经多次走过的道路现在显得有些陌生,因为走这条路的是一个新人。他第一次同心上人在一起,所以不想分心，不想进行认真的思考。他们不时地开开玩笑，只要说上一两个词就能互相充分理解。

"如果我把方向盘一打，咱们就回市里，怎么样？你看呢？"阿尔森回头看了一下，问道。

艾列斯挪得近一点儿，轻轻地，几乎是在说悄悄话：

"跑多远都行！"

在这样令人欣慰的心境中，阿尔森·萨曼钦对一个奇怪的状况感到惊讶：复仇，这个一直对他紧追不舍的凶险的念头，正在渐渐离他远去，他乐意永远忘却它——远离罪过嘛。"滚他的吧，这个库尔恰尔！没有她，没有成了明星的艾丹娜，我也能活下去。我曾经是个多么乖戾的人啊！完啦！到此为止！生活中还有别的乐趣嘛！"他还想道："可是，永恒的新娘总也忘不掉。不过，现在我大概能够以新的精力做事了……"

阿尔森·萨曼钦开始严肃而具体地考虑与艾列斯结婚的问题。根据各方面看，他们的性格与对人生的看法都接近。她是个相当博学的女人，举止得体，长相也好；从事贩卖活动，应该是一个精力十分充沛的人。干这一行不能坐着不动。这样也就可以摆脱亲人们的责骂和不满了。特别高兴的可能是头儿别克图尔——"丘吉尔大叔"，在村里人们有时候这样称呼他。还有哥哥阿尔达克，以及叔伯亲和再远一点儿的亲戚们。当然，最主要的是她，艾列斯本人，在多大程度上准备接受命运的这种转折，她可能有自己的问题。作为男人，首先开口说话的应该是他。他应该求婚……

当然，可以顺便提提这件事——不是开着玩笑，像刚才那样；而是认真地谈，就在现在，趁他们因为梅尔根公司的事在这里盘桓的时候。他一边听艾列斯弹吉他，一边思考。然而生活总要求为幸福支付酬金，它又在他的思路上设置了障碍。无论阿尔森·萨曼钦如何努力禁止自己想塔什坦阿富汗及其同伙正在策划的勾当，他也无法排除这些念头，虽然他试图使自己相信，塔什坦阿富汗会醒悟过来，不敢搞如此前所未闻的冒险行动；尽管前面有几千万美元的诱惑，他能战胜一生中或许只有一次侥幸成功的心理，并意识到这不仅将给故乡带来灾难，还要给他的国家的威望造成损失。

说起来有点儿陈腐，但每当你要解决一些复杂的私人问题的时候，总得相信：我们这个世界安排得有点儿怪。从造物主创造世界开始，它就纠结了许许多多的矛盾，它将永远陷于重重矛盾之中。

塔什坦阿富汗把自己装扮成全球化的反对者。但是，反对全球化对于他来说只是搞恐怖活动的一个借口。看见了吧，他是在为自己辩护。怪不得他曾说过，深山里应当出现自己的切·格瓦拉①。他怎么能与格瓦拉相提并论呢？！当美元的泥石流准备卷走它前面的一切思想与原则的时候，你试试去说服他们吧！可怜的人们迷失了方向。是啊，谁愿意永远在贫困中混日子呢！

嗯，拉倒吧，够啦！抛下这一切，一走了之！可是，去哪儿呢？你能保住自己的命，其他人怎么办？各种不可思议的想法涌进他的脑海。为了让艾列斯高兴一些，他放慢车速，佯装严肃地说：

"如果由于某些原因，我要留在大山里，成为山洞里的隐士，你要说些什么呢？"

艾列斯没有茫然失措，她从后面贴近他的肩膀，答道：

"如果在一起——我准备好啦！"

"这是很严肃的事，艾列斯。坐到我这儿来吧，咱们聊一聊，只剩下十来千米了。"

---

① 切·格瓦拉，拉丁美洲革命家。1928年生于阿根廷。1956年参加古巴革命。革命成功后在古巴曾任要职。1965年离开古巴参加拉美各国的革命斗争。1967年牺牲于玻利维亚。

他停住"田野",艾列斯迅速跳出来,换到前排座位上。他心里立刻变得更加温暖了。

"怎么,你真的想在山洞里住一阵子呀?"

"谁知道呢!最好说一说,你怎么一下就敢同我一起住进那里面去呢?你不怕原始生活吗?"

"难道你没有发现吗,阿尔森?我非常非常想让你喜欢我。"

"我也想让你喜欢。"

"既然这样,咱们就生活在大山里吧,恩恩爱爱……不过你还是要告诉我,咱们住进山洞以后,你将从事什么工作呢?"

"沉思默想,我给你讲课。有这样一种学派——腾格里学派,它的信徒们崇拜天空。"

"如果本地的毛拉们得知这一点,他们一定来把山洞的出口给你堵死。那时候怎么办?不过,你不会一个人留在那里,我将在你身边。"

"那就没有什么可担心的了。而毛拉们自己的事多得不得了,这么个隐士关他们什么事,他们关心的是全世界的事。"

"而我将关心的就只有你。那么,你——就是我的宇宙!"

"你的关心将表现在哪儿呢?"

"我非常希望咱们有一个孩子。男孩子,我要拉着他到处走。去听你在山洞里讲的课,让他从童年起就听。"

"我同意。我将祈求主,让他保佑这个愿望能实现。请你原谅我,艾列斯,这也许不太合适,不过我想知道,在这以前你有孩子吗?"

艾列斯并不感到难为情,她简单地答道:

"没有。成功地避免了。"

"今后不要再避免啦。"

"不啦。相反,我也要祈求主,让它赐给咱们一个棒小子。"

"如果是个女孩儿,我也一样高兴!"

"我也是！女孩子常常从小更聪明。"

"那还用说嘛！那么，全部问题都协调完了，像在这种情况下常说的那样，只剩下签意向书啦。"他开玩笑地说。

"关于绝妙的意向书！"她接着说。

"咱们就准备文本吧。"

村落的边缘遥遥在望。天色渐暗，到处已经亮起了灯火。电话铃这时候突然响了。

"噢，是我的！"艾列斯猛地一抖。她探过身子到后座，从放在那里的上衣兜里取出手机。

"喂？是你吗，泽伊涅普？啊，知道吗，我到山里去啦，那里没有信号。现在已经到图尤克－贾尔啦。我在等我传真上的回答，上面有什么？我想一想，再给你回电话。一定，两个小时以后。再见，泽伊涅普。"

把手机放回衣袋后，艾列斯解释说，电话是她生意上的女友从奥力扬塔近郊的丘尔甘打来的。她们一共四个，艾列斯是年龄最大的，类似从前的少先队辅导员。在萨拉托夫有一个小额批发贸易中心，她们要到那里去。她们有在那里采购各种商品的合同。然后再把这些商品分散到本地的商铺和小的集市。

"怎么，应该去吗？"他担心地问，"要不要我送你去？"

"不，不必担心。我们从奥力扬塔坐火车去。刚才我还在想，有可能让我们一个星期之后去萨拉托夫，结果明天就要动身。"

他们沉默了。阿尔森停下汽车。世俗生活突然侵入了他们短暂的神话般的天堂生活。这似乎没有什么特殊之处，每个人都有自己的事情，自己的牵挂。可是他们都感到自己好像从天上坠落到了地上。然而，这持续了也不过一分钟。艾列斯显示出了自己的干练："我打电话，阿尔森，说服自己的伙伴们，让她们这一次自己去萨拉托夫吧。"

阿尔森不想给她增添额外的麻烦:"我不知道详细情况,艾列斯,不过,我想,既然已经谈好,就不应当改变。"

"阿尔森,"她靠在他的肩膀上说,"为了我们俩,我什么都肯干。"

他们已经像海上的一对儿海鸥——凭声音、凭翅膀的一个微小的动作,就能互相理解。可是阿尔森感到,趁她在姐姐家附近下车之前,还是有必要说明,确切地说是暗示:他不能设想自己今后的生活没有她。但是,他刚刚关掉发动机,电话铃又响了。这一次响的是阿尔森的手机。原来是头儿打来的。头儿先问他在什么地方,接着说区长贾内什巴耶夫到了图尤克-贾尔:意向书里规定,区里的首长应当迎接尊贵的客人。所以头儿要求阿尔森·萨曼钦立即去办事处。需要他与区长本人谈妥明天一早去奥力扬塔机场的问题。

日常生活就这样又一次毫无顾忌地闯进了他们迷人的世界。必须立即分手。他们约好今后将经常保持电话联系。阿尔森想检验一下,立刻拨了艾列斯的电话号码,她的手机响了。

"尊敬的艾列斯·巴德洛夫娜,"他以格外尊重的语气说,"请原谅我的打扰。我叫阿尔森·萨曼钦。我要经常给您打电话,因为不这样我就无法生活。您看怎么样,艾列斯·巴德洛夫娜?"

艾列斯小声笑着回答:

"喂,尊敬的阿尔森·萨曼钦,我也要常给您打电话,我将一个电话接着一个电话地打下去。谢谢您,亲爱的,亲爱的阿尔森·萨曼钦。"

关掉电话后,他们互相凝视着对方的眼睛,仿佛要诀别似的。

"我等你!"阿尔森·萨曼钦最后说。

"我也等你!"艾列斯回答。

他快速绕过汽车,给她打开车门。在昏暗中他们又一次面对面地站在院子边上。在这一瞬间,他最终确信,没有她他已经不能活了。她则说:"我真不想走啊。我试试劝劝她们吧。"

"你看着办吧,艾列斯。如果能行更好。不行,我也能忍耐三四天。没有你我哪儿也不去。"

"或许,我从萨拉托夫直接去比什凯克。"

"那我到车站去等你。你打电话吧。狩猎迅速结束,这是一种情况;如果拖延,则是另一种情况。"

"对,我理解。"

他们的临别拥抱是那么紧,那么温情脉脉。

阿尔森·萨曼钦的"田野"在视野中消失以前,艾列斯一直在后面向它挥手。他的目光则一直未曾离开后视镜。她的身体在镜子里渐行渐小,最后变成了影子。

驶出一段距离以后,他才一下子想起来了,就像跌进了深渊:如果人质真的被劫持,那将是什么样的情景啊?!你谁都不能告诉,甚至对她也不能说……如果一说,毁灭性的雪崩立刻就要将它道路上的一切席卷而去,梅尔根公司连一点儿尘土也剩不下。你不说吧,更糟……怎么办?

阿尔森·萨曼钦来到办事处,正向头儿的办公室走的时候,在接待室里的助手中间他看到了塔什坦阿富汗。塔什坦阿富汗第一个打招呼:

"你好,阿尔森,来啦?咱们走吧,要不头儿就等急了。"说着便若无其事地挎起了他的手臂。在进门以前他问道:"区长怎么称呼,知道吗?"

"不知道,我和他不熟。"

"科尔丘别克·阿尔塔耶维奇。贾内什巴耶夫,科尔丘别克·阿尔塔耶维奇。记住啦?还有,请注意,区长准备了两只金雕作为区政府送给客人的礼物。"

"知道了。你怎么到这里来啦?"

"这还用问吗,要知道,我不仅仅是围猎人,一有什么重要事,头儿总要请我来。"

"那当然。"

"怎么，跟艾列斯兜了兜风吗？"

"这关你什么事？"

"你拉倒吧！她是位好姑娘，对于你最合适不过了。"

说着他们走进了办公室。按规矩，阿尔森·萨曼钦先向区长问好。这是一位相貌堂堂的微胖男子，穿西服，系领带，看样子四十岁刚出头。他想起来了，以前在某些会议上他们曾经见过两三次面。随后他又向叔叔别克图尔问好。谈话由区长开头：

"我们在这里等你，阿尔森。有些事必须谈一谈。"

"好吧，科尔丘别克·阿尔塔耶维奇。我的工作主要是同声翻译。"

"我知道，我知道。没有翻译绝对不行。然而，对我们来说，你不仅仅是翻译，阿尔森。你有一位这样的亲人——别克图尔阿加，'丘吉尔阿加'——你自豪吧！咱们的别克图尔早先把集体农庄管理得呱呱叫，现在全部狩猎业在他的掌握之中，从猎盘羊到猎雪豹。而你来自新闻界，本人就是个汗①！"

这句笑话把大家都逗乐了，随后就开始了严肃的谈话。区长是主要发言人。

首先他决定商量一下，如何把赠送金雕的仪式安排得更好。（阿拉伯富翁崇尚雕与隼，他们会满意地把乌津吉列什的猎禽运回自己的国家去。）赠送仪式要在庄严的气氛中进行：把头戴皮兜帽的雕捧在手上，交到客人的手中。客人戴着皮手套，主保佑，以免贵宾被猛禽抓伤。问题是怎样做更好：客人一到图尤克－贾尔就献上金雕呢还是在狩猎结束后，在他们离开之前。

塔什坦阿富汗赶忙表示，最好不要把客人的注意力从主要活

---

① 汗是某些亚洲国家贵族的封号，以及有这种封号的人。

动——狩猎上引开，应该安排在最后，在他们离开之前，遵照赠送的全部礼仪交给他们。头儿别克图尔与其他人都支持他的意见。区长贾内什巴耶夫也同意这个理由。受到鼓舞的塔什坦阿富汗说得更起劲了。他说，赠送仪式应当按照古老的传统进行，在交接的那一刻应有萨满在场，由萨满念狩猎的咒语。

"咱们有这样的萨满——他们可以行巫术，并对金雕念咒语。客人们一定想知道，这些咒语中说的是什么。那么你——阿尔森——就翻译成英语。也许，你需要先听一听那个萨满念念咒语，免得被萨满的胡言乱语弄得晕头转向。"

"好吧，我想一想。"阿尔森·萨曼钦不无恼火地说，他不明白塔什坦阿富汗是怎么了。难道他改变主意啦？那可太好啦！但如果他是想牵着我们的鼻子走呢？

塔什坦阿富汗似乎对他的矛盾心情有所察觉，于是更加云山雾罩地乱侃起来。他开始讲一个绰号叫沙马尔巴什（即轻浮的脑袋）的荒唐的萨满的故事。

"在我们图尤克－贾尔，科尔丘别克·阿尔塔耶维奇，有一个萨满。在别处任何地方再也找不到这样的萨满了。别克图尔阿加，您知道沙马尔巴什的事。"

别克图尔笑着点了点头。

"阿尔森，你大概也听说过吧？在村里谁都认识他，无论大人孩子。要是他闹腾起来，那简直就没救啦！他开始怎样行巫术啊！蹦啊，跳啊，嘴里不是嘟囔就是放声地唱：

难道你们看不见，
山岳怎样崩塌？
难道你们看不见，

树木怎样倒下？

难道你们看不见，

河水怎样倒流？

这都是我干的，我的功劳，

我把你们像牲畜一样驱赶，

把你们像羊一样赶进棚圈！

你们给我跪下吧！趴下吧！

如果不，就不要怪我不客气，

我——沙马尔巴什，无所不能！

我——沙马尔巴什，无所不能！"

大家都放声大笑。区长贾内什巴耶耶夫快活地问："你认为，可以把这个沙马尔巴什介绍给客人们吗？"

然而头儿别克图尔坚决地说："这没什么可考虑的！连让他靠近都不行！沙马尔巴什就会浑身痉挛，狂呼乱叫，吓唬人。他的胡说八道还得翻译。你认为怎么样，阿尔森，需要安排这样胡闹的场面吗？"

"翻译不成问题。不过，赠予金雕应是个庄严的仪式，不应该受到干扰。金雕是严肃的飞禽，不是鹦鹉嘛……"

大家又大笑起来。后来就直接转入讨论正事了。窗外，夜幕已经降临，头儿别克图尔像丘吉尔那样吸着烟斗。他这时候已经向区长讲述了整个计划。不知为什么他把它称作"箭雪豹计划"。大家都在自己的记事本上记下"箭雪豹计划"，并逐条标明：到机场迎接客人；送他们到图尤克－贾尔；在客房下榻——临睡前给卫队提供一间办公室，就是现在开会的这间；早晨起床，准备进山。在山里已经准备了一座不大的营地——为客人设置了几座特制的帐篷，事先考虑到了对各种舒适条件的要求。为到达峡谷准备了车辆，包括一辆美国"悍马"，它将由货机从卡塔尔运来。再往前走，山路不能通车，大家改为骑马，马匹已经准备好，并已经钉好了马掌。至于最后阶段嘛，就只能步行前进，攀登悬崖和峭壁，不过这已经是狩猎爱好者的事了。让所有出席区长见面会的人非常高兴的是，"箭雪豹计划"逐条逐款规定了报酬，估算了各项开支，包括燃料费，租用马匹、马鞍、挽具的费用，甚至还有点燃篝火用的木柴的费用。这是一个地道的生意计划，它给图尤克－贾尔人留下了深刻的印象。现在他们明白什么是市场了，每一步都要产生费用。

大家的情绪十分高涨。区长贾内什巴耶夫出于好奇，问头儿别克图尔："老人家，这是一个考虑非常周全的计划。可是，'箭雪豹'这个名字从何而来呢？"

头儿别克图尔吸了一口烟，笑着说："有一首关于箭雪豹的歌，我们这里的人都会唱。阿尔森，我记得你还在一篇文章里写过它，是吧？"

"是，老人家，是有这么回事，文章谈的是民间创作。"

"是这样，亲爱的科尔丘别克·阿尔塔耶维奇。这首歌里的一些词我想起来了，现在我试着唱一下：

箭雪豹飞一样健步上山，
箭雪豹捕捉自己的猎物，
箭雪豹对收获永远满足，
大自然给它的力量无比丰富。
希望你们也如此剽悍，
愿自己的箭雪豹，勇士箭雪豹，
在我们的人当中也能找到……"

区长鼓着掌说:"哦,原来是从这儿来的呀!非常有意思!那么说,老人家,您自己就是勇士箭雪豹吧?"

头儿别克图尔把肩一耸:

"这就看怎么说了,如果说生意,可以说,在咱们地区我还算是比较成功的。不过真正的勇士箭雪豹是青年人。就说我们的塔什坦阿富汗吧,如果他能把雪豹找到,那他就是勇士箭雪豹!"

"谢谢,谢谢!"塔什坦阿富汗满意地小声说。

"我们还有一位勇士箭雪豹,这就是,通晓各种语言的专家,阿尔森!我的侄子!"

"我算什么箭雪豹呀!我不过是当几天的翻译助理而已,而翻译永远也不会是勇士。"阿尔森·萨曼钦想以玩笑应对。

大家都笑了。气氛愉快,友好,真挚,表明对雪豹的狩猎活动在其前期是成功的,剩下的就是主要角色登场了。这要看他们是否受到命运的垂青——要看他们的运气如何,而且还不仅仅是猎人的运气,还要看狩猎对象的命运。目前一切都安排得井井有条。

区长贾内什巴耶夫走的时候情绪很好,他决定将直接去机场迎接贵宾,在那里以当地政府的名义欢迎他们,而馈赠金雕的隆重仪式,如他所说,要再进一步商量,因为还不知道狩猎活动将持续几天。

"至于阿拉伯人的回赠,这是他们的事,让他们看着办吧。客人就是客人嘛。"头儿别克图尔客气地说。

所有在场的人都出来欢送区长。区长临行前说:

"谢谢。茶喝了,事谈了,我该走啦,已经八点多了。"他看了一下手表,"时间过得真快,因为和你们商量工作既非常有趣,又很有益。你们的'箭雪豹计划'可以说是一整套战略。再见,别克图尔老人家,我们在飞机场见。祝你们成功!"

告别,拥抱,互相握手。阿尔森·萨曼钦为自己同乡的殷勤好客感到惊讶。他不禁想道：生意在这里也发挥着自己的作用；要知道，除去别的，他们还指望着石油大亨们的慷慨，所以才全都努力显示自己的参与，包括地方的行政领导人。

不过，说到底这是人之常情。而塔什坦阿富汗的行为才之让人摸不着头脑。他是那么关切、积极和谦恭，任何人也想不到他在策划那么大的冒险行动——某种程度上也是一种市场行动。他是否良心发现啦？"主保佑，让一切都遇难成祥吧！"阿尔森·萨曼钦心怀希冀地想。然而，他的焦虑并没有消失，他很想得到确认，想直截了当地问一问，可是又没有机会。而且他还惦记着艾列斯，想给她打电话，不过首先还是应该同塔什坦阿富汗谈一谈。和区长与头儿别克图尔告别以后，塔什坦阿富汗便向拴马桩走去，他的马就拴在那里。阿尔森·萨曼钦走到他跟前时，他刚解开马，正要骑上去。

"喂，"他把塔什坦阿富汗叫住，"关于你的军帽怎么样啦？你还要戴它吗？"

"不要担心。一切都会好的。"

"都会好的——这是什么意思？"

"我给你说了嘛，不要担心！完啦！我还有事。"

塔什坦阿富汗走了，让自己的同学一片茫然。这应该怎样理解呢？他刚才似乎后悔了，像人们常说的那样，跪倒在苍天面前了——他是那样的彬彬有礼，恭恭敬敬；现在呢，却连谈都不想谈。在某种程度上，也许可以这样理解：放弃这个预谋已久的计划对于他来说并不轻松，要求他作出巨大努力，所以有一点儿恼火。由他去吧！只要他回心转意就好，就让他在狩猎中做一位箭雪豹式的勇士吧！

阿尔森·萨曼钦本人也不好受，同现实妥协让他自己觉得不自在。这样的狩猎生意对生态带来的危害任何人都没有暗示一下。大家都不屑一提。由于与如此独特而成功的企业家有密切的亲缘关系，他本人也保持着谦恭的沉默。市场经济不仅把人而且把他们的灵魂也逮进了自己的罗网。就在前不久，头儿别克图尔给他们讲过这样一件事。在白天前来打听消息的老乡当中，有一位本地的怪人出了一个荒唐的主意。他说，打雪豹，这是小事一桩。让咱们来想点儿别的吧，要知道，大山里的雪也能卖钱。头儿别克图尔对这种异想天开感到有些惊讶，可他却振振有词：在当今世界上什么都可以买卖。咱们山上的雪，就是河里的水，整个中亚地区都依赖咱们的终年积雪。要知道，山是咱们的，雪和冰川是咱们的。平原地区的所有灌渠，所有庄稼，所有饮马场都不是从天上掉下来的嘛！都是咱们的！既然这样，那就要求他们交水费。石油，天然气，各种各样的能源都以疯狂的价格出售，可是咱们为什么却把自己的水白白送人呢？没有水，平原上就没有生命。可是为什么没有人说一声谢谢呢？他们拿咱们山里人不当人看，那为什么来追雪豹来啦？让梅尔根公司不仅出售猎业服务，让它也做水的生意吧，咱们都有钱可赚。这个人就这样狂热地鼓吹自己的也算是市场思想吧。只好安慰他、说服他。说水是造物主的恩赐，是给普天下的众生的……

这件事可以说是荒诞不经，假如它不是以现代市场标准为依据的话……

阿尔森·萨曼钦这样想着在方向盘后面坐下来。他没有发动轿车，却拨了艾列斯的电话号码。她的电话正在通话，也就是说，还在与女友们谈她们生意上的事。他很想听一听她的声音。想到"箭雪豹计划"，他发现，在他一天接触到的人当中，艾列斯是唯一头脑中出现过反对野蛮猎杀雪豹的思想的人。诚然，她自己也明白，同乡们不会支持她，因为她威胁到他们潜在的收入。然而，不管怎么说，毕竟找到了一个不无动于衷的人，这个事实使他感到了些许的轻松。阿尔森想听听她的声音，也想让她听听他的声音。他一再打电话，却打不通。

该回姐姐家了，他们在等他。明天一早就要与头儿别克图尔汗去机场，然后就是准备迎接主要人物的到达，随后就是进山，先乘车，后骑马，再以后就沿着峭壁、裂谷、雪堆，徒步向雪豹栖息地攀登，最后才是狩猎，手握猎枪跟踪猛兽。头儿别克图尔通晓这一切，所以非常赞成让阿尔森参与这件事。"不是每个翻译都胜任爬山，而你正好年轻力壮。在我们家族里，好骑手总是强壮的。主保佑……"看来，他是对的。阿尔森是阿拉伯客人的同龄人。诚然，他们是训练有素的登山运动员，噢，没什么，咱们看看吧……

急速开始的这个过程在艾列斯的不安与苦恼中得到了继续。艾列斯未能说服在贩卖生意中的女友，让她们不用艾列斯帮助自己去。推迟去萨拉托夫也不行。艾列斯很为难，手不离电话，不停地为它充电，生怕它断电，失去与心上人的联系。明天还要去萨拉托夫。

她在这个世界上跑了多少路啊！她背过多少塞满了廉价衣服的沉重的旅行包啊！为了在旅途上活下去，她忍受了多少磨难啊！警察与海关工作人员在列车上或信号站上多次从她的收益中掠走最后的几个戈比！然而，她的心从来没有像这次这样讨厌又一次的出行。脑海里甚至出现了完全不可思议的愿望——到雪豹栖息的山里去。在那里，在猎人中间，迎候自己的爱人，对他说自己在等他，准备和他一起到天涯海角去。然而，在现实生活中，她应当履行对女友对伙伴们的承诺。她们不管到哪儿去都四个人在一起——泽伊涅普与其他两个邻村的女人，只有这样结伴而行她们才能不受匪徒的侵害：不少单个的女商贩失踪了。除此之外，只有她，艾列斯，有正式证件——过检查站的通行证，她们都算是她的助手。所以她不去无论如何也不行。

艾列斯在这一夜悄悄饮泣，祈求主不要剥夺恩赐给她的幸福……

只有当久候的铃声响起，他们才又重新沉浸在幸福之中。他给她讲述自己的事，她也给他讲，他们互相许诺尽快见面，他们心里这才轻松了一些……

*　　*　　*

这一夜，一轮圆月照耀在群山之上，数不尽的小星斗在洁净的天空中围绕着它。箭雪豹对着这个巨大的月亮放声嗥叫，向月亮诉说自己的苦恼，然而月亮却报之以沉默。它应该到别处去，离其他雪豹近一些。可不是，它像着了魔一样，一直待在乌津吉列什－马镫山口下面。那三个骑马的人已经是第二次在这一地带出现了，甚至这也没能使阴郁的箭雪豹感到不安。让他们在那里溜达吧，关它什么事。可不该这样啊，因为他们用望远镜观察的正是它，这只"大脑袋长尾巴的"的雪豹呀……

第九章

别克图尔的"箭雪豹计划"实质上是保障工作按计划不间断地进行。应该给予组织者们以足够的评价,计划确实经过了周密的思考与准确的计算,所以没有发生任何脱节现象。可以说,整个图尤克－贾尔村都被吸纳进了狩猎的准备工作之中。在这些日子里,村民们,从小孩到大人,都在期待猎雪豹活动的胜利结束和神话般的盈利。村里一片亢奋。只有雪豹们丝毫不知道什么在等待它们。

然而,对于梅尔根公司来说一切进展顺利,与客人的商谈通过阿尔森·萨曼钦的翻译几乎昼夜不停地进行。头儿别克图尔相信,假如没有阿尔森,就没有这样卓有成效的相互沟通。所以一有机会他就感谢侄子:"我再说一次,我们亲爱的阿尔森,当你跟来客讲话的时候,他们就像雨后的花朵那样精神焕发。虽然我一个字也不懂,但从他们的眼睛我看得出来。"

事实上似乎确实如此。从最初接机开始,后来在离开机场的路上,在关于日常生活与其他比较重要问题的讨论中,阿拉伯客人及其助手们谈兴甚浓,带有善意的好奇。阿尔森·萨曼钦自己也觉得另有一番情趣,尽管他的工作负荷很重。他几乎昼夜不停地在英语、俄语和吉尔吉斯语之间译来译去。第一个阶段，筹备组到达，接着是客人到达，一切都顺利，有条不紊又文明得体，没有多余的隔膜，这在很大程度上要归功于他。

两位客人原来是很善于交际的年轻人，年龄不相上下。他们有现代的思想方式，爱好运动，聪明伶俐；一位毕业于剑桥大学，另一位毕业于牛津大学。哈桑留着浓密的唇髭，米希尔不蓄胡须。从各方面看，猎猛兽对于他们与其说是显示英雄气概的手段，不如说是一种极限运动。

对于刚开始，这些信息与观察已经足够了。阿尔森也向客人们介绍自己的国家，介绍这个地区和高山气候，介绍当地居民以及民间的风俗、传统。

他们的车队来到图尤克－贾尔——头儿别克图尔乘坐自己的吉普车走在最前面，他后面是客人的"悍马"，阿尔森·萨曼钦作为翻译与陪同咨询人员，同他们坐在一起。再后面是卫队、服务人员和电视实况转播工作者的汽车。

图尤克－贾尔人全都拥上了街头，友好地欢迎客人。为"悍马"的外表所震撼的半大小子们在道路两侧奔跑，后面跟着一群狗。这样的汽车他们头一次见到。他们难以相信，这样奇妙的车居然开到他们村里来了。不仅孩子们，一些成年人也十分惊讶：他们期待看到亿万富翁，见到的却是身着运动服的普通小伙子。

时近傍晚，客人来到后被分别安排进专门准备的房间。稍事休息之后，晚饭开始。他们建议客人们喝一些伏特加，但客人们拒绝了，戏谑地解释说，他们允许自己享受这样的乐趣只能在狩猎结束，当东方如此珍重的雪豹皮成为他们的战利品以后。

顺便说一句，在谈话的过程中，阿尔森·萨曼钦给阿拉伯猎人讲述了永恒的新娘的传说。他本想简单提一提，但没有发现自己是那么激动，而且使客人们也很激动。他们非常同情新娘与新郎的悲惨遭遇，其悲剧的根源就在于人类亘古以来便有的妒忌与仇恨。他们很看重那个细节，即新郎是位出色的猎手，他献给新娘父母的最珍贵的礼品就是雪豹皮。要知道，在那遥远的年代，还没有火药发射的武器呀。他们询问，现在是否还存在赠送雪豹皮的风俗。就是说，雪豹的皮毛，就如同豹与虎的皮毛，是最高级的天然珍品啦。阿尔森·萨曼钦在他们的善于交际中不仅发现了好奇，而且还有令人动情的真诚。他们顺便还问，他是否到过阿拉伯国家。得知他除了埃及，暂时还没有去过其他地方，就邀请他访问他们的国家，把自己的名片给他，保证让他受到荣耀的接待，甚至凭他们的友谊，还要安排他去访问贝都因人的村落。阿尔森表示衷心的感谢，估计到他们的异国情趣，而且头儿事先也曾交代过，在谈话中他没有涉及当前重大的社会与政治问题，虽然他作为一名记者，很想听到他们对一些迫切问题的看法。这样优秀的人物完全可能有自己的看法与观点。然而有一些世界性的问题，与社会的和政治的见解没有直接的依赖关系。比如，生态问题。有时他们显得特别闭塞——说是，在某些地方发生了什么事件，不过这与我们无关。然而究其实质，任何生态进展最终都要影响到整个地球的自然条件。阿尔森想与客人们谈的问题很多，不过，正像别克图尔叔叔强调的那样，"在我们的生意中，最重要的是殷勤好客——这就是礼节和分寸。"不应该破坏礼节的准则，应该让客人感到愉快、安宁与舒适。

但愿如此。可是阿尔森·萨曼钦心里却有一块石头，它不时地提醒自己的存在，这就是执拗的塔什坦阿富汗。他似乎回心转意了，似乎安静下来了……从他的举止中可以看出来，但是……

在去睡觉之前，客人们来到院子里呼吸新鲜空气。他们仔细观察夜景，只见月轮皎洁，星斗闪烁，浩瀚的晴空下面是巍峨肃穆的雪峰。

哈桑指着雪山问道："阿尔森先生，新郎大概就在这些大山里狩猎吧?"

"是的,他就在那里生活和狩猎。"阿尔森·萨曼钦答道。

米希尔又问:"永恒的新娘也在那里徘徊和哭泣吗?"

"对,直到今天她还在寻找和呼叫自己的新郎。"

"可怜的姑娘啊!"哈桑悲伤地叹了口气。米希尔却说出来一个有趣的想法:"也许,世界就需要她这个样子!假如能用电视摄像机从高处拍摄这位在高山上奔跑的姑娘,这位女演员,她就能够成为象征性的形象。"

"好一个漂亮的建议!"哈桑支持他说,"应该宣布永恒的新娘为爱与忠贞的保护神。她将每个人都当作亲人。要知道,爱情悲剧总发生在身边啊。这件事您是怎么想的,阿尔森先生?"

"我早就想写一部歌剧《永恒的新娘》。假如能成功……你们的思路使我很受鼓舞。咱们不谋而合,我很受感动。"

关于《永恒的新娘》的想法就这样突然又出现了。他们决定狩猎结束后再谈谈这件事,从容而深入地谈一谈。

后来他们道别:

"晚安!"

"早上见!"

回到姐姐家,他还在院子里溜达了一会儿。客人们的议论给阿尔森·萨曼钦留下了强烈的、意料之外的印象,显示出了欧洲教育的结果。同时他也颇为惊讶:他们如何能集高尚情趣与狩猎嗜好于一身呢?

然而,该睡觉了。

＊　　＊　　＊

　　山里的一切生灵在此刻都睡着了，都沉浸在黑夜世界的宁静之中。只有乌津吉列什－马镫山口下面的箭雪豹坐卧不宁，它对月长吼，咬自己的爪子。它有一种惶恐的预感，却又不知道为什么……从远处依然传来那个声音。她也睡不着，永恒的新娘……

　　＊　　＊　　＊

　　在那天夜里，有一个人对尘世间的情爱不能忘怀。艾列斯在那里怎么样？她与女伴们赶上去萨拉托夫的列车了吗？如果没赶上，就只得再等一昼夜。现在车次少了，人们都改乘飞机了。艾列斯早晨打过电话，之后没有机会再通话，一分钟的时间也没有。他又回想起来了那不可忘怀的一切，在峡谷、在溪畔发生在他们之间的一切。他们两个在一起是那么好，真想让那幸福美妙的时刻不断地重复下去啊……

　　黑夜过去了，黎明时分天气变得阴沉了。不知从哪里来的乌云跑到了高山上面。微风忽而从这面忽而从那面吹过来。最近几天一直是夏天难得的恬静啊，让人觉得似乎永远就这样下去了。不过现在也没有担忧的理由。淡淡的阴霾也可能像出现时那样突然消失。不应该把它看作雨的预兆，或者更糟，看作是雷雨的前奏。

　　从清晨起事情就一件接一件地来了，你就赶紧干吧！要张罗人们去"展开狩猎行动"，如同梅尔根公司的正式文件中说的那样。

　　在乘坐客人的装甲"悍马"出发前，阿尔森·萨曼钦又一次检查是否偶尔忘记了什么：狙击手步枪，自动步枪，麦克风，以防万一的氧气面罩——如果谁发生高山缺氧的话……

他们驾车以四十至五十千米的时速走了三十千米左右,顺利到达了换骑马的地方。骑手们已整装待发。所有马匹都已经钉过掌,鞴好了鞍鞯。

必须在这里把东西都放到马背上。头儿别克图尔亲自监督这项工作的进行。

这些阿拉伯人原来都是不错的骑手。骑马上山可不是在赛马场上驾驶着跑车兜风啊。山地骑手要在马鞍上随时保持平衡,当从右面或左面有土块或石头滚落下来的时候,还要注意马的步态。

他们鱼贯而行。前面有本地牧人引路,头儿别克图尔跟在他后面,接着是客人,最后是阿尔森·萨曼钦。暂时还可以直接对话,但每个人都带着麦克风,以免在相互拉开较大距离时失去联系。卫士与助手们跟在后面,保持着一定距离。山峰挤得越来越紧,悬崖壁立,山坡上满是松动的小块石头,难以通过,不过马暂时还能走。与此同时,高山动物开始出现了。有几次,小群的野山羊和盘羊惊慌地跳跃着从两侧一闪而过。偶蹄动物——猛兽永远的饲料,根据自己的需要在向什么地方移动。哈桑用望远镜观察它们,对它们优雅而敏捷的跳跃动作很是赞赏。他勒住马,带着勉强能觉察出来的喘息说道:

"刚才我想,朋友们,假如这些美好的动物集合起来,一齐跑到另一个地方去,雪豹饿得就要互相啃咬了。是这样吧?"

"它们没有那么聪明!"米希尔笑着说,"要不早就都跑光了。"

"也许,恰恰相反,这正是大自然安排得十分巧妙之处!"阿尔森·萨曼钦插话道。

两位猎人都笑了。

"对!应该在大自然的睿智面前顶礼膜拜!"

"雪豹的成功,也就是我们的成功!是这样吧?"

这种戏谑的交谈能自然营造出互有好感的氛围,这很需要。阿尔森·萨曼钦正希望这样,让客人们尽量有个好印象。因为他们到这里来不仅是为了狩猎,人与人之间的关系在这种场合是非常重要的。

"好吧,尊敬的客人,"他说,"我们公司的领导、别克图尔让我告诉你们,咱们将在那座悬崖后面休息一下,那里是帐篷所在地。咱们就把马留在那里,再往前走——只能步行了。"

"我们准备好啦。"

"狩猎就是狩猎嘛……"

已经是正午时分,头儿别克图尔让人们稍事休息,在帐篷里坐一会儿,喝几口山里的马奶酒。高原显示出了自己的威力——人们呼吸困难。他们开始试背行囊,挎上枪支,拿上麦克风以及其他装备。

当走过艰难行程的客人们在帐篷里安顿下来休息以后,阿尔森终于有了独处的合适机会。头儿别克图尔在两位侄子的搀扶下从马背上爬下来,捋着胡子喘了一会儿粗气。他认为有必要事先告诉客人及其陪同人员,必须等一等,也许不能立刻出发去寻找猎物,因为围猎人暂时还没有任何消息。客人对此表示理解。

在这样的高原地带,登山运动员与地质工作者认为,通常要发生"灵魂的交接班",类似心情的改装、更新,对周围世界的重新领悟。在大山里更有助于沉思,其证据便是——属于各种宗教信仰的庙宇、修道院经常建在山里,供人们进行冥思修炼。据说,在深山里思考比在低洼的平原地区更不受干扰,更容易感情投入。高山地区拥有异常的先兆。几乎触手可及的天空就在头顶上方,伸手便可以摸到云朵。那里的万年山岩牢固地与地表长在一起,那里的冰雪无比地晶莹纯洁——也是触手可及。清澈的河水淙淙流动,湛蓝的天空倒映其中。稀薄的空气是那样清新,吐纳的感觉是那么明显,仿佛刚刚推举过沉重的杠铃。

可能这符合事物的本质。可能在高山的自然条件中人确实能产生某种特殊的精神状态,他的思想,他的感觉,他的想象力,都与雪峰和高原上的凌厉刚劲的山风协调一致。阿尔森·萨曼钦在这一时刻体验到的就是这种状态。陷入沉思,摒弃一切揪心的烦恼,他仿佛已置身于另一个世界。他在瞬间觉得似乎不是在休息站,而是在遥远的草原。像在清醒时一样,他听到机车震耳欲聋的长鸣,听到客运列车有节奏的铿锵声,他自己则跟着火车在旁边跑,一边跑一边向车窗里看,大声呼叫:"艾列斯!我爱你!你去萨拉托夫,我在大山里,可是我跟你在一起。我不能没有你!"在整个大学生时代,他曾多次沿着这条路去萨拉托夫,再奔向莫斯科,他爱伏尔加河上的萨拉托夫!用哈萨克语说就是萨雷-塔乌!现在艾列斯到那里去了,而他在想象中请她原谅,因为他太眷恋她,不让她放心地走。可是他确实再也不能没有她。所以他要发疯,一遍又一遍地回想自己经过的事,那么深深地沉浸在想象的事件中,以致幻想跟现实生活一模一样。

阿尔森身边的人都没有料到他会出什么事,没想到他心里发生了什么变化。只有艾列斯听到和看见了他,她站在车厢的通过台上,从开着的车门里探出身子,一只手抓住把手,另一只手伸向阿尔森·萨曼钦:"阿尔森!阿尔森!我听到你啦,我看到你啦,我爱你!快点儿追上啊,你跳上来啊,我接你!"

在自由的幻想的风中什么想象不出来啊!他竭尽全力,要赶上逝去的列车。他追上了,因为热恋中的人们渴望这样,而爱的欲望拥有世界上最强大的威力,永恒与不朽都服从于它。因为它是延续种族的呼唤。

这是命运的意志,他追上了车厢,艾列斯向他伸出了手,他跳上踏板,他们拥抱在一起……

"咱们去坐一会儿,聊一聊,"阿尔森·萨曼钦终于喘过气来以后说,"我要认真地和你谈一谈。"

"你忙着去哪儿呀？你累啦，休息一会儿……"

"没有时间。我们在准备进山狩猎，我必须抓紧时间。在这个文件夹里有我的手稿……"

"手稿？你这是怎么啦，阿尔森？就是因为手稿你才追火车吗？"

"我想跟你说说话。咱们走吧。"

他们在包房里，面对面坐在窗户旁边，阿尔森·萨曼钦说了这样一番话："正好，艾列斯，在这个文件夹里有我的关于萨拉托夫的短篇小说，在路上读一读吧！这是发生在第二次世界大战中的一件事。这个故事以怀旧的形式讲述过去的岁月，重提那些永远也不应该忘却的往事：一切战争首先就是没完没了的互相残杀，每个被杀者，不管他是谁，将军也罢，列兵也罢，在走向永远沉默的世界的时候都会懊悔。我写了关于那时候的一个忧伤的故事，题目是'杀人——还是不杀'。在现阶段，杀死一个人就像扔掉一个烟头。不管左右，横扫一气，我自己就曾经几乎处于这样的边缘。这篇小说不是凭空捏造，不是犯罪故事情节的小花饰。我有这样的感觉，好像我带着这篇小说从大洋深处浮出水面，走向墓地。那里埋葬着数以百万计的被杀者与杀人者，为的是在寂静中阅读它。给自己读，也给他们读。请你原谅，艾列斯，我沉醉在自己琐细的感受与思考当中。可是，你是专业图书管理员，你明白是怎么回事，我很满意，你将认真阅读我的这些杂乱的思想。你在点头，谢谢你，艾列斯。那么，在刚过去的那个冬天，我去了拜科努尔。在航天发射场，长期生活在空间站上的宇航员萨利占①直接从太空、从轨道上给我打电话。我和他是朋友。我打算写一篇关于一个人的随笔，在这个人的意愿中为每个人找到在太空中生存的地方——目前这还是幻想，但在将来的某个时候就会是这样的。我又被拖进乌托邦里去了。对不起。那么，在过去的那个冬天，我迎来了怀旧的季节——我很久没

---

① 萨利占，指俄罗斯籍宇航员萨利占·沙里波夫，他曾长期在国际空间站上工作。

坐火车了，在途中我想起来，在大学生时代我经常坐火车旅行。从拜科努尔我继续坐火车往前走，途经萨拉托夫去莫斯科。当我站在窗前观察周围景色的时候——坐火车的时候我非常喜欢窗外的景色，我就是这样一个多愁善感的人，没有办法——突然，往事像冲击海岸的激浪那样向我的心撞来。原来，一直在我心里暗潮涌动的一切现在都涌上了心头。在这条铁路上，在这些穿越相同的地方，穿越草原、穿越哈萨克斯坦、穿越萨拉托夫奔向莫斯科的火车上，曾经与现在都发生着什么啊？我忧郁地想。铁路依旧，迎面而来、同向而去的列车依旧，运动方向依旧：由西向东或由东向西。可是这里面的人安在？人的命运经受了哪些沧桑巨变啊？逝去岁月中的一个个事件都浮现在我的眼前，宛如观看从太空拍摄的电影那样：咸海被毁灭了，我们的心在呻吟，然而却建成了拜科努尔火箭发射场……其间发生了多少事啊！那时候我就暗下决心，一定要把多年以前从一位残废军人那里听到的事写出来。这位残废军人叫谢尔吉·尼古拉耶维奇，他经历过惩戒营。这种人现在被称作伟大卫国战争的伤残军人。在小说中他叫谢尔吉，是个小伙子。而我那时候是大学生、他的一个旅伴，按照我们尊重老年人的风俗，可以称他为爷爷。时间有限，我又扯远了。在萨拉托夫车站，谢尔吉·尼古拉耶维奇坐进了我们的车厢，到莫斯科走了两昼夜，故事相当长。后来，在莫斯科，我帮他找到了医院。但十年以后我才想写《杀人——还是不杀》，谢尔吉·尼古拉耶维奇，也就是谢尔吉，已经过世了。我打听过，非常遗憾。当我写完了，准确些说，当我转述完了谢尔吉·尼古拉耶维奇试图告诉我的故事后，我懂了，这个东西应当到战地公墓上去读。你知道吗，艾列斯？你与这个故事也有一定关系。感到奇怪吗？实际上，你、我，还有这个故事，都发生在一条连接西方与东方的道路上，在经过萨拉托夫去莫斯科的途中。谢尔吉沿着这条路上前线，我经常坐火车到俄罗斯的大都市——莫斯科与列宁格勒去学习，你现在是商贩,沿着这条路,坐着这列火车漂泊。有某种东西把我们联系在了一起……噢,拦住我,拦住我,艾列斯,时间哪!不过,我最想给你讲的,为了它我拼命追赶你——似乎可以等一等嘛,下一次再从从容容地告诉你,可是我不能等——它与你有关,艾列斯,与我们的相逢有关。我马上告诉你:你挽救了我。你在不知道我发生了什么事的情况下拯救了我的灵魂。今年春天,我打算发表短篇小说《杀人——还是不杀》,关于战争的永恒本质和人的永恒本质,我想说出自己的话。任何战争都是人干的事,任何战争对每一个从中认识到这个普通的首要的真理的人来说都是悲剧。在自己的小说中我就是想说这一点,然而这时候在我的生活中发生了这样一件事,使得我,就在现今的日子里,打算实施不可避免的凶杀。而且,这不单纯是无数杀人案件中的一个,而是对这部小说的作者来说是前所未闻的亵渎圣物,是渎神行为:在自己的作品中鼓吹的是一套,做的却完全是另外一套。所以我才把《杀人——还是不杀》放下,藏了起来,因为我不想受良心的折磨。现在我感到羞耻:我本来有可能以自己的杀人行为推翻自己的思想。可是,命运宽恕了我!——是你,艾列斯,使我打消了杀人的意图,因为咱们的爱情对于我来说是一个发现。在自我面前我又是自由而诚实的了,这是你给我带来的解放。昨天我还固执地认为,这是公正的不可避免的复仇,现在我再也不会干这样的事了。

"这就是仓促间我想告诉你的。还有,我内心的转变发生在我们相遇之后。我想,我们有时候多么缺少精神交流,缺少真诚表达内心郁积的感受啊,就像我在《杀人——还是不杀》中试图说的那样。年轻的谢尔吉的自白应该在沉静与平和中、摆脱日常生活的烦扰之后阅读,以便倾听逝者的心声,确信人活着的时候难以认知的道理。还有,每个人都应当有自己的衷心的祈祷。我的祈祷就在这篇小说的文本之中。如果它让你感到亲切,就请你也加入,咱们分享这共同的感受。这是爱情中最主要的东西……我已经在自己的记事本中写下了——我希望，首次阅读在莫斯科近郊的沃拉科拉姆斯克公墓与布列斯特要塞附近进行，然后再在其他许多地方阅读，包括在欧洲。

"对不起，艾列斯，我写得啰唆、冗长，但幸福的瞬间是短促的，而爱情对两个人来说则是在永恒的召唤面前的特殊发现。现在我在大山里，可是尽管如此，我对你倾诉衷肠，宛如咱们坐在一起，在一个包房里。这当然是幻觉，其证据就是一个骑马的人到我们营地来了，大概是塔什坦阿富汗的围猎人……好吧，该干事啦。再会，艾列斯，再会……"

骑马的人原来是围猎小组的蓬头鬼。作为问候，他向客人们点了点乱蓬蓬的头，然后告诉头儿别克图尔：塔什坦阿富汗派他来传达，说雪豹已经追踪到了，有两个族群，可以用望远镜看见它们。还有一只大雪豹，"大脑袋长尾巴的"，甚至已处于监控之中，可以强迫它朝需要的方向走。但塔什坦阿富汗的主要请求是让翻译阿尔森先到他那儿去，他想给阿尔森讲解怎样安全行动，怎样从恰当的地点向躲在灌木丛中的大雪豹射击。空口说这不易解释清楚，所以让阿尔森到那儿去，实地看一看，然后再由他讲给来狩猎的客人们。头儿别克图尔同意了。

"喂，阿尔森，告诉客人们，你现在就去和围猎人做狩猎前的会合。野兽是狡猾的孤兽，有可能见人就猛扑或逃进树丛。让围猎人在实地讲清楚，从什么地方，怎样迂回过去。"

客人们表示乐意等待。

蓬头鬼骑着马走在前面，阿尔森·萨曼钦也骑着马，跟在后面。道路崎岖，人在嶙峋怪石间的灌木丛中穿行。他们艰难地来到了一个裂罅。头顶上一群什么鸟儿在盘旋，周围一片岑寂。蓬头鬼拿起麦克风喊道："塔什坦阿富汗，我们到啦！你听到了吗？我们在这里！"

塔什坦阿富汗也用麦克风答话："我也在这里！马上！"

阿尔森刚想下马休息一下，蓬头鬼制止他说："你在马上坐着吧！何必呢？看，塔什坦阿富汗就在这里。"

塔什坦阿富汗从旁边的灌木丛后面走了出来。他骑着马，脖子上吊着扬声器，肩上挎着冲锋枪——头上牢牢地戴着军帽！阿尔森目瞪口呆。塔什坦阿富汗正了正军帽，说道："不要盯着我看！我们全都准备好啦！一共五个人，都端着冲锋枪！或者把赎金交到我们手中，两千万——或者大家一起完蛋！所有在这里的人！谁也活不成。对任何人也毫不留情。哎，你怎么不吭声？"

"你让我说什么？"阿尔森·萨曼钦勉强地说，"你不是答应了嘛？不要担心，一切都会好的。"

"这就是我们说的'好'。那么就执行命令吧。转过身来，往那儿看，那就是莫洛塔什山洞，我给你说过它。那里已经布上了地雷。咱们把大亨们赶到里面去。你把我说的话给他们翻译成英语，每个字都翻译。全球化对于大家只有一个，让他们想一想吧！好处不能让他们独享，咱们也要得到自己的那份。你看，那儿是山洞的入口，你下马进去看看。地方很大，人质在里面蹲一昼夜，赎金不送到绝不留情。怎么不说话呀？傻啦？你想，我会像糖果一样软化吗？别等啦！喂，你怎么还不吭声？我问你，你想不想立刻执行我的命令？"

阿尔森·萨曼钦已经下了马，这时候又把脚重新放到了马镫上。塔什坦阿富汗拉了他一把："站住！你先听好，你把他们带到这里来，我们解除他们的武装，把他们赶进山洞去。谈话将是严厉的：用冲锋枪顶住他们的后脑勺。按照我的命令，你吩咐他们，用他们的卫星电话联系，让他们火速用飞机把赎金送到这儿来。要让最后通牒的每一个字都印在他们的脑袋里！他们说的一切你都给我翻译出来——每一个字，明白吗？如果不，你就是我们的俘虏，你和他们一块儿完蛋！"

"不要着急。"阿尔森·萨曼钦终于开口了,他明白,再劝说一个变得跟野兽一样凶狠的人已经毫无意义,"如果你这样决定,就应该知道:只要流一滴血,我就什么事都做得出来!"

"不要威胁我们!我自己不想让人流血。交出两千万,他们就会活着离开!这就是我的命令,执行吧!我给你最多二十分钟!多一秒也不给!把他们带到这儿来,就说是跟围猎人会合。一旦出差错,我们立刻开枪,枪枪见血。我们没什么可损失的!要记住:跟你来的只能是他们,两个客人,就像是来打雪豹。你就说它在那儿被围住了,还有其他被追踪到的雪豹,不过其余的以后再说。其他人都在那里等着。明白啦?执行吧!"

"立刻。"阿尔森·萨曼钦含混不清地嘟囔了一句。他朝塔什坦阿富汗的军帽瞥了一眼,似乎假如老同学的头上没有它,一切都有可能变成另一个样子。他沉重地叹了口气,上了马,朝刚才来的方向走去。

死一般的寂静。阿尔森·萨曼钦低着头,佝偻着腰,默默地、头也不回地离去,要把来打猎的客人们引到山洞这里来,把他们交出去,自己也屈膝投降。能听到的只有朝山下汩汩流去的山溪。一些叫不出名字来的鸟儿在头顶上无声地掠过。马小心地踏着乱石堆走向有帐篷的营地,离那里已经很近了。阿尔森在山岩后面的灌木丛里陡然勒住马,在马镫上站直身子,把四周打量了一番。他把挎在右肩上的扬声器取下来,把"卡拉什"自动步枪放在鞍桥上,看样子是对什么事情做好了准备。几秒钟过后,在山山岭岭的上方响起了阿尔森·萨曼钦由麦克风强化了的绝望的声音。他用英语、俄语和吉尔吉斯语混杂的话语狂暴而恐怖地呼喊:"喂,请听我的命令,远道而来的外国猎人们,你们这些该诅咒的家伙!"扩音器使他的话像滚滚惊雷一样响彻崇山峻岭,引起一阵又一阵的回声。"不许伤害我们的雪豹!马上从这里滚开!我不允许你们杀害我们的野生动物!滚回你们的迪拜、科威特去,离开我们神圣的山岳！不许你们的脚再踏到我们这里来！立即滚，否则你们就要完蛋！我要把你们全都枪毙掉！"他用自动步枪对空扫射了一梭子，用以强调自己所说的话。山鸣谷应，山石从山坡上隆隆滚落，枪声立刻从四面八方响起。混乱的枪声使阿尔森胯下的坐骑受了惊，它猛地向前一冲，当即受了致命伤，"轰隆"一声倒下了。阿尔森·萨曼钦勉强来得及从马屁股下面挣脱出来，扭伤了自己的脚。枪声越来越激烈，塔什坦阿富汗的手下，个个都像疯子一样射击。阿尔森竟然不知道，外国人趁着这阵混乱，跳上马飞快地离开了。

阿尔森与死马并排躺着，他意识到自己一下多处受伤。可怕的疼痛使他的肩、胸、腰动弹不得。他使出最后的力气，爬得离陡坡远一些，免得顺坡滚落下去，不料一头浑身是血的大雪豹在他面前蓦地跳了起来，它就是箭雪豹。箭雪豹咆哮一声，贴着地面，拖着一条腿，向前跑去。太阳在阿尔森的头顶上摇晃，山岳颤抖，风噎得他喘不过气来。他扔掉麦克风与自动步枪，试图爬往受伤的雪豹逃走的方向。他看不见，也听不到周围发生的事。暴怒的塔什坦阿富汗狂喊乱叫，破口大骂他："败类！叛徒！让他完蛋吧！"别克图尔老头儿跌倒在地，揪着自己的胡子，拼命地吼叫："耻辱啊！耻辱落到咱们头上啦！让神和祖先都来诅咒你吧！"应邀而来的猎人往回跑的时候用阿拉伯语都喊了些什么，在这大山里没有人知道。

昏头昏脑的射击渐渐停止，呐喊声不久也平息了。

阿尔森·萨曼钦哪里知道，他在一瞬间给人和野生动物做了些什么……不过现在他顾不上这个。他受的伤相当重，这他感觉出来了。胸闷得特别厉害，全身的衣服都浸透了血。他知道自己拖不了多久，就想躲到什么地方去。他踉踉跄跄地迈动脚步，摔倒后再爬起来，大口地喘着粗气。幸好他记住了那个莫洛塔什洞在哪个方向。阿尔森·萨曼钦终于到了那里，跪着爬了进去。这时候他看见了庞大的雪豹那双渐渐失去光泽的眼睛。雪豹一动不动，它甚至都没有试图从伸在前面的爪子上抬起头来。它把头伏在前爪上，一直这样趴着，沉重地喘着气，喉咙里发出一声声嘶鸣。

"你也在这里呀？"不知道为什么阿尔森这样对雪豹说，仿佛他们早就认识似的。

箭雪豹的血快流尽了。

人也遭遇到了同样的命运。

由于命运的安排，人与兽在自己生命的最后时刻，出现在天空下的同一个隐秘的处所，在山洞里肩并肩地躺卧在一起……仿佛因为困惑不解，山岳上空响起了滚滚的雷鸣，回声隆隆，经久不息，似乎在问：这是怎么回事呀？闪电也同样惊讶地在云端频频闪现……

来打猎的客人们从马上爬下来，坐进汽车，急速驶进村里，然后，未与任何人道别，当即乘坐自己的"悍马"，在车队的护送下直奔奥力雅塔机场。他们的飞机停在那里，早已做好了起飞的准备。这时候一切都清楚了。

就这样，梅尔根公司的国际狩猎生意一下跌进了深渊。谁都不能相信，导致这项生意计划破产的竟是别克图尔阿加的亲侄子。

图尤克－贾尔人倾村出动，聚合成闹哄哄喧嚣的一群，从中连连爆发出怒吼声：

"丢人呀，诅咒落到咱们头上啦！"

"吊死阿尔森也不解恨！烧死他，烧死他！"

"把这样的事业毁啦！一丁点儿钱也没让咱们挣到啊！"

"对他来说，畜生也比人更值钱——那就让雪豹把他撕碎吧！"

自发的歇斯底里的怒火越烧越旺，狂暴的人群于是向阿尔森·萨曼钦的姐姐家涌去，在愤怒与疯狂中开始捣毁院子里手脚能够得到的一切。砸碎了阿尔森"田野"上的玻璃与车灯，撕烂了他晾在绳子上的衬衫与上衣……奋勇保护弟弟笔记本电脑的姐姐遭到殴打，从班上跑回来的铁匠丈夫扑过去保护妻子，也被打伤了……

只有骤然降落的暴雨和炸响的惊雷才制止了骚乱，迫使人群跑散。

雷鸣震撼着周围的一切，一个接一个的闪电刺破天空。雨越下越大，击打着山崖的裂缝和山洞。

就像是有所感觉似的，艾列斯傍晚从车站给图尤克－贾尔姐姐家打了个电话。艾列斯把自己的手机留给了姐姐，她说，把手机留在你这儿吧，我用女伴们的手机打。以前从来未曾这么做过，可这一次不知为什么却想保持联系。在开车前半个小时，她决定问候一下他们生活得如何，顺便也打听打听，山里有没有消息。她还没来得及说话，姐姐就激动地喊了起来："整个村都跳起来啦，你的阿尔森干的是什么事啊，在山里用扩音器大声喊叫：'不许伤害我们的雪豹！滚蛋吧！'他撵客人们走。不光这样，还向他们开了枪。周围的人都开枪还击，别克图尔阿加用脑袋往石头上撞。现在整个村正在捣毁阿尔森姐姐的院子。阿尔森自己不知道跑到什么地方去啦。人们说，他不是被枪杀了就是自己开枪自杀啦。你听见了吗，艾列斯？你怎么不说话呀？你怎么啦？快答话呀！"

姐姐这时候号啕大哭起来："多么不幸啊！现在怎么办呢？她那么爱这个阿尔森呀——这可怎么办呀？"

"你不要哭啦！"丈夫开始安慰她，"你想一想，哭有什么用？等艾列斯回来，我用马拉着她进山，到莫洛塔什去。你要是乐意，咱们一起去。让她亲眼看看就明白是怎么回事了。你不要折磨自己啦。"

"哎呀，我能做什么呢！她怎么办哪？……如果咱们去莫洛塔什，孩子们怎么办？"

"没什么，都是少年了。一两天过得去。让他们照料着牲口。邻居会照看他们……"

当艾列斯猛地抓起旅行包,把它背到肩上的时候,她的女伴们惊呆了。她一字一顿地说:"你们自己去吧。把我在萨拉托夫的证明给你们。我马上回村里。"

"怎么,有人死啦?"

"有可能。"

"等我们回来后,咱们能见面吗?"

"有可能。"

"我们说什么好呢?你能来取自己的货物吗?"

"有可能。"

"你这是怎么啦?你再也没什么说的啦?"

"别再纠缠啦!我的话说完啦!你们自己去吧!"

艾列斯说着撒腿就跑,把迎面来的人一一推开。人们纷纷躲闪她。如果他们知道……

* * *

如果人们知道……谁能知道,谁又能想象得到,她的悲痛越过空间,在瞬间已经与雷雨一起泼洒在乌津吉列什－马镫山上。她的爱人在那里不见了,她现在正跟永恒的新娘在一起,跑遍山山岭岭……"帮帮我,告诉我,如果你见过他!"

在那些大山的腹地,一直到天黑雷雨也没有停,轰隆隆的回声响彻四周,耀眼的闪电照亮峡谷与洼地。暮色在大雨的浸泡下变得越来越浓。在这个夏季,好久没有下过这么长时间的雨了。由于下雨,莫洛塔什山洞里越来越暗,越来越冷。

不过,风云际会也罢,命运安排也罢,对于置身于这座山洞里的生灵来说，这都已经无所谓了。在这最后的避难所里一共有他们两个：一个奄奄一息的人和一头奄奄一息的兽。他们两个都在孤零零地结束自己在尘世上的生活道路，他们都或许为流弹所伤，或许被瞄准的子弹击中——现在谁还来分辨谁为什么，又向谁开枪射击呢？几分钟之后他们即将进入无影无踪的永恒，这一切于是失去了任何意义。

箭雪豹喘不过气来，它正在流尽最后的血，从伤口缓慢流出而又不可逆转的血。它依然用那个瘫软的姿势卧着，把那颗巨大的头颅伏在两只无力的前爪上，它那条著名的尾巴懒懒地垂放在地上，像无用的被丢弃的废物……

阿尔森·萨曼钦躺在旁边，侧倚着正在渐渐死去的雪豹的躯体，这样好受一些，"我们最后还是见面了……"

阿尔森·萨曼钦身子下面越来越湿，鲜血浸透了多石的大地。他自己暂时还神志清楚，并想尽力保持生命的最后财富——思维。他在想，他本人在所有这些事件中都有哪些过错，不过他首先要向艾列斯诀别。他错过了多少幸福与爱情啊，它们都永远地逝去了。

"别了，艾列斯。请原谅，为了未能实现的理想……我给你鞠躬……别了，别了……我没来得及……我要报答……我有罪过……"

当他在意识中面对被他羞辱了的阿拉伯客人的时候，良心上的歉疚折磨着他："我有罪，你们用最刻薄的言语骂我吧，诅咒我吧。但是没有别的出路，只有这样我才能使你们远离危险。原谅我吧，如果能够的话……"

他带着更深深的痛苦与真诚的懊悔，对父亲的亲弟弟说："别克图尔阿加，老人家，诅咒我吧！无情地诅咒吧！我玷污了咱们家族，我毁了你的事业，我现在怎么解释，说没有别的出路？我明白，我把什么样的耻辱横加到了你的头上，给你带来了多少痛苦。不过，请原谅，我这样做不是出自恶意，不是由于愚蠢和忌妒……祝你长寿，叔叔，我将在后世向你的哥哥，我故去的父亲，讲清楚一切……"

他也想起了亲戚们，姐姐卡季恰和她的铁匠丈夫："我给你们造成了什么样的灾难啊。我有罪，对不起……请多包涵……"

最后，他想起了哥哥阿尔达克："阿尔达克，我要死了。不要为我难过，你的操心事够多的了。把孩子们养大，而我没有后代啦。这也是主的惩罚……"

阿尔森·萨曼钦也向艾丹娜道歉："请原谅，艾丹娜，为你庸俗的明星生涯我谴责过你，鄙视过你。这是你的事。我多么想让你成为歌剧舞台上的永恒的新娘啊。现在命运使你摆脱了我的纠缠，可是你不要对那个艾尔塔什·库尔恰尔说一个字，我自己最后都告诉他。艾尔塔什，一直到最后的日子我都有过错，我打算杀死你，我那么恨你，蔑视你，也曾有这样做的理由。但是我后悔了。不要把我想得那么坏，原谅我，如果你能够的话。"

然而，让将死的阿尔森·萨曼钦更沉重更痛苦的是，当他面对自己的同班同学塔什坦阿富汗的时候。还要说些什么呢？指责他，诅咒他吗？

"就让我成为你罪恶计划的牺牲品吧！没有人能知道，你曾在自己罪恶的野兽般凶狠的时刻准备干些什么勾当。我自己有罪——对我自己，而不是对你。那就让我成为你的替罪羊吧，主保佑你！

"请你们也原谅我，老乡们，我使你们失去了工资，尽管是不多的钱。事情闹成了这样，不要唾骂我，我这样做也是出于万般无奈，不过这谁也不知道……永别了。"

雪豹已经死了。人也跟着咽下了最后一口气……

然而，在生命的最后的瞬间，他听到了永恒的新娘遥远的声音："你在哪儿，你在哪儿，我的猎人？"于是，他断断续续地说："永别了，现在咱们再也见不了面啦……"

月亮迷失在了夜的云朵之中。受困于悬崖峭壁之间的风左冲右突。再也听不到任何别的什么声音……

* * *

第二天，快到中午的时候，三个骑马的人来到靠近莫洛塔什山洞的那个地方，昨天就是在那里发生了骇人听闻的悲惨事件。一个男子走在前面，还有两个女人。这是艾列斯和她的姐姐、姐夫。他们带她到这里来，为的是让她亲眼看一看，让她相信她的不幸是无可挽回的，必须面对现实。

姐夫焦洛熟知这一带地方。在他担任集体农庄养羊业主管期间，在去牧场的途中曾多次来到这里，知道莫洛塔什山洞，所以带领艾列斯和姐姐很快就来到山洞前。他们首先在小路上看到了被射杀的灰马。大雨中它在这里躺了几乎一天一夜，胀得蹄子向四个方向张开，鞍带子绷断了，鞍子滚落在旁边。阿尔森的麦克风与自动步枪就扔在这里。焦洛从马上跳下来，默默地从地上捡起来麦克风与自动步枪。扔掉的武器，被枪杀的坐骑，证明阿尔森已经不可能还活着。

他们带着不祥的预感走进山洞。艾列斯浑身战栗，痛哭失声，姐姐架着她的胳膊。眼前见到的情形使他们目瞪口呆：在凝结的血中躺着停止了呼吸的人和兽——阿尔森·萨曼钦和一头巨大的雪豹，他的头躺在箭雪豹的胸膛上。

艾列斯跪下来，抚摸着阿尔森失去生命力的手，放声痛哭。

女人们哭了很久。姐姐把一条黑色的纱巾给艾列斯蒙在头上。焦洛一会儿走出山洞，一会儿又走进来，等待着女人们平静下来。

艾列斯哽咽着对坐在旁边的姐姐说：

"库马尔，你就像是我妈妈一样，我不瞒你，出于无知，我确实对阿尔森说过，我想打出一幅标语来：'不许伤害我们的雪豹！'虽然我自己知道，在咱们村这是不可能的。阿尔森那时候什么话也没说，但他内心里当然接受了我的话，所以就出事了……我为什么要这么做呢？！"

"想开一点儿吧，艾列斯，亲人们自己聊天的时候什么话都能说。这是天意。你最好想一想，怎样安葬这个苦命的人。在发生过这一切以后，他的亲人们都不想听关于安葬他的事。总不能让死者跟被打死的畜生一起永远留在这里呀。"

"你说得对。可是，没有阿尔森我还怎么活呢？我们就好像在一起生活了一辈子。据说，在俄罗斯有女人的修道院，我打听清楚以后，就到那里面去，白天黑夜替他向主祈祷，虽然我从来没相信过造物主。只有在一种情况下我下不了决心——如果命运赐福于我，有婴儿出生……"

"主保佑！你能肯定吗？"

"不知为什么，我在等。我梦见……如果不是这样，我就终生不再出修道院。"

这时候他们的头顶上响起了隆隆声。这声音越来越大。他们走出山洞，三个人一起站在那里看一架直升机。它沿着山头之间的峡谷飞。拴着的马开始躁动。焦洛只好牵着它们的缰绳，让它们安静。直升机转了几圈，飞走了。隆隆声消失后，焦洛沉思着说："我想，直升机飞到这儿来不是平白无故的，在山里飞可不是没有危险啊！区里大概知道这里出的事了。"

他妻子接着说道："那是他们的事，咱们有咱们操心的事。我刚才和艾列斯在想怎么安葬阿尔森。焦洛，你怎么说？"

"我能说什么？这没什么可想的。必须安葬，而且越快越好。只是亲戚和邻居们关于安葬的事暂时一个字也没说。骂呀、喊呀、诅咒呀，这倒也行，可是闹腾到什么时候呢？把死者的遗体顺山上小道弄到村里的公墓去，这不是一件容易的事。有的地方需要用担架抬，必须有好几个人才行。"

焦洛得出结论，必须设法同近亲们一起解决问题。诚然，由于阿尔森·萨曼钦的过错，人们对所发生的事件气愤得要死，可是，罪大恶极的罪犯人们不是也埋葬嘛！

"需要想一想，"焦洛继续思索，"咱们先进去，我想祈祷祈祷，让阿尔森的亡灵安息。我不是毛拉，可是，尽量做吧。"

他们三个人又重新回到山洞里，坐在死者旁边静默。焦洛张开手掌，开始用阿拉伯语念祷文，虽然像所有本地人一样，他对这种仪式用语一窍不通……

在这个自发的祈祷仪式进行期间，艾列斯想：还好，我的姐姐姐夫表现出了这样的理解与同情，否则旁边没有一个人，死者就要在绝对孑然一身与忘却中躺在这里，仿佛是对她这些悲凄思绪的回应，外面响起了马蹄声和人的说话声。

山洞里进来五个人。这是塔什坦阿富汗与他的同伙。他们没有像应该的那样坐下，而是默默地站着，面色阴郁地等待祈祷仪式的结束。塔什坦阿富汗生硬地说："我们应当告诉你们，莫洛塔什山洞埋上了地雷，你们必须立刻离开这里，因为它即将爆炸。快点儿吧！"

然而焦洛反对道："为什么炸它呀？这里有被杀害的阿尔森·萨曼钦，应当安葬他。"

"这不是我们的事。我们应当炸毁山洞，尸体留在乱石堆里，就是说，他将被这样安葬。"

"这不是安葬！"库马尔气愤地喊道，"作为女人，我对你们说：先考虑安葬，再说爆炸。咱们都是凡人，所有的人，包括你们在内，都要在自己的那一天，按照人间的风俗被埋葬。"

"不要教训我！莫洛塔什山洞必须按照命令炸掉。我们就是为这个来的。我们给你们半小时。"

这时候，掀开脸上黑纱的艾列斯说话了："你们敢这么干！不许侮辱死者。这样的亵渎行为不会不遭到报应。我不允许！你们没有权力消灭死者的遗体，剥夺他入土为安的权利。"

"你是什么人？"在这以前一直克制着自己的塔什坦阿富汗气急败坏地吼道。艾列斯哪里知道，昨天在这里他遭遇了什么样的挫折啊！现在他充满了施虐狂般的欲望，想对自己老同学的失去生命的躯体实施残忍的复仇。

"我是什么人？现在不是我回答这个问题的时候！就在你们脚旁边躺着一位被杀害的人，而我随时准备去死，哪怕是现在。你们杀死我然后再爆炸。我准备好啦，你们现在就炸吧，好让我和他一起永远留在这石堆下面！"

这个野蛮场面很难说将如何结束，幸亏理智的焦洛找到了解决办法："塔什坦阿富汗，请听我说，不必这样跟女人说话，她们正处在深深的悲痛之中。而且也不能这样在死者面前讲话，咱们到外面去，聊一聊，商量一下，看怎么办。炸毁山洞什么时候都来得及。"

他们走了出去，在外面大声争吵了好久。

当死者身边又只剩下女人的时候，库马尔整理了一下妹妹头上的黑纱，劝她道："不要哭，艾列斯，死者的灵魂什么都听得到。你说出了自己的话，死者的灵魂会满意的，至于下面怎么办，让男人们解决吧。"

艾列斯答道："谢谢你，库马尔，我的亲姐姐，你真的就像是我的母亲。我现在正在想，为什么阿尔森的命运突然这样改变了呢，他可是一位最聪明最公正的人啊！从少女时代我就读他在报纸上写的文章，在电视节目中听他讲话。我们的爱情是多么真挚啊！足够两辈子用的啦！可结局却是这样：跟一头野生的雪豹并排惨死在山洞里，凶残的人们还想用炸塌的山体从地球表面上抹去关于他的记忆。那么，这意味着什么呢？是推崇他还是贬损他？然而对于我来说，他现在是圣者。只要我们的孩子生下来，不管是男孩儿还是女孩儿，他的姓氏将在后世子孙中永存。"

焦洛很快回来了，一副揪心的模样。他说，他未能说服塔什坦阿富汗。塔什坦阿富汗答应只等到明天早晨，说是要同头儿别克图尔阿加商量商量。"你们等着吧，"他说，"我早晨来咱们再做最后的决定……"

夜里，坐在篝火旁边，艾列斯想的依然是她能否在纪念日里，拉着他们孩子的手，到他的坟墓上去。

她听到了从遥远的山地传来永恒的新娘的呼叫声："你在哪儿，你在哪儿，回答啊，我的猎人！"她悄悄地回答永恒的新娘："我听见了，听见你了，永恒的新娘，现在我同你一样了。"

早晨，事情发生了转机。大概后悔不是一下就能发生，它的路是困难的，永远需要经过克服自身的恶，不完善的人很不容易倾听亘古以来全世界对于善的呼唤。

塔什坦阿富汗一伙带来了担架和裹尸布，需要把死者抬出峡谷，别克图尔带着车辆在那儿等候。看来，炸毁莫洛塔什山洞的计划推迟或取消了。头儿别克图尔指示，把雪豹的尸体在山里就地埋掉。

自封的未亡人艾列斯裹着黑色的披肩跟在担架后面，走在她后面的是姐姐库马尔及其丈夫焦洛。焦洛牵着他们的马。

谁也不知道塔什坦阿富汗发生了什么事，他也戴着黑纱跟在后面。据说，还泪流满面。后来，他突然从头上揪下他珍重的军帽，抡开胳膊，把它扔下了山坡。

艾列斯一边走，一边在心里重复："我听见了，我听见你啦，永恒的新娘。我还要回来找你，咱们一起哭一哭。等着我，我很快就来……"

在那些日子里有一个传说，一个很难让人相信的传说。人们说，当塔什坦阿富汗的两个小伙子来到莫洛塔什山洞，要把被射杀的"大脑袋长尾巴"的雪豹从山洞里拖出来埋在什么地方的时候,山洞里的箭雪豹已经不见了。箭雪豹消失了,消失得无影无踪……后来人们又说,它像影子一样在山上游荡,谁也没有看见过它,但许多人见到过它留在雪地上的足迹,依然像以前那么深沉有力。箭雪豹还是那么喜欢在雪堆间徘徊。它生性如此嘛……

代尾声

阿尔森·萨曼钦 著

（艾列斯·箭雪豹耶娃 整理出版）

杀人——还是不杀……

（短篇小说）

> 只有太阳没有被溅上鲜血，
> 只有失去骑手的坐骑狂奔……
> ——一个茨冈女人的预言

驾机离开高射炮火密集区的时候，飞行员向下面看了一眼，以便满意地判断他在多大程度上避开了射击。下面是一片茂密的深绿色的森林。森林仿佛与飞机一起在倾斜着盘旋，森林似乎在渐渐倾倒，简直要栽进某个深渊去。歼击机在下一分钟里摆正了飞行姿势，森林也立刻恢复了自己的稳定状态，与远处烟雾弥蒙的地平线融为一体。世界重新有了自己常有的轮廓。飞行员刚刚喘了一口气，一瞬间飞机前面出现了意想不到的东西，它出现得那么突然，驾驶员来不及思考他在空中遇到什么了，一团无形无状的东西就以自己的血肉之躯重重地撞在了飞机上。机身被撞得一晃，飞行员刹那间什么也看不到了……

这是一大群胡飞乱闯的鸟，好像它们在飞行中突然失明了……

驾驶员出了一身冷汗。为了不陷入螺旋坠落，他勉强握住操纵杆。同时，由于厌恶，他浑身痉挛似的一抖，因为一大团血溅在了驾驶舱的玻璃上。

鸟儿首先离开了这片地方，没有等到秋天的来临。它们于盛夏时分开，或成群，或单个；或白天，或黑夜。它们飞走了，抛下鸟巢和还没有孵化的鸟卵。它们无可奈何地飞走了，抛弃了伸长脖子"嗷嗷"待哺的雏鸟。最后消失的是沼泽地上的猫头鹰，夜里再也听不到它们的叫声了……

兽群也跑散了……

密林处处都在燃烧，刺鼻的浓烟在几千米范围内弥漫。百年老林倒下了，巨大的松树轰然倒地，像被风暴折断那样。大地在颤抖，由于猛烈的炮击，由于迫击炮和从天而降的炸弹的爆炸，由于坦克的突击，由于对坦克的反击，泥土像火山爆发那样喷溅四射。被爆炸蹂躏的小河堤岸崩塌，河水四溢，淹没了低地与沟壑。一辆坦克永远栽进了灌满水的壕沟，在旷野上炮筒高高翘起，指向天空……

这一切每天都在不可避免地发生，而且不可能停止，其原因就在于在这条国境线上，方面军对方面军，正在进行决战。每一方都要求打垮对方的防守，展开决定性的进攻，摧毁敌人的侧翼与后方，消灭敌人的有生力量。每一方都认为自己的任务是，第一个实施突破，第一个开始进攻……

但至今这个任务谁都未能完成。因此，阵地战僵持下来，一天又一天地持续……

时间继续按照自己的规律前进。几乎一直到秋天，在这个被称为战场的空间，大炮始终没有沉默。无论是黑夜还是白昼，也不管下雨还是晴天。飞禽这一年竟没有飞回自己的鸟巢，野草竟没能开花结籽。

双方的前线指挥部虽然都被对方规定为摧毁的目标，这时却在不断制定新的作战方案，呈交关于损失与伤亡情况的秘密战报——两个司令部异口同声地论证扩张打击潜力的必要性，因此都同样向自己的最高统帅再三请求补充兵力、技术装备与弹药：一方为了夺取新的生存空间，另一方则为了捍卫那些同样的空间。但是，不管怎样，无论在这种或那种情况下，后备部队都在不断地开赴前线，兵力在战斗中损耗又补充。

饱受战争蹂躏的夏天这时候已接近末尾，对于交战的每一方来说，都面临着做好准备的最后期限。越过最后的界限之后就应当实施突破，不可阻挡的进攻洪流就要在地面上滚滚向前。

这个伟大的行动一旦展开，一切存在，除去太阳外，都将溅满鲜血。这时候，命运驱使大量的人聚集到这个飞鸟逃离的地方，他们也许就是为了这个要命的事件才降生到人世上来。

他们当中的一个人正坐着军运列车从萨拉托夫市，从炎热的伏尔加河沿岸的普列达济亚赶往这里。军运列车上的人都明白，他们正开赴前线。但开往哪里，哪条战线，哪个战区，这只有高级指挥人员才能够知道。士兵的事是上级往哪儿赶就往哪儿奔。不过大家议论，说是要把他们送往莫斯科，明摆着是上前线。预测这种调动完全不是什么难事。

他们在黄昏时分驶离萨拉托夫，而经过一夜闷热的旅程，在穿越被太阳烤了整整一夏天、变得令人极端厌恶的伏尔加河两岸草原以后，他们且走且看或在近处，或在离铁路稍远处的碧绿的小阔叶林和针叶林。景色令人愉悦，宛如古典名画。他们甚至可以明显感到阵阵清凉吹进了敞开着的闷罐子车厢，车厢里挤满了士兵和枪械。森林很快就来到了近前。

"好一片森林啊！俄罗斯到啦，俄罗斯——母亲！"士兵们议论纷纷，好像他们自己不是来自俄罗斯，而是来自某些别的什么国度。

他们当中有一个还十分年轻、又高又瘦的士兵，他穿在身上的军装似乎是他父亲的。他叫谢尔吉·沃龙佐夫，或者像排里叫他的那样，谢尔吉修士，有时候干脆就叫他谢尔吉神父。有一次，小伙子偶然提到造物主，说造物主不是偶像，而是现象，到底是什么现象谁也解释不清楚。然而，原来这就足够让一些爱逗乐的人按照宗教的习惯奚落地把他称作谢尔吉修士①了。人们得到了满足——沃龙佐夫才十九岁，耍笑这个乖孩子，他也并不生气。这个谢尔吉往往一站就是好几个小时，靠着门框，倚着挡在车厢门口的横木。他站在门口的时间比谁都长。一些人在玩扑克，有的人甚至还留着昨天告别时带进车厢里来的一点儿伏特加。跟往常一样，由于旅途中无所事事，人们在一片嘈杂和铿锵声中无所不谈。有的人还唱歌，在旅途的闲暇中听听自己的声音。可是他谢尔吉总想到门口去，看一看一闪而过的陌生的地方。他比任何人都好奇，像小孩子一样看不够，因为这是谢尔吉第一次来到这片亘古就是俄罗斯的土地。虽然他向往中学毕业后去莫斯科上学，但是现在却做不到了，列车正载着他奔向战场。他暂时生活在军运专列中，摇摇晃晃地拿着铁茶缸跑到站台上去打开水，吃士兵的口粮，并交换在伏尔加河畔兵营里三个月的机械训练后的旅途印象。每当他看到非同一般、从未见过的东西——有时候对于其他人，特别是阅历丰富的人来说，这根本算不上有意思，但谢尔吉却总要扯一下站在旁边的人的袖子，说：看啊！那里有一座小村庄，紧贴着铁道，全是木头垛房子；那里有

---

① 俄国历史上叫谢尔吉的著名宗教首领有：1. 谢尔吉（1867—1944），1914年起为都主教，1937年起为代理牧首，1943年起为莫斯科与全俄牧首；2. 谢尔吉·拉多涅日斯基（约1321—1391），谢尔吉圣三一修道院的创建人和院长。

一个长满芦苇的僻静的小湖;一位怪人不知为何骑着一头奶牛——真够呛,也算是一位骑手呀;工厂附近光秃秃的原野上有一根很高的烟筒,向外喷着油气火,宛如一只大火炬。谢尔吉看到就要解释,说火炬在空中白白燃烧,是为了排放多余的瓦斯。他父亲工作的油田上也有这么一个火炬烟筒,在冬天漆黑的下雪的夜晚特别漂亮:雪花漫天飞舞,天空中却有一团鲜活的火。新年的时候,他经常跟母亲、姐妹们一起欣赏这个火炬,手拉着手在雪地上走。回家后,家里是那么温暖、明亮。他们朗诵诗歌,母亲用馅饼招待他们。父亲是一位永远严肃的会计师,这时候也高兴起来了。奇怪的修士,有人讥笑他说,这时候想起诗歌,想起馅饼来了……他是在上前线啊!

在一个枢纽站,列车恰好减速慢行。已是暮色苍茫,谢尔吉让大家注意看大概因为被炮火烧毁而甩到备用线上的一列火车。机车已经变形,车厢也千疮百孔。谁也没有说一句话,不过每个人都在想:列车怎样在轰炸下燃烧?法西斯的飞机怎样袭击?在这些车厢里发生了什么样的事啊?有多少人跳出车厢以后被炸死?多少人被烧死啊?这是战争呈现在他们眼前的第一批标记。他们与这些标记静静地相遇,像在墓地上那样,又在暮霭中静静地走开了。许多人一言不发,沉思着吸自己的马哈烟。

途中也有过一次有意思的事,大家把小伙子好好取笑了一阵子。当时谢尔吉又扯了扯一个人的袖子:"你看!那里有水井,就在那儿,看见了吗?水井上面有个遮雨板,就像台阶上的彩绘雕花遮棚,真漂亮!"

对此他听到一句刻薄的回答:"你不要看水井、彩绘雕花雨棚啦!你看那个少女吧,就是那个从井里打水的姑娘。你看,晒得多么黑,看那屁股!"

真好笑!

应该说，人们确实很快就看清了，他就是那种人——呆子、修士、乳臭未干的小儿，不往应该看的地方看，虽然在个头上造物主也没有委屈他，肩膀也不怎么单薄，思路也算清晰。然而，谢尔吉在许多方面仍然还没长大，有些腼腆，甚至有些古怪，这也是实情。谢尔吉有时候自己也不无苦恼地这样想，尤其是看到同龄人那么成熟。别的就不必说了，他们同女人交往已经是那么自然。可他呢，已经感觉到了爱情，而结果却那么荒唐。

事情是这样的。他们这支部队是早晨宣布出发的，就像空袭警报那样突然，很难说清楚为什么这么紧急，但命令就是如此。正在进行战争，这能解释一切问题，命令就是命令，立刻紧急集合。很快他们就从市郊的军营里开出来，全都是步兵，一个连队跟着一个连队，沿着萨拉托夫市郊的街道走向火车站。队伍中有许多是被征召入伍的萨拉托夫人。他们沿着街道走，一些人就从自己宿舍或自己家的窗前经过，从不久前还在那里上班的工厂的大门前经过。这怎么能不声不响地过去呢？当然，谁也没打算从队伍中跑出去，这样的事指挥员不能允许。但是有一些人在行进中对着夏天敞开着的窗户喊叫，向亲人告别，或是呼叫过路人转达问候。院子里的孩子们也从四面八方跑过来，一个叫着一大帮："当兵的过来啦！红军战士上前线啦！"这里面还有女人——妻子、姐妹、女邻居，全都跟着来了，就像特意久候多时那样，而且身上什么样的衣着都有：有的穿着拖鞋，有的光着脚连蹦带跳，有的头发上包着湿毛巾……她们跟着穿军靴排着队的人在旁边走，为这些上前线的人送行，把所有的人都托付给主；对于她们来说，每个人此刻都同样亲近，血肉相连。一边跑着一边竞相嘱咐：快些胜利回家，回萨拉托夫，回到伏尔加河畔，回到故乡的热土上来！快要到车站了，女人们醒悟了，在离别之前她们一边哭一边诉苦。她们想起了自己，想起了自己痛苦的命运，因为与上前线的人永别令她们痛不欲生。也许，她们几乎无法逃离成为寡妇的命运。她们的全部生命，一直到死，就成了献给战争的祭品。

"喂，女人们，不要喊！不要影响行军！散开吧！"

然而，任何开导与严厉的命令对她们都无济于事。士兵列队而行，旁边紧紧跟着女人和孩子，沿着萨拉托夫弯弯曲曲的街道，一会儿上坡，一会儿下坡，离伏尔加河越来越远……

谢尔吉没料到离别会是这样沉重，有生以来他第一次在众人面前告别。他痛苦不堪，虽然与其他走在身边的士兵一样，他也力图振作精神，向一切目光相遇的人微笑、挥手，意思是说，没什么，我们一切都忍受得了。不这样怎么办呢？暗地里他之所以非常难受，还因为他未能同自己的亲人告别——他的父母已经高龄，他是他们生的最后一个孩子。他的大姐生活在哈萨克斯坦，在哈中国境线附近的边防哨所上；二姐维罗尼卡就住在萨拉托夫，她的丈夫在前线，生死不明。她带着一个婴儿，自己还上班，只能把小孩儿交给最近一下老了许多的母亲照看；父亲沃龙佐夫·尼古拉·伊万诺维奇在伏尔加油田做会计做了一辈子，现在躺在医院里，已经病了好久。这一切都是维罗尼卡写信告诉他的，她通过部队的战地邮局给他往市郊的军营写信。谢尔吉在那里不分昼夜地学习军事技术，而且不允许家属探望。在信中维罗尼卡讲述他们遭遇的一切：她难以兼顾工作和家里，而且还要去医院看护父亲。她为人一向心细，谁的事她都操心。谢尔吉爱自己的姐姐，因为维罗尼卡性格直爽，开诚布公，什么事都如实地写。然而对姐姐的最近的一封信谢尔吉没有回答，也不知道要不要写回信，因为这封信使他心里有一种奇怪的不舒服的感觉。维罗尼卡写了关于他以前的同班同学娜塔莎的事——可她从哪里知道这些事的呢？娜塔莎在学校里被称作"共产国际战士"，因为她从七年级就写关于共产国际的诗歌，写国际旅如何在西班牙为全世界工农群众的幸福而战斗。她把这些诗歌寄往莫斯科，从莫斯科则给她寄来了感谢信。这在学校里是一个大事件，她让所有的人读这封信。机灵好动的共产国际战士娜塔莎后来成了积极分子，在各种会议上发言，谁都认识她，她也认识所有的人。春天里发生了一件事，这恰好在战争爆发之前。有一次，他和她在学校的晚会上跳舞，是她主动拉他跳的。他站在窗前，看着一对对翩翩起舞的伴侣，这时候她离开自己的舞伴，突然走到他面前，自信地挎起他的胳膊说："走，谢廖沙，我最想跟你跳舞啦！"他服从她，就像少先队员服从辅导员那样，虽然她的个头只到他的肩膀。她的果敢精神从何而来？而他似乎期待的就是这个，立刻感到浑身燥热。他们加入了跳舞的人群，一切从此开始。

谢尔吉感到空前的别扭——置身于众多的跳舞的人中间让他头晕，仿佛跳华尔兹的人身上正散发出无形的火，炙烤着肉体与空气。他非常希望投身于诱人的欲望，同时他又因为人多感到压抑，渴望从人群中跑出去，与娜塔莎一起飞上天空，不让任何人看到他们，把她搂在胸前，飞得越来越高。娜塔莎很随和，起初束缚他的困窘消退了，亲近感油然而生。他的心跳得更加剧烈，无法平静下来。这个吸引力把他控制得越来越紧，虽然她的脸离得这么近，能够明显感觉到她呼出的热气，他却几乎看不清她的脸，由于激动，他不明白自己是怎么回事。只有当她突然说："我知道，谢廖沙，你爱我，你想得到我！"他这才看见了她那双放肆地笑着的眼睛，她那张有意贴近的表情动人的脸。

谢尔吉感到很窘，这样的事他没料到，也没有准备，好在他没有放慢脚步，仍继续跳。他想说点儿什么放荡的、粗俗的话。如果是其他小伙子，那一定会说得非常够劲，话一出口就让人喘不过气来；他却说得一本正经。他想对她说：没有想过爱不爱，虽然他喜欢她，甚至非常喜欢。然而她好像知道似的，赶在了他的前面，抢先出口，改变了他的意图。"不要回答，谢廖沙，不要回答，不要勉强！我是说着玩儿的。"她一边说，一边转圈，还和着音乐的节拍晃动脑袋。"可是，你明白吗，我看透了你，我能替你说，"娜塔莎在舞厅边上停了一下，好让她的话听得更清楚一些，"我能看透一切人，知道谁在想什么。区委的人们说，我是有洞察力的共青团宣传员。我看透了你：你爱我，很快就要把这个告诉我！你脑筋迟钝，真迟钝！你才刚刚打算……我什么都知道。你和姑娘们从来还没有过什么，是这样吧？不要掩饰，我从你的眼睛就看出来啦！不过不久姑娘们都要追你，你看着吧，我是第一个，你将和我在一起！"他们又跳着舞转开了。娜塔莎还是说个不停："咱们无论到哪儿去都将在一起。我将在会议上演说，你便为报社做记录，当记者。我知道，你文笔不错。你要知道，我勇敢善战，我会讲话。你是个聪明人，我正好需要这样的人。明白吗？"

就是这么一次谈话，也许是开玩笑，也许是认真的。应该想这件事，还是应该把它彻底忘记呢——谢尔吉整整一夜未睡，一直折腾到早晨，仿佛触了电一样。后来他决定给她写一封信，然后又把信撕了。认真地写封信似乎不太合适，随便写写，为了开心，像是对她的迎合，谢尔吉又觉得没兴趣。

随着时间的推移，他内心平静了。后来，他中学毕业，上了师范学院。战争就在那年夏天爆发。他们无意中见过两三次面，不过没有再谈及爱情。每一次谢尔吉都等待着他们重提往事，但自己并不做任何暗示，也没有等到她说什么。他必须忘却这件事，然而，当收到入伍通知以后，一切又恰恰相反。谢尔吉忍不住去了她住的那栋楼，在周围徘徊。他痛苦，他激动，他在离开和继续等待中备受煎熬。终于等到她回家来了，不过结果是那么平淡无奇，就像篝火渐渐熄灭那样。要想让它重新燃烧，就必须捡一些干树枝来。谢尔吉告诉她，他要去参军了，今天是来辞行的。她对此反应十分平静，说是现在大家都被征召上前线，战争动员嘛！她现在有急事要去办，但答应会写信给他，让他尽快寄来野战邮政的通信地址。这让谢尔吉非常高兴，好像他就是专门为此而来——约定互相通信，因为在信中可以比面对面谈得更多，在信中可以写难以说出口的话。然而，他一连给她写了三封信，竟没有收到她许诺的回信，一封也没有。虽然他一等再等，在心里酝酿着种种话语和可能的答复。当他在忙于士兵的日常生活，已经不再有任何指望的时候，姐姐维罗尼卡在最近一封信中突然说娜塔莎要嫁给一个比她大许多的人。那个人的妻子一年前过世了，于是这个人就有了不上前线的理由。维罗尼卡接着写道："谢廖沙，亲爱的弟弟，不要为这事难过。我了解你，你形形色色的小说读得太多了，总是从书本出发看待一切，你会难受的。但你不要这样，明白吗？你完全是另一路人，你们的天性不同，也不要在心里谴责她，这是她的事，如果她决定嫁人的话。你们完全不般配，相信我吧！只要你健健康康地活着回来，但愿战争早日结束，我毫不怀疑你会幸福的，一位姑娘也会非常幸福地与你在一起，谢廖沙！你不要难过，亲爱的弟弟。快些回到我们身边来吧……战争快些结束吧……"

同娜塔莎的事对他来说已经成为过去，就像一个已经忘却大半的梦，就像他过去十九年的生活中上过的一堂课。他就这样走向战场。他并不了解自己，他带着复杂的情绪与感伤，带着那颗天真的心对曾经准备相信过的事物的解脱走向战场。他从度过童年的城市，踏着军人进行曲，在沿街奔跑的女人与孩子们的送别中，直接走上战场。同时他感到非常遗憾，送别的人群中没有他的姐姐维罗尼卡。如果她得知他们紧急出发的消息，肯定会不顾一切地跑来，与他见最后一面。

他带着失望向火车站走的时候，女人堆里突然出现了一个茨冈女人。她从何而来，只有主知道，虽然萨拉托夫夏季到处都有茨冈人。茨冈女人引人注目，因为她们面色黝黑，戴着一跑起来便拼命地摇晃的铜耳环，肩上裹着鲜艳的破披巾，穿着拖地的长裙子。可能因为街道上人多热闹,有部队行进,她也走在队列旁边,还边喊边打手势,似乎在从队伍中物色什么人。战士们疑惑地交换眼色,互相碰一碰腰——意思是说,看,茨冈女人不是在找你吗?一个战士甚至主动声明:"哎,茨冈女人!我在这儿!听到了吗?你来给我算卦吗?"让这个战士颇感惊讶的是,茨冈女人说以后再给他算卦,现在她要找自己需要的人。

很快她在跑动中就认出了要找的人。可能是凭造物主赋予她的直觉,也可能是凭自己任性的要求。让行走在队列中的人们感到惊讶的是,这个人就是谢尔吉。为什么正好是他呢?跟着在旁边跑的茨冈女人就是对谢尔吉说:

"喂,小伙子!喂,年轻人!哎,就是你,长着黑眉毛的那个。到边上来,把手递给我,上路前我给你算一卦,算算你的好运气!"

谢尔吉在横列中从边上数是第三名。问题还不在于此,而是在于在这种对于他来说难以置信的情况下,他不知道该怎么办。在此之前他从未算过卦,没让人给他占卜过。家里人也都不信各种魔法——父亲不信任何纸牌,母亲也不太相信各种兆头。这次他却突然遇上了这种荒唐事。

"不要!我不想算卦!"他微笑着耸了耸肩,大声对她说。他因自己的拒绝感到有些难为情,觉得应该表示歉意。可是,如何道歉,又为何道歉呢?这时候战友们又开始取笑他,说茨冈女人知道该给谁算卦,还能给谁算呢?相中咱们的修士啦!

然而茨冈女人不肯罢休:

"喂,小伙子,不要拒绝吧——这是天意!"

有人提醒她说:

"他叫谢尔吉。"

"谢尔吉?哎,谢尔吉,亲爱的,哎,长着黑眉毛的小伙子!我对你说,这是天意,不要拒绝。谢尔吉,你还十分年轻,我给你说一说你的命运！我真诚地给你算一卦。全都说实话！"

这时候一些傻瓜对她喊叫道："喂，茨冈女人，别碍事！没看见吗，我们在赶路?!"

"我没有碍事。我只不过看看手，走着看！"

"别纠缠啦，真烦人。说你呢，别碍事！"

茨冈女人已经不年轻了，可也不老。从她的脸上，谢尔吉觉得，看不出常有的狡黠。相反，倒有他姐姐维罗尼卡的坦诚与关切。维罗尼卡总想为别人做点儿什么好事，为此她总不能安生。是的，她很像维罗尼卡。他这样觉得或许是因为她喊了一句："我这么说是把你当作自己的弟弟的！"

当茨冈女人消失在人群中以后，谢尔吉甚至有些遗憾，在心里骂了自己一句，为什么这么腼腆呢？这事做得不太好。

这时候他们已经走到车站前面了，但仍然保持着队形，连跟着连，排跟着排。跟着部队而来的萨拉托夫市民则一片喧哗，一片嘈杂。军运专列已经停在铁道线上，货车车厢的门敞开着，准备接纳士兵。列车长得看不到头和尾。

开车前的忙乱开始了：分配哪个排上哪个车厢，沿着列车熙熙攘攘地交换位置，到处都是女人，孩子们也在人缝中挤来挤去，任何力量也不能把他们撵走。

登车延续了相当长的时间。月台上闷热，拥挤。排队等候上车的谢尔吉完全忘记了那个茨冈女人，这时候她又突然在人群中出现了，又找上来了，好一个固执的女人啊！

"哎，谢尔吉，我跟着你来啦！不要拒绝，小伙子，听一听我这个茨冈女人说的话吧。命运让我在你上路前为你占卜。不要拒绝，你要去打仗，可以事先知道自己的命运。"

谢尔吉甚至高兴地说："好吧。占卜吧！既然你如此坚持。"他把行李袋放在脚下,自动步枪挂在脖子上,心甘情愿地把手伸给她。就这样,在车厢旁边、在同排战友们的围观中占卜开始了。茨冈女人仔细察看手纹,嘴唇嚅动,摇头晃脑,念念有词。

"噢,将有一场恶战。前所未见、前所未闻的恶战。噢,天命啊,天命!只有太阳没有被溅上鲜血,只有失去骑手的坐骑狂奔。"她念叨说,并不具体对着哪个人。然后凝视着谢尔吉的眼睛说:"你曾渴望过迷蒙的爱情,但她让你难过,你不值得这样。你纯洁得像一张白纸。"

周围的士兵立刻发出了笑声:"很明显,我们纯洁的人迷上某人了,然而却没结果!"

"没结果!"另一个士兵装作庇护的样子以谴责的口吻说,"你们就知道龇着牙说风凉话,让咱们的修士白受苦,她嘛,看来是把尾巴一晃,就没影子啦!他原来怎样纯洁现在就还是怎样纯洁!"

"你别听他们的,小伙子,你听我说,"茨冈女人把手一挥说,"现在把另一只手给我,只听我说话。"

茨冈女人仔细端详谢尔吉的左手,聚精会神,有一阵子没有出声,然后兴高采烈地叫道:"你是永生的!你看吧,你是永生的,你的星象就是这样的。我知道就是这样,所以才跟着你嘛!"

周围的人都骚动了起来。谢尔吉傻乎乎地笑了,不知道该怎么办——是高兴呢,还是笑一笑,为取乐感激地鞠一个躬。他想把手收回来,但这时一个战士插了进来。他叫库兹明,一个极为讨厌的、爱吹毛求疵的家伙。如果谁的话说得不严谨,他一定要挑毛病,非常喜欢教训人。

"停,停!茨冈女人,你这是干什么呀,亲爱的?"他坚决地摇了摇头,"你说的有点儿离谱啦。永生的——这是什么意思?难道有什么人能够永生吗?在什么地方听说过呢?地球上所有的人都是要死的,唯独他一个人不死吗?顺便说一下,我们不是到什么地方去玩,而是去打仗，前线上的死神可不看你给谁算过什么样的卦，就能永生，你为什么要糊弄我们呢？"

"我不是糊弄，而是预测天意。他的星象就是不死的，这是命中注定的。"茨冈女人不肯退缩。她还补充道："天意决定命运，这个小伙子的星象命定就是不死的！"她的话让许多人感到满意，虽然并不完全明白。

库兹明还唠唠叨叨地说了很久，不停地挥动手臂，像在群众大会上演讲那样，证明茨冈女人的占卜荒诞不经。虽然他是对的，但士兵们不知何故却愿意相信占卜者。应该分头上车了，许多人与她握手告别，她一直等到开车也没有离开站台。列车开动了，她和其他人一道跟着车厢跑，不断向谢尔吉挥手……

车厢里很热，那一夜谢尔吉未能入睡。车轮在昏暗中铿锵作响，机车不时发出长长的汽笛声，苦恼与焦虑蹂躏着谢尔吉的心。纷乱的思绪涌上他的心头。他正在被历史的巨浪推向世界大战。在纷繁的世事中他不时想起那个茨冈女人，他记住了那句话："只有太阳没有被溅上鲜血，只有失去骑手的坐骑狂奔……"这能说明什么呢？神秘莫测。发生什么事才能只有太阳没有被溅上鲜血、让坐骑甩开骑手飞奔？而不死的星象是什么样的星啊？它在哪里？这一切很可能只是寓言故事。人和星斗又有什么关系？星斗在哪里，人又在哪儿呀？不过命运还是有的，命运和命运相连。可命运是什么呢？命运又如何决定命运呢？

车轮敲打着铁轨。战士们横七竖八地躺着，鼾声四起。月亮时而在门口出现，时而消失不见。星斗忽明忽暗地闪烁着，与火车赛跑。

真奇怪，茨冈女人怎么知道娜塔莎的事呢，怎么知道他给她写过信，并没有任何结果呢？这个茨冈女人是怎么说的来着——"不值得难过？"这么说来，难过也有不值得的。是什么在前边等待着我？战场上将会出现什么？从前线撤到萨拉托夫的伤员们描述过战争，是那样的可怕，而现在自己将见识一下它为何物。

没有丝毫睡意的他又想到，在所有人的头上都有一种力量叫作命运。谁也无法制止，或解释它。大概，战争取决于命运，生死取决于命运，胜败也取决于命运。现在他们大家都奔赴战场就是命运的意志，所以他们现在都躺在军运列车的板床上，让火车拉着他们全速奔向同法西斯殊死搏杀的修罗场。在那里将会怎么样——这又是命运！能不能胜利呢？会不会被打死呢？所有人都希望战争快些结束。在家里父亲与母亲为此有过争论：他收到入伍通知以后，他们开始讨论战争的缘由，为他做准备，收拾东西。母亲突然坐在椅子边上，把一只手放在胸前，恳求道："谢廖沙，你什么人也不要杀，不要让人流血！"

他终生难忘母亲说这些话时的神态：她那样望着儿子的脸，宛如她刚刚从遥远的地方归来，刚刚迈进门槛，便立即说出她想了一路的话。而他仿佛一生中第一次看到自己的母亲，看见母亲那一双已经失去了光泽的眼睛与布满皱纹的脸；看见她穿着的那件旧锦缎罩衫与肩上披着的毛绒头巾。他有一个奇怪的发现：这么多年来他们在伏尔加油田过着漂泊不定的生活，当他还是一个赤着脚到处跑的孩子的时候，母亲还是一位高大匀称的女人，两条淡褐色辫子像花环那样盘在头上，为家务操劳、为孩子担心、跑学校、照顾丈夫的糖尿病……这么多年原来她一直在准备着，要在帮谢尔吉收拾入伍的东西的时候才对他说出刚才说的那些话。母亲恳求他在战争中不要杀任何人，不要让别人流血。当时这使他非常困惑，他模棱两可地嘟囔道："妈你说这个干什么？我这是去参军啊。"为了避开这样的谈话，他开始整理书橱。"妈，这是我从图书馆借的书，我把它们挑出来，你让维罗尼卡拿去还。"

然而这场谈话还是注定要继续下去，因为父亲加入了。是的，尼古拉·伊万诺维奇向来直率、生硬，甚至暴躁，有点儿什么事就吵个天翻地覆,可能正因为如此才与上司合不来而得了肝病。

"不要杀人——这是什么意思?"他几乎是愤怒地喊道,"怎么能不杀人,不让人流血呢?亏你想得出来!他这是上哪儿去啊?是上战场。可你这个当妈的说得倒轻松。"说着就开始在房间里找烟。母亲总是把烟藏起来,因为他一激动就想吸烟。母亲断定,就是因为吸烟他才这样瘦,这样神经质。

"你可不能吸烟啊,科利亚,"她央求道,"心疼心疼自己吧。"

"是吗,在你对谢廖沙说了那样的话以后还怎么能不吸烟呢。他明天就要上战场,他在那儿将干些什么呢?"

"所以我说让造物主来评判吧!大家都异口同声地叫嚷着'杀,杀,杀!'敌人给我们带来死亡,我们也让他们死!可是以后还怎样活在这个世界上呢,让世界上只剩下刽子手吗?你以为我不知道吗?你不杀人,就要被人杀死。可是你把人杀死,总归还是刽子手。我们的女婿安纳托利怎么样啦?是生还是死,是已经被杀还是在杀人呀?我不敢对维罗尼卡说,就只好对儿子说说心里话了。"她找不出答案,也无法说服自己,只能强忍住不号啕大哭,而是默默地饮泣。

"看吧,看吧,"父亲继续指责道,"因为你做这种宣传,有可能把你当成敌人扭送到西伯利亚去。世界大战正在打,胜负难分,你死我活,可是你却说不要杀人!你以为我就不心疼自己的儿子?战士要保卫自己的国土,这是命令!"

母亲不吱声,默默地缝补儿子的背包,父亲则开始回忆青年时代。那时他十九岁,跟现在的谢尔吉一样,在第一次世界大战中作为潜水艇上的一名水军航行在海上。他的心得归结为一点:消灭敌人的有生力量是战争的主要任务。这不,有这样一个例子:他们驾驶着自己的潜水艇击沉了一艘在波罗的海上运送军队的军用货船。一开始他们在水下跟踪了好久,后来便发射了鱼雷。两发炮弹命中目标,击中了船舷上的吃水线。轮船起火，开始下沉。他们的潜水艇深潜水面以下，等了一小时，然后重新浮了上来，开始通过潜望镜观察海面上的事态发展。一艘巨大的轮船船首朝天，一半已经沉入水中，周围有许多人还在绝望地挣扎，企图逃生。

用潜望镜看的当然是指挥员与上层军官，按照他们的口授，通信员每分钟都用无线电向喀琅施塔得大本营报告，用摩斯电码打出执行战斗任务的捷报。消灭敌人——这就是命令，这就是一切！

他们一开始仅通过潜望镜窥视敌人如何溺水而死。后来，当敌人的轮船完全沉没后，他们确信周围对潜水艇再没有任何威胁了，才完全浮上水面并下达了命令：全体上甲板。于是全体人员都来到甲板上，在指挥员前面列队，收听嘉奖令。敌人在周围挣扎下沉，剩下的越来越少了。有的试图游到潜水艇这里来，但力不能及；有的已经游到了，但都被射杀了。

这就是战争。

母亲既不争论，也不反驳，只是摇了摇头。后来邻居们来告别，婶婶带着侄子们来了。维罗尼卡从班上跑回来，开始帮助母亲搞家务，一直到半夜都试图在谈别的话题。

现在他真可怜两位老人——既可怜母亲，也可怜父亲。母亲希望他不要杀任何人，而父亲希望他不被杀死，因此要求他杀死敌人。早先觉得是家庭日常琐事的，在途中都获得了自身价值，丧失之后如今知道当时是寻常。往事每分钟都在远去，都在将他抛在身后。他想起了萨拉托夫山冈下的伏尔加河。那是夏天可爱的所在，绿色的小岛，波光粼粼的神奇的河面，以及河面上的点点白帆。但童年最吸引谢尔吉的是河上的铁路大桥。桥很高，站在下面，在河岸上，仰起头一连几个小时地欣赏从桥上通过的火车，倾听车轮的轰响，金属桥洞也在"嘎吱嘎吱"地颤抖着。在这样的时刻，他羡慕那些沿着这座桥跨越伏尔加河、走向书中描写过的美丽地方的人们……

他还想起来了,在童年的元旦之夜,一家人穿着毡靴走过雪地,走向熊熊燃烧的大火炬烟筒。他看见那灵活跳跃的火焰和在火焰的反光中冉冉飘落的无穷无尽的雪花。火焰无声地吞噬着雪花,大雪还是下个不停,它喜欢火,它没有能力离开火,于是就这样密集地下着。火焰不熄,雪降不止。

随着时光的流逝,许多事物逝去了,改变了。现在战争爆发了——不得不杀人,否则就会被杀。别的出路没有,只能如此。谢尔吉在黑暗中无声地哭了,他想起了母亲、父亲和姐姐维罗妮卡。他在熟睡的士兵中间偷偷地哭泣。他是多想再一次手拉着手,踏着积雪,慢慢走向在夜空中熊熊燃烧的火焰呀!

车轮敲击着铁轨,车厢在奔驰中摇晃。一座座小站从旁边掠过,在夜间闪烁着幽暗的灯火。塞满士兵与枪械的军运专列匆匆赶往杀人或者被杀的屠宰场。被杀不取决于你的个人意志,谁也不渴望被杀,没人知道是否就是自己将要被杀。

车轮敲击着轨缝:杀人——不杀,杀人——不杀,杀人——不杀……

谢尔吉的睫毛上挂着泪花,渐渐地有些昏昏欲睡。他试图设想战争的情形,他将如何杀人,杀谁,开枪射杀还是白刃格杀。在伏尔加河畔的整整一个夏天教会了他如何进行肉搏战。他也曾试图设想,什么样的敌人为了杀死他也要做相同的事。他努力想象那个敌人——德国人、法西斯分子——不过毫无结果。他很难想象这个敌人,就像难以想象,按父亲的讲述,那些在潜水艇旁边挣扎溺水的人那样。波浪拍打着他们的脸,一切都是如此模糊。谁游得近了,就把他枪杀在水中,于是他便悄无声息地、无影无踪地消失在无底的深渊。

"杀人——不杀",车轮敲击出这样的短语。谢尔吉尝试着回忆学校里学过的德语单词,但他不能确定这些短语在德语中怎样讲:杀人——不杀，杀人——不杀，杀人——不杀……

列车在黑暗中疾驰……

附　记

　　短篇小说《杀人——还是不杀……》是我在阿尔森·萨曼钦的文件中找到的。让我倍感遗憾的是，作者已无缘看见自己作品的出版了。

　　但读者永远会有的，无论是在作者生前还是身后。作者死后读者会更多。按照阿尔森·萨曼钦在札记本中所说，我将在前线公墓上朗诵《杀人——还是不杀……》。

　　我也听到了永恒的新娘的召唤。关于她，死去的阿尔森·萨曼钦讲了那么多！如今我与她在一起了……

艾列斯

图书在版编目（CIP）数据

崩塌的山岳 /（吉尔）艾特玛托夫著；谷兴亚译.
-- 北京：华文出版社, 2018.9
　　ISBN 978-7-5075-4965-2

　　Ⅰ.①崩… Ⅱ.①艾… ②谷… Ⅲ.①长篇小说－吉尔吉斯－现代 Ⅳ.①I364.45

　　中国版本图书馆CIP数据核字（2018）第193496号

崩塌的山岳
BENGTA DE SHANYUE

作　　　者：	〔吉尔吉斯斯坦〕艾特玛托夫
译　　　者：	谷兴亚
策　　　划：	杨　平
责任编辑：	杨　宁　郭俊萍
特邀编辑：	马若锦
出版发行：	华文出版社
社　　　址：	北京市西城区广外大街305号8区2号楼
邮政编码：	100055
网　　　址：	http://www.hwcbs.com.cn
电子信箱：	silkroadlibrary@qq.com
电　　　话：	总编室 010-58336239　发行部 010-58336267
	责任编辑 010-58336258
经　　　销：	新华书店
印　　　刷：	北京画中画印刷有限公司
开　　　本：	710×1000　1/16
印　　　张：	13.75
字　　　数：	172千字
版　　　次：	2018年9月第1版
印　　　次：	2018年9月第1次印刷
标准书号：	ISBN 978-7-5075-4965-2
定　　　价：	48.00元

版权所有，侵权必究